U0582174

跨度长篇小说文库
Kuadu Novel Series

跨度长篇小说文库
Kuadu Novel Series

Xiao Hua

校花

徐伟成 ◎著

人的事，命的事
心中的，往事，旧事
切切实实的，这个世上的
故事。不会忘记

校花是世上最美的花
值得用一生高高地举着
也值得用一生深深藏起

最大的爱，最大的遗憾
不同于星游过星空
这是人嵌在人世

中国文史出版社

目　录

引　子

1983 年，我为了罗娟英打架被判十年，并发配到唐格木农场。到农场后我开始写申诉，每个月最少发一份，我们队长一看到申诉状就皱眉头，总说："你们这批犯人，真他妈事儿多，全写申诉！这是劳改农场，是改造你们的地方，怎么成了申冤大队！你们连罪都不认，改造个球呀！"

我说："我承认有罪，但罪不至于这么重，这个判决是错误的。我的申诉是帮助法院改正错误，让他们回到正确的轨道上来。"

队长说："你们这帮人瞎折腾，劳改局都批评我们农场了，我们的奖金自从你们来就停发了。"

我说："你们不会为了这点儿奖金，让我们的冤情得不到昭雪吧？"

经过一年多不断地申诉，我们大队长找到我们几十个常写申诉的犯人。

他说："写申诉是不认罪的表现，不认罪一律不予减刑。如果大家不写申诉，我跟大家有一个口头协议，判十年的我们最少给减一年半；判十年以上的，减刑不低于两年。我为什么跟你们谈这些，因为我也看了各位的判决书，有些判决确实有点儿问题，但我不能说判决是错误的。在当时的环境下，在特定的形势背景下，法院这么判有法院的道理，这里有背景罪、形势罪。"

我们问："这两项罪在刑法第几条第几款？"

大队长骂："他妈的，判十年给减一年半，判十年以上最少减两年在第几条第几款？"

我们听了无言以对。大队长没有食言，我减刑两年。

从监狱出来，坐上西宁到北京的列车，已是第二天早上九点了。把包放在自己的椅子下，听着车轮碾轧铁轨发出的哐当声，我心里骂了一句：去你的吧！然后坐在窗前，静静地向最远处望去。

青海的地貌特征不像内蒙古一望无际，大部分都是半丘陵地带，不过这儿也有很肥美的草场，像黄河长江两岸及河套地区。对了，中国大部分水源的发源地都在青海，青海在中国有江河之源之称，但它并没有改变高原的沙化。二十多年后，也是这么一个阳光明媚的上午，有一篇报道说：青海高原的植被如果被镐头深刨一下，想要恢复原来的样子需要七年，可见青海高原植被之脆弱。

窗外的绿色渐渐地浓郁起来，地势也随之平缓了许多，路两边有几处土墙，几棵猥琐的树兀立在墙的左右，火车停在了一个小站。对面的老太太背起大包，后面跟着一个女孩儿，挤出车厢。我心里有说不出的惆怅。弯腰打开旅行包，拿出自己在监狱里写的长篇处女作，翻开第一页，上面有狱友给起的书名：《校花》。

第 一 章

我和罗娟英"有染",没有染在床上,而是染在了驻地部队的路沟里。

那是个惠风和畅的下午,孙有炳骑着车,我坐在车后座,哼着刚看完的电影《流浪者》的主题歌《拉兹之歌》:"阿巴拉咕——"我正唱得来劲,孙有炳急切地告诉我,前面有七八个玩儿闹,在部队门口,拽着我班罗娟英和杨英的车把,问我管不管。我歪身看了一眼前方那帮人,心里又怕又气。怕的是这伙人一看就比我玩儿得猖多了,他们当中有三个和我们班霍国强、王大力个头儿差不多,剩下的矮也矮不了哪儿去。他们身穿板绿,一人一个军挎,还有四人戴着墨镜。在那个年代,这就是专业玩儿闹的打扮,我哪惹得起呀?气的是刚散电影时我在影院门口儿和杨英开玩笑说:"孙有炳的车坏了,顺路带我一段。"说完拉着她的后车架假装要上去。她推着车,回头恶狠狠地说:"谁跟你顺路!"并学着《流浪者》里扎克对拉兹说的一段话:"你只有一条路,去偷,去抢,去杀人,去放火——这是你父亲的愿望。"说完转身就是一脚。我一闪身,正好踢在尾巴根儿上,这给我疼的。

我催促孙有炳快骑,不知是心急还是他存心将车速放慢了,反正越来越慢,慢到罗娟英没跑几步就拽住了我们的后车座,急火火地说:"帮帮我,帮帮我。"不知是孙有炳有意停下,还是罗娟英拽的,总之车子停了。我不得不下车,十分恐怖地瞪了孙有炳一眼,他低着头,小声说:"你拖住他们几分钟,我回北苑叫人……"话声未落,人车已经没了影子。

我心里这个怕呀,那七八个玩儿闹呈扇子面向我围上来,一个又黑

3

又壮的大个子，挥舞着弹簧锁说了句："花了他！"话音未落，弹簧锁已向我脑袋抽来。我用胳膊挡着弹簧锁，紧接着，雨点般的拳脚从前后左右向我袭来。我双手抱头左冲右撞滚到了路沟里，听着这帮人大喊大叫："碎了丫挺的，灭了丫的！"突然，更大一声呵斥："住手！"那些拳脚骤停，我恍惚看到这些人撒丫子朝新华大街的方向狂奔。我丈二和尚摸不着头脑，这时，后面有人叫我的名字，回头一看，是我班同学张东旗的姐夫。他一米八七的个头儿，身穿一身藏蓝，手提警用公文包。

我明白了，这帮傻屄把张东旗的姐夫当便衣警察了。张东旗的姐夫支好车，将我从路沟里拽了上来，看我筋骨并无大碍，轻轻地拍着我的后脑勺儿，说："徐伟成，你怎么跟他们打起来了？"我咧嘴摸着肿胀的脑袋，看着这帮人远去的背影，惊惶未定地说："咳，甭提了，那几块屄拍婆子，孙有炳管闲事罩人家。你牛你倒盯着这茬辈儿呀，他一看势头不对，颠儿了，把我一个人撂冰上了。刚才你也看到了，我赤手空拳一对七，我手里要有家伙……"张东旗的姐夫说："行了行了，你手里真要有个家伙，你可能被打得更惨。孙有炳这小子太不局气了。赶紧回家吧，别在外头惹事儿了。"说完一骗腿儿上了拔得很高的车座子，倒划了一下飞轮走了。

那一天夜里我做了许多梦，说了许多梦话，吓得我弟弟上了一夜厕所，大早儿起就问："哥，你是不是发烧了？"

我问："怎么了？"

他说："你喊了一宿'爷爷，爷爷'，让人家饶你一条狗命。"

我听了这话，当时就把他嘴捂住，说："记住，你什么都没听见。"说完从兜里摸出一分钱放在他手心里，他攥着一分钱重重地点了一下头。

下午，孙有炳放学来到我家，一进门先问候了几句，然后转过话头说："今天早上一上学，我就找罗娟英和杨英，说你昨天被打得不轻，上不了学了。她俩听了特别着急，非要过来看你，现在在十三店给你买东西呢。我先上来给你报个信儿，让你有个准备。"说完他扒着我头发看看开瓢儿没，故作惊诧道，"哇！这么大紫包，怎么就没流点儿血

4

呢？"他用手挤着大紫包，疼得我破口大骂："孙子，你给我挤流血喽！"说着给他一拳，他后退几步，我说，"你昨天去唐山叫人去了？"

他说："我回家找我哥，我哥没在家，我又找小尾巴，他也没在。等我回来，你早没影儿了，去县医院也没找到你，我想没什么大事儿。"

我气哄哄地说："太平间你没顺便去看看？"

他听完憋不住乐了，说："赶紧化化妆，我跟人家说打得不轻，或者给你的大紫包放点儿血，这样好得更快。"

我说："去你妈的，就这样跟我妈那儿说谎还没说圆呢。"他听着我骂没说话，在抽屉里乱翻着，时不时还嘟哝："我记得抽屉里有卷纱布来的，这不，红药水、紫药水还在，纱布哪儿去了？我早就想跟她俩交个朋友，只是没有机会，这回正好，这俩你挑一个，剩下的给我。"我听完他的话，气不打一处来，这不是乘人之危吗？更阴损的是他要给我脑袋上绷纱布，这不明摆着拿我受伤要挟人家吗？他好坐收渔翁之利呀！这小子昨天分明是把我卖了。

我捂着脑袋大声说："昨天谁叫你把车停下的？"话音没落，有人敲门，接着门开了，罗娟英和杨英站在了屋门口儿。孙有炳忙不迭地打招呼。罗娟英上身穿一件长袖红汗衫，下身穿一条黑色百褶裙。我想这条裙子应该是她妈年轻时穿的，那时候小姑娘穿这么贵重的裙子不可能。她脚下穿一双白球鞋，一双比肉色重一点儿的丝袜，那个年代四月份穿裙子很少见，那时候管这种打扮叫"潮儿"，也就是现在说的时髦、炫酷。后来我曾问过她，她却答非所问。她想留学朝鲜，去读金日成大学。我说人家都往英美日跑，你怎么选朝鲜？她说朝鲜女的一年四季穿裙子，在这儿穿裙子我们男生眼神总带钩儿。她的身条长相酷似那时候日本电影《望乡》里的女主角栗原小卷，她比栗原小卷更淑女、更天真、更让人怜爱，不像栗原小卷那么有职业感、有使命感。看完《望乡》，我每天都盼着罗娟英穿一条栗原小卷穿过的白裤子。上述这些描写，在当时那么慌乱的情况下是无法想到的。那为什么我能一样一样清晰地描写出来呢？很简单，那时候我每天一进校门，就开始琢磨我们年级的几个漂亮女生。像我们班的罗娟英、钱君英，四班的邱红什么的。我根本就不好好读书，所有时间都盯着这几个漂亮女生。她们的身影除了上厕所以外，剩下的时间都在我的视线里。

此时，真正映入我眼帘的是罗娟英和杨英每人手里拿着的一瓶水果罐头和她俩怀里抱着的那束野花。野花在朝西北的小屋里，叶子显得格外墨绿，花朵深红，叶子和花朵都有点儿较劲似的挺着，好像刚被人从地里拔出来很生气的样子。我当时真想浪漫一下，发出惊讶声，叫出那束野花的名字，用电影里女主角常用的口气说：这是送给我的吗？太美了！可惜我对花卉的知识和对数理化的知识一样，基本上等于零。

罗娟英怀里的野花有八九枝，枝上跳出五六个玻璃球儿大小的花朵，还有十来个花苞，仿佛窥视着屋里的一切。罗娟英将罐头放在床头旁的箱子上，用双手攥着这些野花。我看到她手指上有采花时留下的绿渍，手背上还有一些轻许的划痕，这分明是折断的花茎上的毛刺所致。可能是来到一个陌生的环境有点儿紧张，也可能是看到我被打得眼歪嘴斜心里有点儿愧疚，她俩将花朵拥在自己的下巴底下，好像把自己藏在花丛里就可以不被人发现。她俩越紧张越愧疚，脸蛋儿越鲜嫩，窘态越迷人，让屋里充满了异样的感觉。

我不好意思地从床上起来，猫下腰，快而有力地紧了紧鞋带儿，脚丫子在"片儿懒"里来回搅动，完了朝地上狠狠地跺上两脚，显示自己虽然单薄却很灵巧的身体，更多的是想减轻一点儿罗娟英和杨英她俩的心理压力。我将她俩让到床边坐下，自己拉过一把凳子，坐在两屉桌前，把抽屉关好。不知怎么，从换了片儿懒，我的目光就不知放在哪里合适了，我无目的地看了看门，看了看装衣服的柜子，最后把眼睛盯在了她俩胸前的野花上。看了一会儿觉得还是不妥，又看她俩随呼吸起伏的腹部，看她俩一人拧着一个衣角，看她俩的鞋尖儿，弄得她俩分别把两只脚交叉在一起向床底下藏着。我真不知道眼睛盯在哪里合适，两只眼睛真是多余。

我出了屋，在南屋大衣柜里翻了半天，找出我妈的蓝旗袍，回到北屋，展开蓝旗袍让罗娟英看，以博得她的赞赏。果不其然，她小声叫了出来："哇，真漂亮哎！"她侧过头对杨英说，"哎，我妈也有这么一件旗袍呢，她经常晚上在家穿。"

我说："我很小的时候，就一两岁吧，我妈穿这个抱着我照过相。我爸还有件解放前的西服，咱班有不少人都穿着照过相。不信，你问孙有炳。"

孙有炳很快地"嗯"了一声，说："我妈也有一件蓝旗袍。"

我对孙有炳很快地"嗯"一声很不满，语调很模糊，听不出是答应的"嗯"，出乎意料的"嗯"，还是疑问的"嗯"。

我说："明天去你家看看你妈的旗袍？"

孙有炳听了没吱声。

罗娟英看着我的熊猫眼说："还疼吗？"我故意把红肿的手露出来，搓了搓脸，摇了摇头。"别怪孙有炳，都是我不好，当时我吓蒙了。"杨英使劲地点着头，好像不使劲就对不起我似的。听了罗娟英的话，我惭愧的目光有了一点儿缓解，望着窗外，品味着罗娟英带有怜爱带有甜味儿的每一个字。

五点钟正是朝西北小屋最亮的时候，阳光照在墙上，折射在红汗衫和野花上，又映在罗娟英的脸上，别提多漂亮了，活像学校北坡下荷花池里亭亭玉立的莲花，此时她脸上那种复杂迷离的色彩就像我的心情。她俩紧紧地挨在一起，尽量挺直腰板，紧张的形体语言让我束手无措。为了缓解屋里紧张的气氛，我从抽屉里拿出一个烟缸，看了她俩一眼，又从兜里摸出火柴，嚓嚓地划着，黄色的火苗像一条小鱼在空中游动，我们一同盯着我手中的黄色小鱼变成蓝色的小鱼。

我"哎哟"一声，将小鱼甩了出去。

她俩为我拙劣的表演送来礼貌的微笑，罗娟英很动情地说："我特喜欢我爸爸抽烟的样子，那些慢慢散去的一缕缕烟雾就是爸爸的思绪……真的，特帅。"说完看着杨英。她俩的脖颈在野花丛中一齐伸了出来，露出两排贝壳一样的牙齿，那牙齿在野花的映衬下，透着浅蓝色，海一样清澈，我被这海一样的微笑淹得喘不上气来。我拉开抽屉，赶紧从垫纸底下找出一支失去水分的烟卷儿，横在嘴上像吹口琴一样，用舌头在烟卷儿上捋了一遍，然后很随意地叼在嘴上。孙有炳站起来，走到我身前，从兜里掏出打火机噼嚓噼嚓地打着。我从他手里夺过打火机，噼嚓噼嚓打了两下，没着，我顺手将打火机扔到了门后。

孙有炳灰溜溜地去捡打火机，当他捡起打火机时兴奋地叫起来："哎，这不着了吗？"屋里一片笑声。我看着他的打火机说："噢哟，你怎没告诉我们，打火机是挨摔牌的。"说完我接过打火机，点着手里一半湿一半干的烟，尽量模仿《渡江侦察记》电影里陈述扮演的敌情报处长抽烟的姿势，欲给她俩增加点儿卓尔不群的印象，姿势做到位的时候，打火机却灭了。我说："你这个打火机有性格，看人下菜碟儿。"说着像我爸一样跷着二郎腿抖着，我爸抖腿左右抖，我为了防止孙有炳挡我视线，我前后抖，并忙着划火柴把烟点着……

紧张的气氛被烟雾所吞噬，随之而来的是那野花的清香和少女身上散发出来的一种特有的味道。

我有一个特异功能，我的鼻子能区分出来女孩儿从十三岁到二十三岁身体发出的气味儿。为了让读者相信我有这个功能，举个例子吧。高老师师范一毕业就当了我们班主任，那一年她也就二十来岁，她处了个对象跟小猴子似的，每到月中高老师身上就会发出丁香花的味道，这是她的排卵期。后来跟小猴子吹了，她又处了个非常壮的大个子，再到月中丁香花的味道就淡了许多，这说明大个子降得住高老师。

罗娟英在我心中永远不会有这种味道，她身上的味道是淡淡的，幽幽的，只有沉静下来，才能闻得到那种兰花的味道。更加不可思议的是，越漂亮的姑娘她的气味儿在我鼻子里也越鲜美。

在那个年代，我不敢说出自个儿这个特异功能，我怕人家把我当流氓抓起来。随着年龄一天天增长，这个特异功能开始慢慢消失。很多年后，我在自由市场卖西瓜，和人家聊起这事儿，旁边一个卖成人保健品的游医说，人刚生下来没有嗅觉，随着生长发育，嗅觉开始慢慢发达起来，可随着人类发展到动物顶端，嗅觉对人类的帮助越来越小，最后退化到只能分辨一些常用食物了。他说有你这种嗅觉的人很少见，大概百万分之一，这是典型的返祖现象。听了游医的话我茅塞顿开，怪不得魏生京他家的狗吃屎呢，它们比人类进化得更快。

我大口大口地吸着烟，其实是在吸罗娟英身上兰花的味道，我用的是过滤法，我鼻子里全部是罗娟英的味道。

孙有炳说："娟儿一上学就打听你。"我听了这话差点吐出来。还娟儿娟儿的，你是个什么东西，眼大如牛，脖颈如壶，四肢如蛛，走起路来侧歪个膀子，跟吊死鬼一样。不是你小子把我卖了，让我挨顿打，你能觍着脸说娟儿吗？孙有炳听着我喉咙咕噜咕噜乱叫，看着我恶心干呕的样子，知道自己有点儿装嫩，他低下头，继续说："杨英在刚来的路上问我你伤得重不重，我说，昨天我带人回去把他们打跑后，我俩去医院看了，头上有几个大紫包，手破了，脚肿了，有一根肋骨裂了，可能是倒地时让人踢了一脚，不过医生说静养些日子就好了。"孙有炳俨然成了我们仨的代言人。我心里骂，这孙子，说话真不要脸，昨天你什么时候带人回去了？你什么时候陪我去医院了？真想当着罗娟英的面揭露这丫挺的无耻行为。又一想，算了，毕竟是多年的瓷器，别让女生笑话。看着孙有炳坦然的样子，我想，这小子长大后不是搞政治就是做倒买倒卖。你想，说瞎话眼都不眨，出卖朋友利用朋友换老婆……小子，你等着吧，我就是打一辈子光棍儿你也休想得逞。

我说："你去买盒烟。"我从兜里掏着钱，嘴里说，"你有一毛钱吗？"孙有炳假装在兜里掏着，好像掏不出来很意外的样子，我知道他兜里比他脸还干净，那个年代自己兜里有几分钱都是如数家珍的，根本不用摸。我说："别摸了，摸钱的工夫都能摸两条鱼了。买一盒工农。"我把两毛钱递到他手里。其实我就想当着罗娟英杨英她俩的面出他的丑，还他妈娟儿娟儿的，真不要脸。

我英雄救美本是件好事儿，让孙有炳一搅和，过分地夸大受伤的程度，拔高了形象，让我很是惭愧，再听着罗娟英关怀备至的话，每一句都跟骂我一样。我说："别说了，再说我就该跳楼了。咱们都是同学，这是我应该做的，也是我义不容辞的责任，以后遇到这种事尽管找我。"我向她俩吹着，怎么一对七死磕，最后怎么把他们打跑；怎么我已经撮了不少人，等我伤好了再狠狠地揍他们丫挺的一顿，把这帮厾全部灭了，让这帮丫挺的跪在她俩面前求饶，我吹得连自己都不信了。

写到这里，读小说的人会发现一个问题，就是我一直没有描写罗娟英身边的杨英，为什么？大家心里可能明白，昨天她踢我尾巴根儿那一脚，现在还隐隐作痛。其实，杨英对我来说有很多可写的地方，我们从一年级就在一个班，小学时我参加乐队，她和罗娟英、白丽参加了校宣传队，我们每天早上在一起练功。那时候，我特别想不经意似的和她把腿搭在一个窗台上压腿。有一次我俩挨着，我为了在她面前展示自己腿的柔韧度，一使劲儿，只听嘶啦一声，大腿内侧的韧带撕裂，把我疼得三个月没下叉。还有一次挨着她拿倒立，我特别兴奋，两个胳膊像两根木桩子，浑身有使不完的劲儿。我当时特别怕贺老师把那个练习曲弹完，因为过于兴奋，兜里的打火机和烟没放好掉在了地上，被比我大三届的魏志广捡走了。他把打火机和烟放在了贺老师的琴架上，我倒立看着魏志广和贺老师抿着嘴笑，就像哭一样，他俩明明是笑，为什么像哭一样呢？后来我明白过来，我倒立着看他俩上翘的嘴角可不是耷拉着吗！直到下了课间操想和几个同学上厕所抽烟，才想起坑人的魏志广把我的打火机和烟捡走交给贺老师了。从那以后，我自己把自己开除出了乐队。

　　那段日子里我特别失落，我不能再看罗娟英、杨英她们一起排练《小蜡笔》了。我记得非常清楚，杨英是红色，罗娟英是橙色，四班的邱红是绿色，白丽是紫色。她们每个人套在一个硬纸筒里，把脸和胳膊露在外面，从高到低排着，一起跳一起唱："我是一支小蜡笔……"我特别爱看杨英主演的《火车向着韶山跑》，八个演员从高到低一字排开，她戴着鸭舌帽女扮男装演火车司机。一演这个节目，我们后台乐队一边伴奏一边和她们合唱，就像她们一样，那么兴奋和自豪。

　　杨英本来很有表演天赋，曾在上小学五年级时和比我们高一年级的赵刚一起被选送到北京市少年京剧团，结果没到半年她就被退了回来。表面原因说她对音乐的节奏感不好，没有培养前途，实际原因是她晚上睡觉的时候，翻身不小心被暖气给烫了，她是严重的疤痕体质。高中毕业后，赵刚在一次偶然的聊天中说出了她这个真相。

第 二 章

自从我英雄救美以后就开始走背字儿，星期天我妈发现大立柜里被翻得乱七八糟。

她问："谁动我旗袍了？"

我觉得也没什么，就说："罗娟英到咱家来非要看旗袍，我就给她看了。"

我妈听了大动肝火，劈头盖脸打了我一顿。我十七岁了，挨打真是有点儿没面子，一窝火，期中考试也没考太好。九门功课门门不及格，数理化英语都没过三十分，只有语文五十八分。体育、农机、历史、生理卫生一片飘红。我妈拿着成绩单数落着我，我爸想动手，被邻居夏大爷夏大娘给拦了下来。家里不幸，外头含冤，我英雄救美，孙有炳倒成了大英雄，他逢人就讲他怎么怎么英雄救美。那天，他在俱乐部看完《流浪者》，骑车刚过西门红绿灯，就看见七八个玩儿闹在部队墙外对罗娟英和杨英动手动脚。他车到边上人落地，大喝一声，这帮人一回头，一看他是小日本的弟弟，都向他点头哈腰，没办法只好放人。人家问他我是怎么挨的打，他说他走了以后是那些玩儿闹想下个台阶，把我给打了。他就这么吹嘘自己。不但这样，他还对罗娟英纠缠不休，非要和罗娟英交朋友。每次和罗娟英约完会，逢人就说罗娟英特喜欢和他在一起，而且非常崇拜他，尤其崇拜他会画画，他每说一句话罗娟英都朝他笑。他还逢人就说："你说罗娟英在前面走，辫子向后甩时打在我的脸上什么意思，这不跟她用手摸我脸一样吗？"我听魏生京学完这些话，鼻子差点儿气歪喽。现在年轻人听了都知道，这不是精神病加妄想症是什么？可那时不知道这是妄想症，只知道和他抬杠。

我说："你就是给罗娟英一支英雄牌钢笔，她也不会含情脉脉地看着你，你就自作多情吧！罗娟英脸红是因为她跟你站在一起太没面子了。你长得跟猴子似的，难道你自个儿不知道？"

他一边搔头一边说："你懂什么？自古郎才女貌，男的漂亮就是画蛇添足。"

我说："你有什么才？"

他说："我在全班男生里学习成绩一直前七名，你第几？"

我涨红着脸说："那你应该找班里第……七漂亮的……女生。"

他说："你说得没错，但是，我因为救过她俩，不能白救……"

我听了照地上狠狠地"呸"了一声："你还要不要脸？"我摸着脑袋上还没下去的大筋包。

他看我愤怒的样子，说："凭良心说，那天我问你管不管，你说没说不管？如果没有我停下车来，如果没有那几个玩儿闹，你能英雄救美吗？"

我说："孙子欻，你终于说实话了，那天就是你故意停的车，如果张东旗他姐夫不正巧赶上，这帮玩儿闹非揍死我不可。"

他听了嘎嘎大笑，说："对不起，对不起。不过，我给你举完一个例子你会感激我。"

我说："我他妈还感激你，我现在就想揍你一顿！"

他躲过我一拳，说："你让我把话说完，说完让你打一百拳都行。"

我说："你说吧！"

他说："张飞要是没遇见刘备他能成为千古英雄吗？刘备要是没赶上董卓乱政他能三国鼎立吗？"

他这么一绕，我还真安静了下来。

他说："现在把你比作张飞，没有我刘备，你还是个卖肉的，你再往下好好想想，如果那天……"

他抽冷子这么一说我还真没反应过来。我说："你是说我应该感激那天打我的人？"

"再往下想想。"他举起双手往下划动着。

"感谢你买的电影票，如果没有电影票……"

他听到这里握着我的手说："恭喜你，别再往下想了。"我松开他的手，走在回家的路上，甭提心里多别扭了。

孙有炳和罗娟英的关系有进展是因为我的一次意外。那个年代学校"五一"前都要召开春季运动会，为全县五月中旬召开运动会选拔人才。那一年我报了铅球和手榴弹。有人说，你自身条件不适合这两个项目。没错，现在学生参加运动会我不知道怎么个参加法，我们那个时候一个项目一个班可以报两个人，女生项目能少几项，像一万米跑、铅球等。男生就不行了，运动会项目如果全部参与，男生基本上都要动起来。像我这样学习不好的在这个时候就要往前冲，像霍国强、王大力报完两项，还要外加一个4×100米接力。

还有一个重要理由，那时候开幕仪式上都要统一着装，白汗衫、蓝裤子、白球鞋，那时的孩子这三件一件不缺的也就占50%吧。凑不齐怎么办，朝同学借，让家里买。我就是逼家里买衣服那主儿，我不能白干呀！那一年运动会我添了一件白衬衫，为了显摆自己穿的是崭新的衬衫，垫领子里的纸壳背我都假装忘拿下来。我脖子本来就短，纸壳背架在脖子上低头时费老劲了。

早晨七点四十，我们参加运动会的运动员全部集合在南边的四块篮球场上，等待入场仪式开始。

八点钟，于德水副校长宣布入场仪式开始。这时鼓乐喧天彩旗招展，比我们大一届的陈明指挥着军乐队走在最前面，从小学三年级到高中，从小到大排序入场。走到主席台前都要正步走，并喊一段口号。小学的一般高喊"好好学习，天天向上"。像我们大一点儿的就要高喊"发展体育运动，增强人民体质""锻炼身体，保卫祖国""友谊第一，比赛第二"这些。我们听着运动员进行曲入场后，开始下一项，升国旗仪式。现在想起来，那时的国旗杆有点儿穷气，下半截是木头的，上半截是铁的。升国旗的也是高二的，一个男生和两个女生，男的已记不清了，有一个女的还有一点儿印象，叫欢玲。后来她五十岁的时候我见着过一次，还聊了几句，看面相也就三十五岁左右，面嫩，这么说吧，三十五岁左右里也算出类拔萃的。

升旗仪式开始，运动员面向北方，田径场外的学生也全体起立。随着音乐的响起，我们唱《义勇军进行曲》。那时候我们唱这些歌曲还是很认真的，唱不好也不能唱错了，唱错了能扯上政治问题。我用眼睛瞥着不到一米六身材的于校长，戴一副白边眼镜，穿一双不知多少号的皮鞋，鞋尖夸张地向升起的国旗翘着，他张着大嘴卖力气地朝麦克风里灌着声音。

仪式结束，参加比赛的学生换着体育组借来的跑鞋跳鞋。我知道我就是换了金鞋也拿不了第一，我能有一项进前六给班里挣一分就不错了。杨英把裤子换下，放在自己的小板凳上，扶着钱君英换着霍国强刚从二班给她借来的跑鞋。杨英边换鞋边跟白丽瞎逗，白丽看她一只脚着地，推了一把钱君英，钱君英一闪，杨英单腿跳了几步，脚落地时正好踩在霍国强换下来的白球鞋上。我看着白球鞋在她脚上甩了两下才掉在地上，心里咯噔一下。我过去捡起白球鞋一看，得，鞋上着实落着两个钉眼儿，踩在鞋帮胶皮上那个眼儿看着还不明显，布面上那个眼儿还鞋时怎么跟牛子说呢？我急赤白脸地说："你丫挺的折腾什么呀？"杨英自知理亏，胆怯地白了我一眼，灰溜溜地走了。一会儿她拿着一块擦白球鞋的大白走过来，接过我手里的白球鞋，看了看，用手指头搓着鞋帮上的钉眼儿，用另一只手擦着大白，她把多余的大白掸掉让我看，我接过白球鞋，问："面上这个眼儿怎么办？"

她说："再不让我姐还牛子行不？她俩关系一直不错。"说着她将板凳上的报纸撤下来，将鞋包好放在板凳底下。我看着杨英歉意的眼神甭提多膈应了。我本想拍拍霍国强给他借双鞋，这倒好，好事没办成，又得罪了牛子和杨英。我心里边骂边坐在马扎儿上。

霍国强跑完百米预赛到我这儿换鞋。

我说："鞋被杨英收起来了。"

他说："你不说借我一天，明天才还牛子吗？"

我说："你就穿这鞋吧。"

他说："这双鞋三个人轮着穿的。再说鞋底下都是钉子，到哪儿都

14

不方便呀。"

我说："鞋被杨英的跑鞋扎了俩眼儿，待会儿让她还给牛子，我不管了，待会儿谁要借跑鞋你就穿谁的鞋不就结了。"

霍国强摸着我的兜小声说："走，抽一炮去。"

我俩绕过终点线，走到小学教室前边，不时回头看着高中组女生在篮球场上投手榴弹。

霍国强左一句右一句问我："刚才那个投手榴弹的女的叫什么来着？"

我说："可能叫韩玉兰吧。"

他边走边说："不是你们院儿的吗？"

我说："不是，她家是挂车厂的。"我侧眼看着他，"你看上她了？"

他说："我们楼的大志可能跟她有一腿。"

我不时地点着头，这时广播响起，叫着我们高中投掷组男生到篮球场报到，我靠在松树林一棵树后对霍国强说："唉，我不抽了。"我从兜里掏出纸和烟替他卷好递给他，他说："火儿别给我了，我有。"

我们高中组一共十二个人参加投弹比赛，高二有四个人参加，大龙子肯定拿第一，第二名就说不清了，兴许王大力都有一争。我自忖自己水平发挥好了，成绩应该进前八。

第一轮下来有五个人违例，只有大龙子超过五十米，剩下我们都在三十米至四十米。第二轮有四个违例的，包括大龙子。第三轮围观的学生多了起来，毕竟是高中组比赛，我们的成绩基本代表学校的水平。我算了算，第三轮会更激烈，肯定还有人违例，我现在排第八名，跟第六名只差八十厘米。我两次投弹，手榴弹飞行的高度都有问题，可能是出手有点儿早。最后一次投弹如果像专业运动员发挥得那么好，很有可能进前六名，超常发挥前三名也不是梦想。

小喇叭叫着我的名字，我走到篮边挑拣着手榴弹，找到大龙子投得最远的那一颗。我用手掂了掂，是不重。我又重新量了一下步，走到起跑线上，深深地吸了一口气，平视前方。孙有炳在松树林旁跟白丽在瞎白话着什么，还不时地往我这边看。这小子肯定没说我好话……我想着这个，起跑，加速，朝着孙有炳的脑袋砸去。其实，就是大龙子也投不了那么远，但我当时就那么想的。我到现在也非常反感两个人在一起边说话边看我，我就认为是说我坏话，包括我姐姐这样，我也会这么想。

当我还有两步跑到投掷线时，感到这次投掷可能要坏……步量得非常准，不占便宜不吃亏，可步子量反了，我要提前一步投出去，我手臂赶紧调整到投弹的动作，可来不及了，手榴弹在飞出去那一瞬间就感到有点儿高有点儿偏。说时迟那时快，手榴弹"咣当"一声正砸在离我们十几米远的篮球架的侧面上，然后直奔场外弹飞出去……只听人群里一片惊呼，接着是一片嘈杂的声音……有人在喊："赶紧去红旗厂医务室！"我看人越聚越多，孙有炳背着一个女生冲出人群，出了学校大门，霍国强和杨英紧随其后。我一看，坏了，看背影是罗娟英，这家伙到这儿凑什么热闹？不行，这要是别人就算了，罗娟英我必须得去。男子汉大丈夫，敢作敢当。

我看孙有炳一会儿停下来，往身上颠着出溜下来的罗娟英，一会儿又紧捯两步黄瓜腿。

后面学校大喇叭在广播："没参加比赛的学生回到你的班级去，各班班主任回到班里检查人数。"大喇叭反复重复着这句话。

罗娟英她家所在的红旗厂跟我们学校门对门，就隔一条马路，医务室离院大门一百多米。我在后头健步如飞地追着，我看见罗娟英一手捂着头，一手搂着孙有炳的脖子，也就是说罗娟英的前胸死死地贴在了孙有炳的背上。按正规施救这种动作非常不正确，这种伤应该抱在前胸。就是抱在前胸也轮不到你孙有炳呀，罗娟英的伤是我造成的，我抱着是理所应当。这倒好，祸让我闯了，便宜让他占了。我撵到前面给孙有炳打开医务室大门，随后跟了进去。

医务室里一下紧张起来，梁大夫一边叫着护士，一边检查着罗娟英的伤情。他边处理伤口边叫我们都出去等候。我和孙有炳、霍国强在楼道里喘着粗气，听着罗娟英一次次的抽泣声。这时大门开了，高老师跑进来，她小声地问了问孙有炳和霍国强："伤得怎么样？"我说："没什么大事儿，就是擦破点儿皮。"高老师看着孙有炳肩头上的血迹，狠狠

16

地瞪了我一眼。我低头躲开高老师的目光。

罗娟英的伤全部处理完毕，梁大夫把高老师叫进屋里，对话大概的内容我还记得：伤在发际，缝了七针，但伤口不大。多亏是垂落式击伤，这要是撞击式，兴许小命难保。最少要休息一个星期，免半个月体育课……听完这些话，我的心稍微落了下来点儿，可没有落在地上，这么说吧，那悬乎乎的心情难以形容。再不就砸重点儿破了相，我到她家一表决心：爸妈您放心，您闺女跟了我，以后您二老我都养了，今年我俩虚岁整十八了，搬到一起住完事儿了，省着我夜里老惦记她。当然也不能砸太重了，比如眼睛砸瞎一个，我能不能心甘情愿和她厮守一生还难说呢。

高老师扶着罗娟英的胳膊，走出医务室，梁大夫跟在后面说："小娟子，这又是向阳厂徐师傅的孩子闯的祸吧，这孩子！"见我站在门旁，梁大夫指着我的头，"八年前，小娟子的胳膊骨折就跟你有关系。这次又是你……"七百年谷八百年糠，我早忘到脑后了，这个梁大夫还记着。

孙有炳说："幸亏我反应快，扶了她一把，要不晕倒了磕在压篮球架的大石头上就破相了。"

高老师摆着手说："我和杨英把罗娟英送家去，你们几个先回学校。"

"刚才真是吓死人了。"杨英自言自语地说。

阳光照在我们每一个人身上，罗娟英用手遮着阳光回着头小声说："谢谢梁叔叔！"她的睫毛颤动着。

高老师转过身也说："谢谢梁大夫！"然后她又朝我们仨说，"别站着了，赶紧回学校，回去不许胡说八道。"

第 三 章

罗娟英伤好以后，对孙有炳态度有了不小的转变，他俩在校园里有说有笑。

孙有炳为了达到目的，在罗娟英那儿说了我不少坏话。像上面所说的，我开始根本就不想管，是他把车停下来，我硬着头皮成了替罪之羊。按现在的孩子说，我不应该再理他了，可那时的孩子放学后没有什么娱乐，我和孙有炳又都是话痨，还有一个共同的性格，特别怕孤独。第二天下了操，他在厕所里让了我一支烟，我俩又成了铁瓷。

孙有炳约罗娟英几次以后，罗娟英不爱理他了，他开始冒用我的名义约她。

一天，孙有炳对我说："今天晚上罗娟英想见咱俩。"

我说："你自己去吧。"

他说："别呀，主要是为了见你，我是陪客。"

我问："她找我有什么事？"

他说："你去了就知道了。"

我走在学校操场上心里想，她是不是问我英雄救美不是出于本意？她真问起来我怎么回答？这个孙有炳为了得到罗娟英的信任，把我出卖得体无完肤，这个见色轻友的家伙。我在操场上转了好几圈也没想出好办法。我又想，八成不是这事儿，因为这是帮忙的事儿，我可以帮也可以不帮。她今天真要问我点事儿，可能是问我那几个玩儿闹什么时候在她面前跪地求饶赔礼道歉吧。如果那样就更麻烦了，自从那次虎口脱险，我很少去城里玩儿了，就怕碰见那帮亡命徒，如果再碰见他们我就惨了。如果再挨了打我说是因为上次救罗娟英，谁信呀？唉，真是祸从

18

口出，我当时为什么吹那么大牛呢！走在操场上，脸红一圈儿，紫一圈儿，青一圈儿。篮球场那边传过来一片欢呼声，我想可能是一个漂亮的三分球，我侧头看着篮球场，一帮比我们小一届的学生在篮下混抢成一片，场外五六个女生尖叫着。我心里骂：这帮傻帽儿也会玩儿篮球？

孙有炳和罗娟英约的是晚上七点半，在红旗厂图书馆阅览室，孙有炳和我说的却是八点，那天我为了给孙有炳难堪，八点过五分才到图书馆阅览室。

我站在孙有炳的后面，听他对罗娟英滔滔不绝唾沫星子乱溅地说他哥在社会上有多大多大份儿，怎么跟四中的顽主茬架，怎么给东子拔份儿，怎么给小森长份儿。我心说，你就不说你哥到六中被毛五揍得鼻青脸肿怎么跟人说屁话，丢份儿跌份儿。罗娟英手尅着桌角，说："你上次约我出来说你爸，在傅作义的麾下屡立战功，解放后你爸怎么受上级领导重视，你是不是想说老子英雄儿好汉呢？"她尅桌角的手指随着语气一使劲儿，迅速缩了回去，她双手交叉搭在胸前，尅疼的手使劲儿攥着拳头。罗娟英向我招了一下拳，然后独自走到另一个位子坐下。她看我坐在了她的旁边，小声说："是不是孙有炳约你八点？"我说："没错。"她说："我就知道他在捣鬼。他说你约我，所以我才出来，要是他约我，我不会出来的。家里一大堆作业还没做，求你告诉他以后别再约我了。"

我听了她的话，用手捋着头发。

"求你了？"罗娟英低头看了一眼我搓地的脚。

我说："我怎么说？都是瓷器。"

她说："你把他当瓷器，他把你当哥们儿了吗？再者说，我都到你家看过你了。"她捋了一下头帘儿。

我说："我说什么了吗？是他说救你俩不能白救，你俩得有一个跟他交朋友。"

她说："就照他说的做，那跟他也没关系呀，是你救的我俩，他比我俩跑得还快呢。我俩追半天都没追上他。哎，你就跟他说，如果跟我交朋友也轮不到他，起码你在先，他在后。"

我目瞪口呆地看着罗娟英。

她羞涩地说："难道我配不上……"

"配得上，配得上。"我鸡啄米似的点着头。

"配得上什么呀，真难听。"她责怪着。

突然她扬起头，对着我背后说："你过来干吗？"我回过头看着孙有炳。

孙有炳说："我刚才说的话，都是心里话，你好好考虑考虑，别急着回答我。"他俩你一言我一语地说着，罗娟英的嘴越说越快，孙有炳的嘴越张越慢。罗娟英说着说着空甩了一下肩膀，向阅览室门外走去。孙有炳跟在后头，直到出了树林，他才恋恋不舍地停下来。我俩目送着罗娟英的背影消失在五号楼的拐角处。

我神情恍惚地站在一棵树旁，左思右想刚才发生的事情是不是真的……我一幕一幕在脑子里又过了一遍，如果这一切的一切都是真的，我怎么跟孙有炳说呢？我脑袋顶在树上尿着尿。

"哎，罗娟英一看你来怎么不理我了？"孙有炳问。我"嗯"了声向后撅了一下屁股，系好扣子，说："我没尿。"

孙有炳说："你有病吧，没尿树根湿了一大片，狗尿的？"

我嘿嘿地傻笑起来。

从厂门口出来我俩相互看了一眼，就此点头告别。他向北，我向南，走在厂区的东墙外，心情甭提多美了，这种美太活，有跳动感，有游离感，总之抓不住。我又反复回忆起罗娟英说的每一个字。我真傻，我还跟罗娟英说我俩是瓷器，有这样的瓷器吗？为了讨好罗娟英出卖我，说我根本就不想管，说我看不上她，看上杨英了。我不知道孙有炳什么时候已经走在了我的后头，他突然的出现，让我的心脏狂跳不已。

我侧过身站下来，嗓子紧得不能正常发音，我想把罗娟英说的有些话告诉孙有炳。可说哪句呢？从哪句话说起他能接受，而且不过分刺激他？我干咳了几声，我想，先哼一首歌，哼一首什么歌呢？对，哼一首罗娟英最喜欢的《小城故事》。我走着唱着，孙有炳也跟着唱起来，当然他没有我唱得更用心、更深情。我俩各怀心事，唱完我咯咯地笑个不停，等着引出他的问话。

"你笑什么呢？"果不其然他说话了，"你是不是有病啊？"我没理他，吊着他的胃口，他又追问一句，我站下来，面对他满面狐疑的脸，突然有了一些不安。我避开他的脸，低头犹豫了一会儿，决定不管说得好与坏，一定要跟他说几句。如果罗娟英明天单独碰见我，问我和他说了没有，我怎么回答？起码得把不让他找罗娟英这几句话说喽。我吞吞吐吐地说："如果罗娟英不喜欢你，喜欢上别人，你怎么想？"我说完拿眼睛觑着他。

孙有炳说："他喜欢上谁了？"

我说："比如说……霍国强吧！"

他说："不可能，霍国强头两年上课还找虱子呢。再说，他长得满脸青春痘，跟二十多了似的。哎，我听说去年他还尿炕呢。"

"别说那些。人家真看上了……他呢？"我打断他。

"不可能，在我的记忆里他就没穿过新衣服。哎？我听说小时候他去天安门穿了一条膝盖打补丁的裤子，被外国人给拍下来了，真给中国人丢脸。哎，你说他哪儿来的那么多旧衣服？"

我说："他有四个哥哥，你如果也有那么多哥哥，你也穿不上新衣服。"

"所以嘛，罗娟英不可能看上他。"孙有炳说。

我说："罗娟英看不上他，更看不上你。咱们班比你强的有的是。"

"你说谁比我强？"

我说："张东旗，不管在长相上还是在家庭上都比你强，而且学习总在前三名，你最好一次才是第四名。"

他憋红了脸说："他比我也强不了哪儿去！我爸要不转业，现在还在军队里干，肯定比他爸官儿大多了。你想，我爸不到三十岁就当连长了。"他开始讲他爸当兵的经历，我听着他讲了一百遍的故事，不耐烦地打断了他："行了，再听我的耳朵就要起膙子了。"我想，今天该说

21

的话必须说出来，如果不说出来，不但对不起罗娟英，也对不起自己。想到这我背朝他说："你别再约罗娟英了。"

他听了这话说："哎，我约不约罗娟英和你有关系吗？"

"跟我……确实没有关系，但，她刚才让我转告你，别再烦她了。她妈都有察觉了。如果她妈知道非揍她不可。再有，他哥知道了对你也没什么好处。"我把"他哥"两字儿咬得很重。

孙有炳听完我说的话，说："你别拿他哥来吓唬我，我哥也不是吃素的。你真会吃铁丝拉笊篱，你下一句不会说她看上你了吧？"

我说："没错儿，罗娟英说了，她喜欢的不是你，是我！"

孙有炳听到这里，翻了半天眼睛说："姓徐的，明天咱俩找罗娟英对质，如果她说的像你说的，我让给你，如果她今天没说这句话怎么办？"

我低下头，想了半天说："她虽然原话不是这么说的，但是有这意思。"我说完这句话后，长长地出了一口气，并不安地用眼睛余光扫着孙有炳，等着他跟我咆哮。可没想到孙有炳极其安静地凝视我，学着苏联电影《列宁在1918》里一句台词："看着我的眼睛。"

我转过头看着十三店对面路口儿第一个路灯下十几只飞舞的蝲蝲蛄。

孙有炳急赤白脸地对我说："她到底跟你说了什么？"

我听他有点儿哭腔地嚷着，迟疑了半天说："罗娟英说，要交朋友也跟我交。"

他在原地低头转了两圈儿，捡起一颗小石子，猛地朝路灯那儿掷去。他拍拍手，指着我鼻子说："姓徐的，不要脸的我见过，没见过像你这么不要脸的。这要是张东旗说我还信，你说我信吗？你是不是发烧了？"他上前摸我的脑袋，我一闪身躲了过去。

他说："徐伟成，你还社会上混呢？撬铁瓷的婆子，我拍罗娟英之前跟你说了不？这两个人你先挑一个，你不挑，我选了，你跟我起腻。"

我说："我当时以为你就那么一说，痛快痛快嘴，没想到你真走了心。你没想想，你也应该照照镜子，有句话叫什么……吃天鹅肉？"

他听了我的话恬不知耻地说："好汉无好妻，赖汉娶花枝！董永不就娶了七仙女儿吗？"

我俩一直争执到向阳厂门口儿，最后谁也没说服谁，闹得不欢而散。

第 四 章

　　这天晚上我躺在床上怎么也睡不着，听着我弟弟甜美地吸进呼出的小火车声，翻来覆去想着刚才发生的一切细节，罗娟英对我说每一句话时的神态。罗娟英真的看上我了吗？不可能，我站在孙有炳的立场上想了想，罗娟英说的话有让我牵制孙有炳的意思。即便是这样，也应该知足。那时的女孩儿在男女关系上能表达到这个程度，已经很不易了。

　　那时候的女孩儿，如果说"我喜欢和你一起玩儿"，相当于现在"我爱你"这个分量。我在想罗娟英毕竟给了我一个机会，她为什么选择我呢？很明显，她拿得住我。

　　她妈和我妈都在通州工具厂工作，她妈是劳动科科长，我妈是车间工人；她爸是红旗厂副厂长，我爸是对面向阳厂工人；她是我们班语文科代表，我在班里什么都不是。另一种答案就是往好处想，也是我久久不能入睡的理由，罗娟英是不是真看上我了？这也不是不可能。我俩青梅竹马，从一年级就在一个班，二年级玩拍电报，她在前面跑，我在后面追，她回头看我追上没追上，一下子撞在树上，胳膊骨折了。就伤成那样她父母都没埋怨我一句，还劝我妈回家别打我。头两个月我又因为她和杨英被流氓打了一顿。综上所想，她倾心于我不是没有可能。

　　想到这里，我又有一点儿小恶心，如果我当时没说不想管该多好。这个孙有炳，太不局气了，如果没有他在罗娟英面前胡说八道，如果没有张东旗的姐夫横车一拦，把我打个腿断筋折该有多好啊！两个月过去了，在两个月中她得看望我多少次啊！这将是一个多么凄美动人的故事呀……我蜷曲着大腿，踢蹬着小腿，直到外面的路灯灭了，我才合上眼。

早上起来我头晕脑涨，两眼干涩。刷完牙洗完脸，拿起一个馒头掰开夹了一筷子酱油咸菜，背起又脏又沉的书包下了楼。走到校门口儿，我把最后一口馒头塞进嘴里，看着从北面过来的孙有炳下了马路过了桥，看他头发像刺猬似的站在我面前。

"怎么，昨晚回去被鬼拍了？"

他听了我不计前嫌的话，揉着结了眵的双眼笑了笑，说："你的眼睛比霍国强他家的兔子还红，为我拍婆子这么操心的人只有你一个。"说着他走进校门，我跟在他的后面。走到第三块篮球场地时，张东旗在篮下叫住他。我看了张东旗一眼，打了一声招呼，这时预备铃响了，我赶紧上了趟厕所。

我坐在座位上，一上午什么也没想，只想一个事儿，罗娟英心里在想什么，她是不是真喜欢我，是不是想跟我交朋友？今天一定要弄个水落石出，如果弄不明白，我怎么面对孙有炳？如果弄不明白，就这么熬鹰也受不了啊！明天就是星期日，我姐一回家，看我这副德行，她肯定会旁敲侧击地挖苦我。

下午下课铃刚一响，我背起书包快步出了学校，过了马路，拐进了红旗厂家属院，走到2号楼西面，在楼的水泥护沿儿上坐下，背靠着墙长长地出了一口气。罗娟英每天上学放学都要从此经过，我早想好了，待会儿罗娟英一到我就吹口哨儿，就吹南斯拉夫电影《桥》的主题歌《啊，朋友再见》。这首歌的词儿虽然跟谈恋爱南辕北辙，但曲儿很好听，在那个年代能找到一首男孩儿招猫逗狗的歌很不容易，更不易的是这首歌有一段是用口哨儿来表现的。

我记得刚看完《桥》这个电影，我们班二十几个男生腮帮子都肿过，怎么回事？学吹《啊，朋友再见》学的。女生里有一个叫李小燕的，吹得比男生还好听，给我们男生眼馋的，跟在她屁股后边学。那个年代吹口哨儿就是现在的文身，就是现在的染头发，就是现在露屁股沟子的短腰裤。那个时候你要能吹一口好口哨儿，姑娘随便挑。比我们高一届的"兔嘴儿"姚傻子，吹一口好口哨儿，算口哨儿大哥大，姚傻子从上高一开始每年运动会百米第一，成绩十一秒二，这也是我们学校

25

的纪录，更神奇的是姚傻子离终点越近口哨儿越响。姚傻子吹的《啊，朋友再见》在学校演出过，我因为崇拜姚傻子，曾经跟我妈说，想去我大舅他们医院做个整容手术，给自己上嘴唇拉一个豁口。当时我妈劈头就给了我一个大嘴巴，说："你本来长得就够对不起我和你爸的了，还敢糟改我们，我削瘪你得了！"

当你看到这里你会说我太没溜儿了，其实，那是我的亲身经历。我想让所有同学注意我，让漂亮的女生瞧得起我，别说拉个兔嘴儿，割去半拉鼻子我都愿意，只要能引起女生好感。姚傻子他们班班主任吴丽萍什么事都找"兔嘴儿"姚傻子商量。因为吴老师的关注，他们班有四五个女生追姚傻子，这几个女生因为姚傻子互相吃醋，经常吵架。后来毕业了我才听说，姚傻子给那几个女生还有吴老师都一勺烩了。

罗娟英和杨英还有一个四班的女生叽叽喳喳地走过来了，看着她们仨走近，我赶紧吹起口哨儿，当然是《啊，朋友再见》。杨英侧过头说："徐伟成，你在这儿干吗呢？"

我停下口哨儿忙说："我等……我等人呢。"

杨英笑着嚷："我知道你没等狗。"

我嘴里"嘬"了一声，心里骂了一句，我靠。在我一愣神儿的工夫，罗娟英已经拐到了五号楼的甬道上。想着她刚才侧头看我一眼的表情，根本看不出要跟我交朋友的意思，看着她的背影我有点儿失落，同时也有一点儿轻松。我站起来靠在墙上，脑子里一摞一摞地坍塌着什么，今天能睡一个好觉了。我看着一拨拨放学的学生，像一朵朵浮云，我想着罗娟英为什么对我那么平静，对教历史的葛老师那么兴奋。今天上午上历史课，我回头看她用胳膊支在桌上，两手托着下巴，凝神看着讲台上的葛老师微笑。

自从罗娟英在图书馆阅览室背着孙有炳向我表白的那天起，我的心情极不平衡。不平衡的主要原因是孙有炳！你想，在营救罗娟英她们的过程中，我挨了打都没提这个要求，他一个逃跑的反而大做文章，就像罗娟英说的，要跟也得跟我呀！在我眼圈一天天暗淡下去的日子里，我想还是要找一个机会把这事儿有一个了断，尽管我心里隐隐觉着如果真

26

弄得明明白白，很可能对我不利。

星期三上历史课的时候，我给罗娟英写了张字条，告诉她下午三点我在她家楼下喊三声孙有炳，如果没有情况，让她在北面窗户上挂出一条毛巾。这是跟电影里接头的地下党学的。

我中午吃完饭看了会儿大刚他们在院里打篮球，抬头看乌云把天遮上一半，我迟疑了一下，想回家拿把伞。一想算了，家里的伞早已开裂，前两天我妈热补了一下，真打起来那穷酸劲儿甭提了。如果不带伞，赶上下雨还有点儿诗情画意。我腋下夹着两本书，一本语文，一本数学，如果谁问我干什么去，我就说去学校复习，如果在罗娟英家楼下碰到人就说去问作业。再有夹两本书也是为了让罗娟英看，葛老师腋下永远夹着两本书，那个帅劲儿甭提了。这不是我说的，是罗娟英说的。葛老师单手把教案往讲桌上一放，罗娟英的眼睛就直勾勾地看着葛老师，胸脯就一鼓一鼓的。我学着葛老师脚尖轻快地点着地走着。

进了红旗厂院门，一阵风吹过，我将了将散在额前的头发，闻着潮湿的空气。一个雨点儿打在我的手腕上，接着一阵更大的风摇得树叶哗哗响，雨点儿噼噼啪啪在甬道上摔得粉碎，我赶紧走了几步下了甬道，沿着路边的树往前走。望着灰蒙蒙的院子，有几个孩子飞速地钻进楼道，有不少人家在关窗户。

我把书遮挡在眼前跑起来，到了罗娟英家楼下，看了一眼她住的房间窗户，大声喊起孙有炳。二楼的窗子里居然有人瓮声瓮气地答应！我看到罗娟英家旁边的窗户开了，孙有炳探出脑袋瓜儿。

"我到陈科家你都能找到我。"

我目瞪口呆地望着孙有炳，夹着的书散落在了地上。

"你怎么知道我在陈科家？谁跟你说的？"

听了他这话我刚明白，原来他不是在罗娟英家，陈科和罗娟英家住一个楼道，这个孙有炳怎么跟四班的陈科混上了呢？这小子一定是醉翁之意不在酒！陈科从窗户里伸出脑袋朝我喊："上来吧！孙有炳正在问我数学题呢，你不是也来问数学题的吧？"我不知所措地答应了一声。这个孙有炳，王八蛋！他哪儿是学习的人呀，这小子一撅屁股拉几个粪蛋儿我都知道，分明是来窥视罗娟英动静的。我瞥了一眼罗娟英家的窗户，湿漉漉的玻璃后面有一张水彩画一样的脸。窗户轻轻地推开一条缝，一张叠好的字条飞落下来。这时孙有炳探出窗外大叫："怎么？你叫我下去有事儿？"

我赶紧喊："没事儿，没事儿。"我边说边捡着散落在地上的书，"我这就上去，找你就是想问作业的事儿。"我在抬头的一瞬，扫了一眼落在雨水里的字条，飞身跑进楼道。

我稀里糊涂问了数学作业，孙有炳在我带的数学书上一通乱画。我又问了陈科一道题，他不厌其烦掰开揉碎讲了半天，我不懂装懂啊啊着，大声说："噢……哦……原来这么解就行啊！"其实，我的心根本没在数学题上，一半想着雨地里的字条，一半想着窗口前的罗娟英。

四点半钟陈科去厨房淘米，我借这个机会说回家给父母坐壶水，没等陈科挽留声落地，快步出了门，三步并两步下了楼，看见那张叠好的字条还在雨水里浸泡着，我捡起来想把它打开，可浸泡的纸太软了。我用两手压了压纸里的水，小心翼翼地把字条放进裤兜里。在这阴雨初定的下午，我有了劫后余生的欣慰。

回到家里，进了北屋，转头又去了南屋，然后又回到北屋，把门关好，从兜里小心翼翼地拿出叠成方宝形的字条，蹲在床前双手轻轻地拆开，把字条放在凉席上，用干毛巾吸了吸残余的水分，把毛巾放在二屉桌上摊开，把字条移在上面按平了，仔细分辨着模糊不清的字迹……这个笨得比小雏鸡还要笨的罗娟英啊，你怎么能用钢笔写完就扔到雨地里呢？就不会用铅笔写？我打开灯，又从南屋把台灯也拿到北屋打开，那一行蓝色的字濡染成一团，最后让我看成蓝色的海洋……

晚上，打开半截抽屉，继续看着躺在抽屉里的字条，字条稍干了些，可字迹模糊一片，仍然看不清楚。看不清我就猜，我把好的一面坏的一面都猜了，感觉还是不对，她对我的好坏没有必要写在字条上，她完全可以当面跟我说，而且还避免了很多风险。会不会也是跟我写的一个内容，当她知道孙有炳在陈科家约我改个时间呢？她在图书馆阅览室说的那几句话，对于我对于她都没有下文，这个纸上写的内容很可能就是约我改时间。想到这里，我呼吸急促起来，我念着那根本看不清楚的字条：今天孙有炳在陈科家不方便，晚上七点半在锅炉房后面小树林见。

默默地念完，好像念多了二至三个字。我想了想刚才念的字，如果把"七点半"的"半"字拿下去，再将"锅炉房后面"的"后面"两字拿下去也念得通。我去南屋看了一下表：六点半刚过三分。我回北屋把字条小心叠好，放在我睡觉的凉席底下。我下了楼，飞一样地跑起来，我也不知道为什么跑那么快，就感到浑身有一股劲儿憋着出不来。我跑着跑着打了一个嗝，刚才吃的酱油炒豆腐，有一块儿颠到了嗓子眼儿外头，我咽了几下没咽下去，组织了半口唾沫重新将碎豆腐送回食道。

过了马路，到了路边的树林里，地上有点软，我三步并作两步跳到围墙边的小路上，傍晚的空气清新可人，让人感到夏天少有的凉爽。我吹着口哨儿走进红旗厂院门，从一号楼向南走，到七号楼。这条路线我早已想好。前面九号楼是单身宿舍，九号楼西边是一个足球场，足球场的西边就是锅炉房。锅炉房的北面有个灯光篮球场，有几个像我一样半大的孩子在打篮球，我使劲儿看了看，一个孩子有点儿眼熟，是我班一个女生的弟弟，比我小两届。再远处四号楼对面食堂门前围着一拨人在嚷嚷着什么。

我瞪大眼睛看着五号楼拐角处，心里想罗娟英今晚上能来吗？如果来现在也差不多了，我问自己，你怎么分析她的字是约在今天晚上呢？五号楼路口处有人在穿梭，我一次次充满希望，又一次次地失望。如果五号楼拐角处每分钟出现三个人，一个小时内罗娟英也应该出现了。我在经历一个半小时煎熬之后想出了这么一个公式，这个公式麦当劳在北京王府井开第一家店时用过——测人流量。现在想起往事感到自己的情商不高，有时很幼稚。两个小时过去后我又有了一个想法，字条上面的字，很可能是不接受的意思，她肯定拒绝了我什么。其实，我到这地方来也不完全是为了罗娟英，我是为自己，我没事儿，我空虚，我有的是时间消遣不出去，要不今天晚上我干什么去？我为了缓解自己绷紧的心情，等一晚上罗娟英亏了吗？错！我占了多大便宜啊！如果罗娟英现在就站在我的眼前说："徐伟成，我让你在这儿等十个晚上，让一百个蚊子叮你一百个包，我再约你干不干？"我会说什么？"当然，就是等一辈子也在所不惜。"徐伟成，我叫着自己，你小子连一晚上都不付出还想跟罗娟英交朋友，见鬼去吧！我猛地站起来，拍了拍屁股上的尘土，环顾了一下四周的黑暗，然后跳下地窖，落地还没站稳就将手使劲儿地插进裤兜里。大夏天的揣什么兜啊？我替周围的黑夜问自己。我从五号楼前经过，在三单元门口儿站了一会儿，望着罗娟英房间的窗户，半截儿镶边碎绿黄花的窗帘已经挂上，灯光昏黄地照在上面，仿佛罗娟英知道我就在她的窗口下，马上就哗啦拉开窗帘推开窗户，探出脸喊："徐伟成你等我，我马上就下来！"夜静得能听见自个儿心跳的声音。窗帘上的灯光呼啦灭了，睡这么早，还写不写作业了？没准儿罗娟英知道我站在窗前望着她窗口，怕人看见赶紧关了灯……一只猫从我身后蹿过，接着又是一只，它们互相追逐着嗷嗷嗥叫，就像小孩儿哭一样，听着这声音我心里甭提多憋得慌了，我也大叫一声，两只猫吓得一下子蹿到垃圾站门旁的旮旯儿里，拉着尿一步一回头朝四号楼方向爬去……

第 五 章

第二天中午放学，罗娟英叫住我，她在座位上慢慢地收拾着铅笔盒，把书放入位子里，看座位旁的几个同学都走了，小声对我说："作文刚才没发给你。"她低着头把作文递到我手里，说，"忘了跟杨英说了，中午一点你过来帮我出黑板报好吧？"最后一句话声音更小，她把一只腿先伸出位子，然后侧身站起来，眼睛看都没看我一眼，只跟擦黑板的李小燕打了一声招呼就消失了。我看着李小燕把黑板擦完，刚想说话，李小燕说："你怎么还不走，我该锁门了。"她的话让我欲言又止。

中午，校园很静，北面田径场的尽头，贾老师出门倒饭盒里的水，朝我这边看了一眼，我感觉他要跟我说什么，可因为离得太远又放弃了。我穿过四块篮球场，走进松树林，看门还没开，坐在秋千上。秋千吱呀吱呀地叫，在寂静的校园里特别刺耳，让我感到心焦。

我索性站在秋千上使劲荡起来，透过松树林，越过围墙，我向红旗厂家属院门望去，有不少大人陆陆续续进了家属院大门旁边的厂门。厂子敲铁轨声响了，还有五分钟就一点了，这时罗娟英出现在厂门口，她过了马路进了学校。看她进了松树林我把秋千荡得更高了，几乎荡到树梢上，吓得我自个儿直冒冷汗。罗娟英低头在秋千旁走过，我扭头看到罗娟英打开教室门，赶紧坐在秋千上，用脚划着地，鞋里着了火一样热起来，我掸掸满是灰尘的裤脚，跑进教室。罗娟英站在板报前扬头凝思，我站在她的后面，不知说什么好，非常唐突地问了一句："杨英什么时候到？"

她转过身子，手指转着粉笔，说："昨天我妈看了我的笔记本。"

我心里一惊，慌乱地说："是不是写孙有炳了？"

她说："他配让我写？"

我说："那你写王老师？葛老师？"我直接说葛老师怕她挂不住。

她不耐烦地说："我写老师干什么，我写的是你。"

我"哎哟"一声说："写怎么为你和杨英挨打的事儿？"

她说："我妈根本就不让去城里玩儿，我敢写吗？"她责怪道，"我妈看完日记把我好一顿训，说苍蝇不叮没缝的鸡蛋……"这时一只苍蝇从眼前飞过，她闪了一下头。

我说："日记里写的什么？为什么不写我为你两肋插刀？"

她轻蔑地看了我一眼，说："要是那样我早死定了，我主要是写你给我写的字条，不知道该怎么回绝你。"

我有些急了，说："既然回绝我直接说不就结了。"

她拧拧鼻子，说："那天孙有炳在陈科家，我能下去跟你说吗？我不给你写在字条上了吗？"

我急切地说："字条被你扔到水里洇得我没看清楚……唉！一句话的事儿，你不同意也就罢了，写什么日记呀？"

她听了我的责备，眼圈一红抽泣起来。"是你没事儿给我写字条，如果没有字条，有日记吗？"

我说："那你今天约我只是告诉我这点儿事儿？"

她说："我叫你来是想说，我妈昨天说要找你妈……"

我说："说什么事儿？是不是我写的什么你全说了？"

"我不把字条交出来还不打死我呀。今天叫你来就是让你有个准备，我妈今天上班真要找你妈，你晚上回家怎么办呀？"她哭着说。

我故意气她说："兴许你妈和我妈说让咱俩好呢。"

她听了这句话，转涕为笑："徐伟成，你……过几年我就是大人了，我妈让我跟你好，我都不会跟你。"

我问："为什么？"

她说："我怕你把我卖了。"

我说："让你一说我还不是人了，我就是卖我妈也不能卖你呀。"

她听了这话转过头去，我从侧面看她的脸颤抖不止，平静了好一会

32

儿，她咳嗽两声转过头，朝我一字一句地说："今天我妈上班……真跟你妈说了，你想个办法呀！"她看着我绷不住又笑了。

我想了半天，也没想出好办法，我问："你那日记到底说了什么呀？"

她说："我日记里的东西怎么能告诉你呢，这么说吧，大概就是你约我，我很犹豫。"

我听了也不耐烦地说："如果我妈问我，我就说……喜欢你，爱怎么着就怎么着吧！反正也是挨一顿打了事儿。"

教室外有人吵嚷，有快速奔跑的声音，我打开门探出头，两个四班的男生上了秋千，一个坐着一个站着；霍国强和张东旗也进了小树林，他俩朝厕所拐去。我回头看了罗娟英一眼，烦闷地出了教室。

下了学我没敢回家，去了张东旗家，帮他买了趟煤。晚上在他家吃的饭，他妈把他妹哄上床睡下，我才不得不从他家出来。走在大街上，我尽量放慢脚步，一步一步朝前挪。可不知不觉还是到了家门口，抬头看了一眼我房间的窗户，漆黑一片。想着我妈劳累一天兴许睡着了吧，我蹑手蹑脚地上了楼，轻轻地将钥匙插进锁眼儿里，打开单元门，猫一样走过夏大爷家门，极轻缓地打开自己的屋门，小心地刚把门掩上，还没来得及舒一口气，我妈那屋的门响了，地上的门缝射进一道灯光，我听着她在检查楼道的门锁，然后把厕所门关好，再然后我的门被我妈用力推开。

"徐伟成，到大屋来！"一听我妈叫我全名就知道坏了。跟在我妈后头磨磨蹭蹭走进大屋，她说："把门插上。"我回身把门插好，心想，太残忍了，打我还让我插门，这跟自己给自己五花大绑有什么区别！

我妈说："说说吧！这两天你尽干什么好事儿？"

我听我妈这么一说还真有点糊涂了。怎么着，今天高老师下午家访了？高老师上午确实表扬过我，说我热爱劳动。不管怎么着，我表扬自己是没有错儿的吧，我说："今天高老师确实表扬了我，中午我帮罗娟英出黑板报，还有上午……"我妈听了这话，从半截柜后面抄出早已藏好的鸡毛掸子，二话不说照我脑袋抽来，我一低头胳膊一挡，正抽我耳根子上。

我妈歇斯底里地喊："给我跪下！你再给我瞎白话我抽死你！"

我爸在阳台上探出头，慢条斯理地说："他中午是给班里出黑板报去了。"

我看了我爸一眼，我妈把阳台门关上，"呸"了一声，转回头说："你甭看他，念秧儿也没用，他救不了你。"我低头，不情愿地跪下。

"说吧！你这两天干了什么坏事儿？"她把"坏"字拉得很重很长。

我说："上生理卫生课的时候，我写语文作业来着，被老师把语文书给没收了。"

我妈说："打岔是吧？"

我说："我真没干什么，再不你给我提个醒？"

我妈说："好！我看你是不见棺材不落泪！你给小娟子写那字条是怎么回事儿？"

我说："不是我写的。"

我妈说："那是谁写的？"

我说："反正不是我写的，是我抄人家的。"

我妈举起鸡毛掸子说："还跟我翠，说！就是你写的！"望着我妈高举的鸡毛掸子我耳朵嗡嗡直响，本想说是我写的，可我老想那高举的鸡毛掸子，一紧张说成："是我写的吗？"

我妈听了气得照我脑袋上就是三四下子，嘴里不停地说："我让你不承认，我让你不学好，我一辈子最恨的就是你们这些敢做不敢当的家伙。说！是你写的！"

我说："我不是说了吗，我写的……吗！"

我妈又说："我相信你能写出来。"

这时我爸在阳台上说了话："你打孩子就打孩子吧，说'你们'是什么意思？一辈子就恨敢做不敢当的男人，我怎么越听越不是味儿呢？"

我妈回过头朝我爸说："我教育孩子碍你什么事儿？下班回来我就跟你说，让你管管他，你怎么说的？"

我爸说："这种事儿怎么问？"

34

我妈说:"教育孩子有什么不能问的?我看你是不敢问。"

我爸说:"我有什么不敢问的?"

我妈说:"那我今天叫你问,你为什么不问?"

我爸走进屋里从半截柜上拿起一支烟点上,轻吐一口烟说:"小娟她妈也没说出什么,不就写了一个时间地点让她闺女出来吗?他这么大了,放学后约个女生聊聊天有什么大不了,咱俩像他这么大结婚都快一年了。"

我妈把嘴咧得很歪地说:"终于说出来了,有其父必有其子,我没说错吧?我没说屈你吧?"

我听着我妈和我爸鸡一嘴鸭一嘴地吵着,心里甭提多高兴了。我抖了抖麻木的肩膀,仿佛有几百只小虫子在肩膀上爬,甭提多舒服了。

他俩越吵声音越大。

我妈说:"孩子这个毛病就是随根儿。"

我爸说:"我看也是,你说你不老实在东北待着,没事儿老给我写什么信?"

我妈说:"我写信光明正大,合理合法,不像你,给狐狸精写,那是非法的。"

我爸说:"证据?"

我妈看了我一眼说:"我说出来都牙碜!"

我爸说:"说不出来就是造谣。"

我妈说:"'我吻遍你的全身'这句流氓话是不是你给那狐狸精写的?"

我爸对我翻着眼珠子,说:"去!去!偷听什么呢!"说着他把我轰出门外。我在厨房里假装找吃的,听着他俩在屋里大吵大嚷。

我爸说:"你偷翻我的箱子。"

我妈说:"谁叫你不锁呢!"我妈语音未落,屋里八仙桌板凳的挫动声和脚在地上的摩擦声交织在一起,门旁的脸盆"哐当"一声摔在了地上……我支棱着耳朵听着屋里的山呼海啸声,心里甭提多痛快了。我看邻居夏大爷、夏大娘从屋里出来,拍门叫着我爸我妈的名字,并用力把门撞开，夏大爷上前架着我爸的胳膊，说："徐师傅，住手，有什么话坐下说。"

夏大娘扯着我爸的衣袖说："都四十好几了，怎么说动手就动手？"我妈抽冷子腾出一只手，照着我爸的脸就是一爪子。我爸"啊"了一声，他摸了一下脸，看手上有血，四个人又搅在了一起。夏大爷气喘吁吁地朝我爸说："徐师傅你不松手我可报警了。"

我爸拿起搭在床头的手巾，沾着脸上的血迹说："今儿个这事儿没完！"

夏大爷说："我说他徐婶，陈芝麻烂谷子老提有意思吗？他以前做了什么并不重要，重要的是过好今天的日子。允许人犯错误，更允许人改正错误。"

我妈说："我就说了他一句，他就打我。"

夏大娘问："你说啥了？"

我妈没吱声。

夏大娘问我爸："她说什么让你那么大动肝火？"

我爸说："'我吻遍你的全身'！"

夏大娘脸一红，瞅瞅我妈，不再说话。

夏大爷听了笑着说："徐师傅，还真有你的。"

我妈听了夏大爷的话停止了哭声，她看我在门口外站着，指着我说："我本来不想打你，就是因为他下了班气我，你今天挨打就是因为他！"我妈用手指着我爸。

我爸一脸无辜的样子，冲我说："不管怎么样，谈情说爱都不是你这个年龄该做的，忍了吧，毕了业，你爱干啥就干啥。记住，男人膝下有黄金。"我爸刚说到这里，我妈又跟他吵了起来。

第 六 章

我爸说得不错，像我这么大对异性一点儿想法都没有那不成傻子了？尤其我妈说我不学好，她说这话根本就没资格。她像我这么大都快生下我姐了，真是饱汉子不知饿汉子饥。我生理发育期大概是十六岁，我也问过不少男同学，他们的生理发育期在什么年龄。不知是羞于出口还是像我一样记不清了，当我问起他们第一次遗精有什么感觉时，他们有如下说法："很突然！""很害怕！""很舒服！"这几种情况我都有过。

还有一种现象是我观察到的，学习好的学生对异性吸引克制度高，反之，学习不好的学生克制度低。虽然这个看法有点儿以偏概全，但控制好对异性吸引的尺度，对学习有很大帮助是毋庸置疑的。

我还认为我学习不好和我青春期发育异端的认识有关，每天晚上我一躺在床上，那种安静让我感到不安。每一次突如其来的遗精，莫名其妙的快感，让我开始寻找生理需求的周期，一次次变着花样地疏导出来。我知道这种行为肯定是可耻的，可又一次次安慰自己。被动也好，主动也好，总之是不可避免的，为什么不可以把悄然而至变成逍遥而去呢？

自从五月一日课间操改为早操，一个多月我迟到了十多次。原因是入夏白天又长又热，再搭上罗娟英这点儿事儿弄得我五迷三道，早上一起床经常就快八点了，能赶上早操就跑两步，赶不上就在杨富店小吃店买上一个油饼、一碗豆浆，在等豆浆凉下来的时间里到水龙头下冲个头，让支棱的头发贴着脑瓜皮顺溜点儿，省得高老师一见面就说我头发长让我剪头。

有一天为了赶时间，我往豆浆里兑了点自来水儿，结果，上到第二节课我就频频举手上厕所，跑到厕所一蹲下来甭提多爽了。我欣赏着墙上的一段厕所文学——以学校领导和老师名字串联起来的顺口溜：我读着高文学，过了于德水，来到常江，捞了一条王子余……王子余是谁？我们一校之长。墙上还有不少下流话和孙有炳画的画。

下午一进校门，过了篮球场，张东旗他们在秋千旁聊天，孙有炳朝我挤咕眼，我没理他。我进了教室，看郭凤慧在座位上鬼鬼祟祟翻着书包，我本想扭头出去，可她抬头看我一眼后，慌慌张张擦着我旁边跑出教室。我坐在自己的座位上，低头看着郭凤慧敞开的书包，用手撩开课本和作业本，一个纸包展现眼前，一条黄带叠得整整齐齐。我赶紧盖好，我懂，这是女人用的东西。这时，北窗外有人喊："王八蛋！"我吓了一大跳，接着传来一片打闹的嬉笑声，不是有人发现我偷看女生书包。我站起身，刚想踮脚往外看是谁，就听窗外李小燕说话："魏生京有安全感。"又听白丽说："不但有安全感，他魏生京这个名还有亲近感呢。"

又是一阵追打声。

白丽喊："别抓我胸，流氓。"

李小燕气喘吁吁地说："最骚的就是你，不但嘴骚，人也骚。大家看她穿的裙子多短，裤衩儿都露出来了，真骚！"

白丽说："这叫网球裙，你真少见多怪！再说，我还用骚吗？"

李小燕说："行行行，你就是穿麻袋裙，咱班男生也得拜倒在您的麻袋裙下。"

杨英说："罗娟英，李小燕都说了，该你了，可别说死守你爸一辈子。"

罗娟英说："要找就找我爸这样的，人好，脾气也好。"

杨英说："你千万别告诉我们你喜欢谁，你就告诉咱们年级谁好看就行了。"

罗娟英说："我看都挺好的。"

李小燕说："罗娟英，你这样说就没劲了，你要这样，我们大家给你选了，你可别说我们乱点鸳鸯谱。"

李小燕杨英给罗娟英点着男生的名字，点了四五个也没点上我的名字，我感到特别失望。可随着罗娟英一一否定，我又燃起了希望。杨英继续不依不饶地追问罗娟英："你到底喜欢谁你到底喜欢谁?"罗娟英说："非让我说，我告诉你们，咱们年级我一个也没看上，如果真要说一个，我觉得我哥的同学有一个长得不错，人也好，一说话就特别逗人。"

白丽突然说："我知道她喜欢谁了，你们知道一班王丽萍不，她二哥，满脸大胡子，外号'野狐狸'。"说完传来一阵乱七八糟的脚步声，白丽上气不接下气地跑进教室。我赶紧眯缝着眼装瞌睡，白丽在教室书桌过道里边跑边喊："我知道你喜欢什么了，你喜欢大胡子。"白丽从后门又跑出了教室。我从眼缝里看见罗娟英走到讲台上，找了一支粉笔，在黑板上写："杨英喜欢……"刚写了一个"王"字，杨英就冲到讲台上张手抓她，罗娟英扔下粉笔也跑出教室。杨英拿黑板擦擦着黑板上的字，嘴里叨咕着："明明自己喜欢，却往别人身上赖!"我心里吃一惊，装着伸了一个懒腰站起来。杨英吓一跳，问我："你听见啥了，看见啥了?"我故意气她："我啥都听见了，啥都看见了!"说着伸着懒腰走出教室。

厕所里有三四个二班的学生抽着烟，有两个站在墙旁比谁往墙上尿得高。我摸了摸裤兜，把刚才买的两根烟转移到衬衫兜里，翻过围墙，拐过东墙，坐在阴凉处，点上一根烟吸起来。刚才罗娟英说出的话让我很吃惊，罗娟英怎么能喜欢比她大那么多的男人呢? 而且是个蓬头垢面衣衫不整，说白了就是放大了的魏生京的形象。在我的印象里，那个"野狐狸"除了学习不行，什么都行，足球手球玩得好，乒乓球玩得也不错，"野狐狸"的外号是因为他身上黄乎乎的，体毛很重得来的。罗娟英喜欢的东西太离奇了，我离她的要求标准差得太远。听王大力对霍国强说，胡子不能刮，越刮越重。我准备从今天晚上开始刮胡子刮鬓角刮睫毛，腿上也要刮，还有胸部，什么时候刮成野狐狸什么时候罢手。

第 七 章

　　教我们的老师姓高的有三个，号称"三高"。血压高的教数学，颧骨高的教英语，身材高的是我们班主任。教英语的高老师以前教俄语，1977 年俄语改为小语种，她改教英语。她的英语是跟她在四中教英语的丈夫学的。她边学边教，我们边学边琢磨，怎么琢磨怎么有点儿俄罗斯风情，总是嘟噜嘟噜一串一串的，这么说吧，就是俄语里的卷舌音特别多。

　　外语这门学问最好要有语言环境，我们和高老师都是半路出家，语言环境又是在英俄之间，再加上那个年代学外语也派不上用场，小环境大环境这么一掺和，我们再努力又能学成什么样？不爱听讲就没事儿干，没事儿干就生事儿，起点幺蛾子。当然我们也分人，班主任握有生杀大权不能惹，男老师力气大不能惹，教英语的高老师就成了我们放松的对象。高老师走上讲台，张东旗喊起立，我们和高老师用英语相互问好完，高老师开始在黑板上写英文，我们开始搞小动作。罗娟英手托着腮，嘴里咬着铅笔，聚精会神望着窗外，几只小鸟在树上叽叽喳喳连蹦带跳，罗娟英舌头像小鸟一样探出嘴唇左右张望。不知道哪儿来一股劲，我轻轻地跳出座位，迅速地跑到罗娟英旁边空位子上，手撑着脸佯睡起来。霍国强更甚，他刺溜一下窜到后门儿玩失踪。

　　高老师在讲台上看着我们这些兴奋的笑脸，气得肚子鼓鼓的，她越气肚子越大，越大我们越欢实，越大她越莫名其妙地脸红。开始我们以为是气的，后来才知道是怀孕了。

　　那时候有一种现在人们不理解的想法，你做那事儿做出了大肚子还来教我们？下午第一节课上英语，孙有炳串通我们班男生说，他在门口儿看着高老师，高老师快到门口儿的时候，以他挥手为令，让我们一起喊"大肚蝈蝈你往哪儿跑"。我们听了，甭提多兴奋了。我们看孙有炳在门口儿向外探头探脑，一会儿随着他一挥手，我们高声喊："大肚蝈蝈你往哪儿跑?"可霍国强他们只喊了"大肚蝈蝈"就停了，我不但全喊完了，后面还加了一个"啊"的长音。我的"啊"音还没落下，全班同学已经笑得前仰后合。

高老师站在教室门口儿一动不动，她盯着我满脸绯红，她越红我越冒汗，高老师在雷鸣般的笑声中转头走了。霍国强笑着骂："傻帽儿，高老师都站门口儿了还喊呢，你等着挨办吧!"果不其然，没过五分钟，班主任高老师走进教室，让我们改上自习，狠狠瞪了我一眼。我还以为没事儿了，又过了一会儿，教导处钟主任走进教室，她朝我严肃地呵斥："徐伟成，站起来! 跟我去教导处!"

我一听完了，我慢慢收拾好课本，低着头跟在钟主任肥大的屁股后面，心想，怎么办，怎么为自己开脱? 我一路走一路想。来到教导处，钟主任把门关上，厉声说："站好喽，站没站样，坐没坐相，身上跟长了刺儿似的。你说，班里哪次捣乱没有你?"

我说："钟老师，这一次您真冤枉我了，这一次是孙有炳让我们大家一起喊的，我是吃了孙有炳的挂落儿。不信，您去我们班里调查调查，我有半句假话，雷劈，刀砍，斧剁!"

钟主任看我发了毒誓，火气稍小了些："唉，你这孩子都这么大了，怎么还没溜儿啊? 你说，还有比你讨厌的吗? 你妈不大肚子怎么有的你? 你妈怀你弟弟的时候别人喊你妈大肚蝈蝈你干吗?"

我说："钟老师，我就喊了半句'你往哪儿跑'，前头那半句我没喊，是别人喊的。"

钟主任厉声问："谁喊的?"

我说："反正我没喊，您可以问高老师，她听见我喊'大肚蝈蝈'了吗?"

钟主任向椅子背靠了靠，两只胳膊叉在胸前说："徐伟成，我到班里谁都没叫，只叫你出来，我没有调查好能叫你出来吗? 再给你一分钟考虑时间，好好想想，想好了跟我说，我们党的政策是坦白从宽，抗拒从严。你这个按说不是什么大事，可你有错误不承认，这个问题就严重了，比你现在犯的错误严重一百倍。"

钟主任这么一开导，我像占了便宜似的说："我喊了'大肚蝈蝈'，可我是小声喊的。"

钟主任说："徐伟成，上小学五年级的时候我就教你，我为了你当上红小兵到处帮你说好话，说你进步大，红小兵给你解决了，你给我做脸了吗？没两个月，你就到农民地里偷红薯，让人家找到学校，那天我记得你也告诉我就偷了一个小个儿的。那天我跟你怎么说的？你更可恶，你不但犯了盗窃罪，还浪费国家粮食。去年在体育场开公审大会，你还记得不？有一个外号叫猴子的流氓，强奸妇女判五年刚出来，又强奸了幼女不就给毙了吗？"

我越听越害怕，浑身冒冷汗，敢情越小越严重啊！钟主任说得也对，红薯那么小个儿就给拔出来多浪费呀，猴子强奸一个地主老太太才判五年，可强奸一个十四岁的中学生就给毙了。我怎么老给自己加罪呀！想到这儿我说："钟老师，我的声音不小也不大，我是歌唱家刘秉义那个中音。"

钟主任说："中音就更不对了，这说明你想喊又不想喊，立场不坚定，左右摇摆，不仅立场有问题，品质还有问题。你这个问题的严重性在于高老师是人民教师，这件事必须请家长来才能解决。"

钟主任一说请家长来我当时就傻了，看样子不能轻易过关了。我带着哭腔儿说："钟老师呀，您可怜可怜我吧，前几天厂子乒乓球比赛我爸把腰扭了，在床上躺了好几天没下地了。"

钟主任说："那叫你妈来。"

我说："我妈是临时工，请假就扣钱，弄不好给开除了。"

钟主任说："你说你父母这么不容易，你还惹是生非？"

我说："钟老师，通过您刚才开膛破肚地解剖我的问题，我认识到了问题的严重性。高老师肚里的孩子生下来，以后长大了也是老师，我犯的是……"

钟主任一听我对所犯的错误认识有了一定深度，说："行了，说说都谁参与了，这么着吧，你先写出来，一个别落下。"

说着钟主任找了几张横格纸，又找了一支蘸水笔，把墨水瓶推给我。

我说："钟老师，我先跟您说一遍，事情很简单：孙有炳教唆我们男生喊的，我因为坐在教室北面前头，看不见高老师快到门口儿了，所以我全喊了。他们坐在靠门的只喊了前半句。如果我也坐在他们的位置上，我也喊半句；他们要坐在我的位置上，也会喊出后半句，您听懂了吗？"

钟主任沉默片刻说："有多少人喊？"

我说："男生差不多都喊了。"

钟主任说："具体情况学校还要认真调查，你先把经过写出来，这个检查最少也要写三篇作文纸。"说完钟主任走出屋子。

下午一放学，我们班男生都聚在教导处对面打乒乓球，他们边打球边向教导处窗户里张望。看着这帮人心不在焉地打球，我想，小子欸，让你们玩我，全给你们写进去。尤其孙有炳，这小子太阴了，高老师都走到二班后门了才挥手，能不出事儿吗？如果高老师从一班一拐弯就挥手，我们就是喊三遍高老师也不知道谁喊的呀。

大概四点半，钟主任才回来，她问："写得怎么样了？"她边说边坐在了椅子上。

我忙说："写了半页多了。不过，您这笔我使不惯，能不能换支圆珠笔呀？"

钟主任："就你事儿多，我跟高老师碰了碰，你们高老师就是心地善良，她不想把事情弄大，你回去写个检查，写工整点儿，别跟蜘蛛爬似的。写完让你爸签个名，下星期一带着检查来找我，写深刻了复你的课，写不深刻我们老师去家访。你不说你爸打球扭伤了吗？"钟主任说完从抽屉里拿出笔记本，"去吧，待会儿我还有会。"我对钟主任点头哈腰地说声"谢谢"，急忙退出教导处。我走到乒乓球台前背起书包转头就走，孙有炳王大力跟在后面说："怎么样？没撮吧！"

我头都没回地说："我把你们全抬出来了。"

"哎，没抬我吧？"王大力问。

我说："钟主任说了，主要是写经过。"

孙有炳说："你不会说是我出的主意吧？"

我侧头问："你的意思是说我出的主意？"

孙有炳说："我可没那么说。"

我停下脚步说："孙有炳呀孙有炳，你说我不抬你抬谁？"

孙有炳急赤白脸地说："那你也太不局气了。"他追在我的后头又说，"你不局气我不能不仗义，这么着吧，我们大家惹的事儿，我们大家替你写。"

我说："写三张作文纸，还要家长签名。"

孙有炳说："这有什么问题，找人代签呗。"

我甩了一下书包，孙有炳回头叫着霍国强。霍国强跟上来的时候，我已经走出校门，就听孙有炳郑重其事地说："今天这事儿不是他一个人的事儿，是大家的事儿，如果我们大家不帮忙，谁都脱不了干系。"听他这么说我停下脚。

霍国强说："你说怎么帮？"

"关于检查，我和徐伟成一块儿写。"孙有炳转过身朝霍国强说，"家长签字，让你三哥给签，今天晚上你就签好了，别忘了，明天下午和二班踢球的时候带来。记住，签三份，以防不够用。"

霍国强把手搭在孙有炳肩上说："我三哥模仿我爸的笔体一绝，他爸的笔体我三哥可不知道。"霍国强说完扭头瞧着我。

孙有炳歪过头说："钟主任更不知道了，你就叫你三哥写得帅一点儿就行了。"

孙有炳没有食言，晚上吃完饭就来到我家帮我写检查。我妈我爸对他百般殷勤，让他多帮助帮助我的数学，他喝着我妈沏的红糖水，跟我妈保证了足有十多分钟，说期末一定将我的数学提高到八十分。我心说，就你那两下子，自己到得了到不了八十分都画魂儿呢。我不是吹，就我这脑袋瓜儿，如果稍微一努力，罗娟英再让我省点儿心，八十分算

44

什么，考八十五分又怎么样，我就是有点儿偏科罢了。我姐一回家就说我："净学些没用的东西，你除了学语文有点儿用，学历史、农机、生理卫生有什么用啊？"她一说这些我妈就有点儿不高兴，我妈说："照你这么说，这些学问没用学校教他们干吗？我看都有用，你姥姥她们村南山上有个吴姑姑，天天给人讲古看病，我看他学的历史和生理卫生有的就像吴姑姑讲的那些东西。学农机有什么不好，他这本书我翻过两页，我看有用，实在不行回你姥姥家都用得上。"听我妈说这些话不知道是挖苦我还是鼓励我，总之听了不顺耳，太瞧不起我了，我回姥姥家混，罗娟英怎么办？那么漂亮大姑娘没人管，迟早要学坏。再有，我偏科不是没有原因，罗娟英是语文科代表，语文作业不完成我不死定了？教历史的葛老师，罗娟英的偶像，一米八的身材，一脸的连毛胡子，海军转业，别说我怕他，校领导都惧他三分。农机课是吴丽萍老师教，她长得全中国数得着的漂亮，当今除了范冰冰和她当年有一拼，剩下的都提拎棒子叫狗——远去了。你说，现在范冰冰给咱男生开讲座你爱听不？吴老师给我们讲积肥沤大粪，怎么说呢，有臭豆腐的感觉，讲得再臭我们也觉着香。生理卫生老师叫欧阳梦，是个南方人，长得矮小白皙，一说话跟小鸭子似的。她讲课讲到关键之处脸就红，声音颤颤悠悠的，越来越小，我们支棱着耳朵吧唧着嘴，早把课堂捣乱的事儿忘到九霄云外了。

孙有炳这小子说是帮我写检查，其实是怕我把他抬出来，他所谓的帮我就是帮他自己。他把一切责任都推给了大伙儿。他写完检查还对我郑重地念了一遍，恬不知耻地还夸自己写得不错，他说这不是最后的定稿，明天让大家再提提意见，如果说没问题了，再交给钟主任。我想也是，只要能过钟主任这一关，咋写都一样。孙有炳说得也对，我们什么也没说，我们说大肚蝈蝈怎么了？这是咱们逮蝈蝈时经常说的一句戏言，跟你高老师一分钱关系都没有。高老师是蚂蚱是蝗虫？孙有炳这么一说，我倒感觉一身委屈，高老师钟主任真是多此一举，哪有捡骂的呀！

那时候，我们学校的体育设施还是不赖的。教室前有五台水泥砌的乒乓球案子，四块篮球场，一块标准的二百米焦渣跑道，跑道中间是一块足球场。球场的玩儿法和世界秩序差不多，初中生来了，小学生溜走；高中生来了，初中生滚蛋。先来的同学把手球大门向后移到二百米跑道外线，我们又讲了讲规矩，球场二百米跑道外线为界，东北角是体育器材室，从这儿发角球全部由西边角发。大家商量着规则，霍国强把他三哥写好的签名给了我，我打开看了一眼，然后收到裤兜里。我们刚一开球罗娟英和白丽就来了，她俩和守门的孙有炳不时地聊着天。白丽从罗娟英兜里拿出一个小梨递给孙有炳，我看在眼里酸在嘴里，心里骂，白丽真骚，孙有炳这种人她也看得上。自从罗娟英白丽站在我们大门后头，我们的防线就漏洞百出。我们在禁区里忙三倒四，没有十分钟就被对方灌进两球。

罗娟英看我们输的狼狈相说："看你们踢球真憋屈，还不如杨英踢得好。"

白丽说："你等着，我叫杨英去。"

孙有炳说："杨英在哪儿？"

罗娟英说："她早来了，贾老师今天要教她绝活儿。"说完罗娟英和白丽转身向贾老师的宿舍走去。贾老师的宿舍跟器材室隔俩门，她俩叫着门，没人答应。她俩走到门旁的双杠前站住，罗娟英将白丽托上双杠。白丽双手支着双杠，两条腿分开，和另一边双手搭在双杠上的罗娟英聊着什么。我们两边都一边踢球一边眼睛溜着她俩那边，也不知怎么搞的，自从罗娟英和白丽在双杠上嬉戏，我们的进攻有了起色，一直压着二班半场打，连我一个后卫都压到了中场，没有十分钟大伟就送给我们一个乌龙球。我兴奋地跑到罗娟英身边，学着电影里八路军干部的口吻说："你们在后方的担子不轻啊。"

白丽明白了似的说："我们不但要在后方骚扰敌人，还要配合主力早日打回来。"白丽和罗娟英在场边起着哄给我们加油助威。我们浑身充着血，像小兽一样横冲直撞，没两分钟王大力一个势大力沉的射门，球应声入网。我们场内和场外罗娟英白丽一阵欢呼，几个人跑到场边，张东旗在单杠上做了一个翻转，王大力在双杠上做了两个双臂支撑，我小跑到主席台后边喝了一肚子凉水，心想这俩傻帽儿，有劲儿没处使了。

我们回到中线再战，不知是我们体力充沛还是二班技不如人，总之我们在禁区里得到了不少机会。霍国强在底线一个传中，被大伟一脚封出了底线，只听"哗啦"一声，球应声飞进了器材室的小窗户。

"徐伟成，过来。"霍国强用手掰着窗边的玻璃碴，"来，我托你，只有你能钻进去，把球够出来。"我看了大家一眼，走过去，霍国强托着我的屁股，我钻进去，由于窗口太小转不过身，我两只手先着地。不知是大头朝下造成的，还是几个窗户上刷的黑漆所致，器材室里一片漆黑，我朝门的方向摸了两下，没摸着，又向里边摸去，我知道里边堆的是练功的软垫。当我摸到垫子的时候，"妈呀"一声叫了起来，我分明摸到了一条比垫子还软的人腿。我两眼像猫一样聚着光，模糊中杨英躲在垛起的垫子后面，她坐在一张垫子上，双手拿着球，正惊恐地看着我。我刚想问你怎么在这里，却看见杨英身后还有一双凶狠的目光盯着我，意思是说，敢出声我就宰了你！我不知道当时为什么有这么一个想法进了脑子，我用一秒钟辨别出来，他是贾老师。霍国强在窗外乱叫："你他妈的炸什么庙，赶紧把球扔出来，再有几分钟就终场了。"

杨英一次次扬着头意思让我把球接过去，我快速接过球，然后把球扔出窗户，匆匆忙忙钻出窗口，霍国强他们把我接下去。我脚一落地，回头看了一眼破碎的窗户，心想，我为什么这么狼狈而出，为什么不在出来之前再看一眼。我使劲回忆着在里面看到的情景，杨英的头发湿漉漉的，脸粉红得像澡堂子里刚泡完热水澡，衣服皱皱巴巴。哦，她好像没穿鞋，她的小脚像小猫一样卧在我的膝盖旁。这么动人的场面，我为什么慌不择路地出来了？哦，是那凶狠的目光，让我不敢仔细看清楚。我低头看着湿漉漉的裤衩，叫着换人。

星期一早上我来到教导处，把抄得工工整整的检查递到钟主任桌前。钟主任把茶沏好放在桌上，坐下，看了一眼检查，说："徐伟成呀徐伟成，说你什么好？都这么大了，还干那些尿尿和泥的事儿。我没记错的话今年你虚岁十八了吧，比我们家小宾子小半年。你说吧，怎么处

47

理你?"

我说:"钟老师,您舍得处理我吗?"

钟老师端起杯子,吹了一口漂浮的茶叶,说:"我舍不得处理你?我都想替你妈揍你一顿!不着四六的东西!"

我假装生气说:"钟老师,您骂得太对了,我就是一个浑蛋王八蛋!"

钟主任气得扑哧笑了起来:"你这小子,就是嘴好。不!你这个嘴,怎么说呢?"她喝了一口茶,"你的运气真好,高老师对你印象还不是太坏,知道你是被人利用了。不过,要你复课,你们班主任高老师同意不同意我待会儿还要问问。"

真正帮我解围的不是高老师,而是大毛的爸爸。下午二班上体育课,贾老师给了大毛一个嘴巴,大毛不服,骂了贾老师两句,贾老师又给大毛两脚。大毛弟弟二毛见哥哥被老师打了,跑回厂子把他爸叫到了学校。他爸爸一到教导处就反复问钟主任一句话:"不管我家孩子犯多大错误,老师打人对不对?"钟主任一下被点了死穴,她转着肥胖的身体朝我说:"徐伟成,你先回去上课。"说完赶紧转过去跟大毛爸爸赔礼道歉。

我从教导处出来,阳光明媚不明媚没注意,可我的心情是明媚的。下午第二节课已经上半天了,我本可以回家了事,可我高兴得不由自主往班里走,一到教室门口儿就听里边乱乱哄哄。我知道这是上自习课,为了逗班里同学一笑,不,为了逗罗娟英一笑,我特大声喊了一句:"报告!"只听教室里一片哄笑声,我像柬埔寨西哈努克亲王一样,用优雅的微笑检阅着欢乐的笑脸。我向班里每个角度挥手致敬,最后手势停在罗娟英跟前。她红着脸朝我骂了一句,因为屋里声音太乱,我没听清,但旁边同学听清楚了,又溅起一片笑声。看她的口型骂的可能是"傻帽儿"。其实,对于我来说,骂什么都不介意,只要她开心抑或她生气,这么说吧,我要时时刻刻出现在她的生活和学习中,不管她看我形象是好是坏,就像刚才她骂我我也高兴得不亦乐乎。笑声还没落,下课铃就响了起来。郭凤慧收拾着桌上的书本,我看她没给我让位,大声叫着："起来！"

她抬头看了我一眼说："都放学了你进去干吗？"

我一愣，想了想说："进去拿东西。"

她说："拿什么？"

我说："拿书包。"

她说："你书包都没带，拿什么书包？"

我说："你管我拿什么呢，反正我拿东西。"

她说："你的位斗里比脸还干净。"

我说："再跟我贫我揍你。"

"你坐一宿我都不管。"她说着把搁大腿上的书包扣系上，刚要站起来，杨英在旁边推着我的肩膀说："好男不跟女斗，让着我们女同胞点儿。"我梗着脖子跟杨英走出教室。

杨英看孙有炳跟在后头，说："我跟他说一句话就完事儿。"

我跟着她走到女厕所旁边，她说："今儿晚上有事儿吗？"

我说："没事儿。"

她说："那好，我和罗娟英晚上七点半在铁道边等你。"

我说："是吗？"

她说："别臭美，带俩瓶子，给我姥姥家鸡抓点儿蝲蝲蛄。"

我说："我带上手电筒，兴许还能给你抓俩青蛙。"其实我说带上手电筒，根本就不是想给她抓青蛙，我是想带她俩顺着铁道往东边遛遛。还有就是和过往的火车对着照，显示我调试手电筒的技能。

第 八 章

晚上边吃饭边想，杨英约我八成是要解释她跟贾老师的事儿，我想起杨英那皱皱巴巴的衣服和潮红的脸，贾老师能不能和杨英一起来呢？没谱儿，七点半天还不太黑，我到时从远处侦察一下，如果贾老师在就回见了您。

我走在铁道上，上了铁轨玩起走平衡木。在单轨上行走我们同学比过赛，杨英第一，我第二。我回头望了望大马路，还不见杨英和罗娟英的影子，铁道两边的麦田几天没见已经是绿少黄多了。听我爸讲，50年代从我们家属区一直到铁道边有一大片土地，后来上面有领导指示，大意是：厂矿闲置的土地太浪费，要还给农民。我们厂领导傻帽似的就把靠铁道的地给了杨富店。这块地有多大呢？我算了算，从铁道边到家属区足有一百米宽，长近两百米。红旗厂让出得更多，从家属区到铁道边足有两百米。

家属院前面这块地种什么我们就偷什么，种玉米撅玉米，种红薯抠红薯，种麦子撸麦粒烧着吃。记得1971年这块地种的是小麦，六月下旬收割完，我妈捡了一星期麦穗，磨了二三十斤净面。我们从小长在铁道边，捡奇形怪状的石头，抽蚂螂，抓蛐蛐儿，逮天牛、金牛、蚂蚱喂鸡。把耳朵贴在铁轨上听火车由远而近的声音，火车来了我们谁最后下火车道谁最牛。霍国强经常朝火车做骑马蹲裆式，"嘿嘿"打上两拳，然后跳到路肩上，火车司机探出头来破口大骂，把所有的蒸汽猛烈喷洒出来，蒸汽散去，霍国强像条落水狗一样站在路肩上，我们站在远处哈哈大笑。有一次我们实施报复行动，向火车上扔石头，刚扔几块，最后一节车厢跳下俩路警，我们玩儿命地往家属院跑，路警拼命地追，我们扒上墙头翻身进院，比我们小两届的大瘪头刚扒上墙头就被路警薅住了脚脖子，我们听着大瘪头的惨叫声，没有一个敢回头相救。大瘪头被送进了南城派出所，我们学校因为这事儿还开了大会。上了高中，我们好像跟铁道产生了某种感情，有一阵子天天泡在铁道上。新分到向阳厂的知青高原有一把吉他，红旗厂的野狐狸也有一把吉他，那时不叫吉他，叫六弦琴或叫流氓琴。高原会弹苏联歌曲三五十首，野狐狸不会弹会伴奏，我会的几首歌，像《三套车》《喀秋莎》《莫斯科郊外的晚上》，都是跟这俩家伙学的。

我哼着《莫斯科郊外的晚上》，真有点儿身处异国他乡的情调。此时的晚霞映在铁轨上，两条铁轨仿佛两根烧红的通条，由近而远直达天际，火车披着霞光由远而近向我驶来，长长的汽笛声嘶鸣着让我告别梦幻回到现实。我第一个童年梦想就是当一名火车司机，直到上初中我的这个梦想才破灭。我是从我妈那儿知道我无法选择的爷爷有历史问题，问题有多大不好说，反正影响到了我哥我姐入党。

我在道砟上捡起两块石砟，向麦地边几座坟头砍去，这些坟头都是杨英她姥姥那个村的，兴许砍的就是杨英她姥姥家的祖坟。这个村的人解放前大多数都与看坟这个职业有关，杨英的祖上弄不好就是吃这碗饭的。想到这儿我真感到杨英问题不少，她皮肤雪白，太阳怎么晒也晒不黑。她走路跟树上飘下的树叶那么轻，有时站在你的身后，让你浑然不知。她还有一个让人不理解的习惯，每年春秋两季，上学时经常倒立着进教室，惹得同学们一片欢呼。这些蛛丝马迹一串联起来，不是吊死鬼是什么？想到这儿我又极力反驳自己的想法，我们同学在一起快十年了，她要是鬼第一个就得把我抓走，因为我俩在一起经常吵架。一次我俩闹急了，她骂我："我是你妈！"我说："我是你爸！"她说："我是你奶！我是你二奶！"我气得说不出话来。

天渐渐黑下来，这时只见杨英由远而近，披头散发从马路上下了道，她身上穿一件白衬衫，下身穿一条白裙子，什么打扮，晚上穿这一身怪瘆人的。我从裤兜里掏出手电向她晃去，她抬胳膊挡在眼前上了铁道。当她离我十几米远的时候，我把手电调到最亮，哈腰从她胳膊下向她眼睛照去。我本想让她夸我一句手电调的亮度，没想到她却骂了我一句："你傻帽儿似的瞎照什么？看不见道儿摔倒了看我怎么收拾你！"她用胳膊挡着手电光。我照着她肚子说："你还能看不见道儿？你捯饬一身白给谁出殡去？"

她说："什么一身白，裙子是米黄色的你没看出来？"

我说："白天穿一身白没什么，黑天穿一身白在坟地里走一圈多吓人。"

她听了扑哧笑了，说："你感觉不错，咱本地有个习俗你知道吗？"

我说："你都没跟我说过什么习俗，我怎么知道。"

她说："哦，姥姥村里一死人，过得着的给随一两块钱，再近一点儿的给挂个帐子。挂帐子你懂吗？"

我点了点头，又摇了摇头，说："听说过，没见过。"

"就是买几米布，挂在人家院子里晾衣服竿上。死人的家里挂得越多越有面子。"

我说："那家里死人还不发了？"

她说："不，不是给死人的家了，办完事儿谁家的布谁拿走。"

我说："你是说你的衣服是挂帐子的布做的？"

她说："这有什么，姥姥村里人的衣服都是挂帐子来的。"

我说："挂帐子都有什么布呀？"

她说："主要是白布。"

我说："有挂花布的吗？"

她认真地说："我还真问过我妈，我妈她小时候胆小，村里死了人也不敢去看热闹，所以没见过到底挂的什么帐子，大了就嫁给我爸，进红旗厂了。"

我说："下回你问问你姥姥，可不可以挂花布。"

她皱起眉说："你什么意思，白衣服怎么了？红小兵宣誓穿白上衣，去天安门广场穿白上衣，每年春季运动会穿白上衣。你知道每年有多少人跟我借白衬衫吗？我就盼着我们村死人……哎，听我姥姥说六指他爷快死了。"

52

我打断她的话说："看把你给乐的，是不是又想做一条白裤子？"

她说："这次未必，听我爷爷说，再挂帐子挂黑布。"

我说："那你弄条黑裤子也不错呀。哎，你半年前穿过一条牛仔裤哪儿去了？"

她说："嗐，甭提了！那是我姐的，她上班第一个月发工资托人到广州买的，头一回就让我先穿。"

我说："你姐对你够好的。"

她说："好什么呀！她跟贾老师学摔跤，回家没靶子，每天就摔我，摔我一天让我穿一天牛仔裤。后来给我摔急眼了，我也跟贾老师学摔跤。我就问贾老师怎么不轻易被她摔倒。贾老师说，不被人家摔倒，防守是一方面，臂力很重要，如果你臂力大，她就很难近你的身。"

我说："有点儿明白了，你以前经常倒立上学是不是练臂力？"

她说："你真聪明。"

我说："所以你被贾老师那个了？"

她说："哪个了？你说清楚点儿。"

我说："怎么说呢，被贾老师上了一杆儿？"

她说："你真下流。"

我看她生气的样子，甭提多高兴了。我学着我妈审我的样子，说："说吧，昨天干了什么好事儿？"

她答非所问："什么好事儿坏事儿！你来得这么早？"

我也答非所问："不是那意思，我是说罗娟英怎么没来。"

她说："说好了要来的，可她说板报稿还没写完，没时间。不信明天你可以问她。"

我心说，放屁，两人早就串通好了，我能问得出来吗？杨英用手捋了一下头发说："其实，也不是我要找你，是贾老师让我找你。"

我打断她的话说："我什么都没看见。"

她急忙说："你听我说完再说好吗？"

"你说。"我心说看你咋白话。

她说："贾老师让我告诉你，他跟我什么事儿都没有。昨天中午他是想教我几招背胯对付我姐。开头在宿舍比画几下，他怕伤着我才去了器材室。我俩还没比画两下，你们就来踢球了。贾老师说，如果你们看着我俩进来，一会儿出去这没什么，可是如果我俩现在出去，什么时候进来的说不清，不如利用这段时间多教我两手，等你们踢完球再说。谁承想你们把球踢进来了。"

我说："杨英，贾老师让你来跟我解释就是不打自招。你俩光明正大有什么说不清的？他根本就不是一个好鸟儿。"说完，我盯着她一起一伏的胸脯。

她红着脸说："其实，贾老师也没把我怎样，就是教我时碰了我这儿两回。"她低头看了一下胸脯。

听到这里我来了精神。我说："碰哪儿了？"

她用手指指左边的乳房。

我说："不对呀，如果教你背胯应该碰右边的才对呀？"

杨英低着头说："谁知道他怎么碰的。"

我说："我看看，碰肿了不？"

她往后躲着说："别碰，现在还疼着呢。"

我说："别说了，我什么都明白了！"

她有点儿着急地说："你明白什么了？告诉你，别胡思乱想啊！"

我说："我不想你，我想他行不？明天我就跟霍国强他们说……"

她气得带点儿哭腔说："你说他不就是在说我吗？你欺负人！"

我上前两步说："别急，别急，哎，讲讲贾老师怎么给你弄疼了。"

她破涕为笑说："你坏。"

我就坡下驴，凑上前，在快要碰到她乳房的时候一抬头闻了她肩膀一下。

她呼吸立即急促起来，她把双手背在身后，我看她紧闭双眼吓得不知所措，进也不是退也不是，不知道怎么冒出一句话："说吧！贾老师那天究竟干了什么？你不说我也知道。"

她开始抽泣起来，一会儿说："他吃了我的奶。"

我听了脑袋当时就大了。我的妈呀，怎么审出这些东西来了！我呆呆地站在那儿不敢说话。

她说："贾老师说，他从小没了妈妈，没吃过一口奶，他想吃一口奶，体验一下有妈的感觉。我听了他的话，当时就感动哭了，我当时感觉特别伟大，我能让贾老师体验一下做儿子的感觉，你说我有多自豪。"

我心说，你就是一个大傻子。我要说咱俩过家家，让你当我媳妇，我睡你行吗？我心里想着，嘴上可没敢说。我有一种感觉，像贾老师整天见着有点儿样的女生就笑眯眯地往跟前儿凑，早晚得出事儿。弄不好她姐就跟贾老师有一腿，哪有那么大姑娘上班了还学摔跤的。我舔了舔干燥的嘴唇说："杨英，如果你说实话我把你当瓷器，如果你跟贾老师一条心合伙儿来给我编故事，你是知道的，我这个破嘴可没有把门的。"她吭哧着，用肩膀碰碰我肩膀，我心一阵乱跳，赶紧离她远点儿。说着我俩下了铁道，在农机修造厂的后门停下。

她说："只要你不说出去，我什么都告诉你，前提得先拉钩。"

我说："拉钩就拉钩。"她肉乎乎的手指勾住我的手指，我有一阵心慌，赶紧定了定神，我俩一块儿小声说："拉钩上吊，一百年不许变！"

我俩拉完钩，她说："贾老师教我背胯时一近身一转身就开始讲理论，讲着讲着就摸我胳膊，摸完胳膊就拍肩膀，拍完肩膀就胡噜后背，胡噜完后背就掐我屁股。你们在外头一嚷嚷近了，他就贴在我耳朵旁小声说话，他胡子蹭我耳朵上甭提多痒痒了。"

我吧唧着嘴说："说那事儿。"我眼睛盯着她。

她眼睛秋水般地看着我说："贾老师说我的腰有劲，特别适合摔背胯，说着两手掐住我的腰，向上掐着掐着就掐到我胸部，掐得我头晕晕的。"

我听到这里浑身燥热："说，怎么吃你的？"

她不好意思地说："我不说了吗，还让人家说。"

我说："刚才你只说了一半。"

她说："唉，你说贾老师平时对我们女生说话多慢多平和，可他嘴甭提多有劲儿了。最后我大声哎哟，他怕你们外头听见才松了嘴。"

我故意逗她说："一个巴掌拍不响，你也有问题。"

她说："就他那样我能没点儿问题吗？"

我说："我为什么就跟你没问题，我还是……"

她不容分说，上前叉开腿，用胸顶在我的身上。我被她逼进了墙垛死角，她看我没有撤身的意思，虚背着手说："你躲呀。"

我闻着她身上绿宝香皂的味道，说："我凭什么躲，才不怕你呢。"

"你说，今天你有问题了不？"

我说："我有……问题也是你主动的。"我边说边把她搂在怀里，生怕自己突然又没了问题。我搂着她，她两手背着，我像贾老师一样给她做了一遍摸拍胡噜掐后，开始试着解开她胸前衣服扣子，我感到脸烫得不行，我跟贾老师有什么两样？

她唏嘘了一下说："别动这边，这边疼。"她用一只手护着左边，另一只手一挑一推，衬衫啪地炸开。

她说："摸摸吧，摸完了我就不该你什么了。"

我听了这句话感到自己很卑微，我得到的敢情都是我对她的要挟换来的。不行，不能这样，如果这样，我比贾老师还卑鄙还龌龊。

"系上……吧。"我不情愿地给她系着扣子，因为手颤抖得太厉害，一直系不上。可我的手背分明触到了她的乳房的一侧。她失望地把我手推开，说："太晚了，我妈该找我了。"

我说："再待会儿，待会儿我送你到家门口儿。"

她说："人生下来囟门儿是开的，也就是天眼，为什么大人不让小孩儿晚上出门，因为天一黑脏东西太多，有时还能碰上鬼。"

我说："我们已经是大人了。"

她说："咱们虚岁才十八好不，明年才成人，再有……"

我说："再有什么？"

她说："跟你待着没劲。"说完她一甩胳膊，走了。

第 九 章

　　我和罗娟英真正有感情交流应该是在"三夏"劳动中。那一年我们去的是麦庄，我光荣地被选为先遣队员，高老师在给我们开会时对我、霍国强、王大力、张东旗说："你们四个人被班里选为先遣队员，除了光荣更多的是任务，你们的任务非常明确，为大部队逢山开道，遇水搭桥。"

　　"三夏"劳动是那个年代中小学校组织师生支援京郊农村生产，参加夏收、夏种、夏管劳动锻炼的社会实践活动。三夏，常指一年中第一个大忙，从每年5月下旬开始，至6月中旬结束。当年的中小学生在学校读书读得腻烦了，都乐于去乡下参加三夏劳动，尽管割麦子、栽稻子、追肥这些活儿很累，可是那几天脱离了家里大人管束，同学们在一起吃住，无拘无束还是很快乐的。我们高中组一共二十四个先遣队员，坐着向阳厂的130轻卡一路高歌来到麦庄。车子开到麦庄中学门口儿，司机师傅说："就开到这儿吧，昨天刚下完雨，别把人家路轧翻喽。"我们把各自的行李卸下车，排好队，新任校团支部书记吴老师开始给我们分配具体任务。我们的任务是把每个班教室里的桌椅板凳全部摞起来，清理卫生，给每个班拉砖头稻草打地铺，检修屋顶是否漏雨，修补残破门窗，接好室内外照明；在农具院里搭一个临时大棚做食堂，把锅碗瓢盆、柴米油盐酱醋全部备齐。完成这些任务迎接大部队第三天到来。

　　这些事儿说着简单，干起来可麻烦了。怎么修房？家伙什有吗？带几块塑料布就修房？最后我们找那些不漏雨的、漏的地方比较少的教室布置布置。铺草也是，昨天刚下完雨，哪儿找干草去？怎么办？吴老师说先将湿稻草拉回来，在教室外晒干再往教室里铺，弄到最后也没弄出几间像样的临时宿舍。吴老师心眼儿挺活，她找到村干部商量，最后决定一部分女生和女老师住老乡家里，男生和男老师住我们收拾出来的教室。再说我们运草的这辆车，车轱辘是枣木的。村干部说，哪有车呀，这还是借的。听村民说，车上套的小牛也就几个月大，赶车的大爷姓马，看面相有九十多岁了，在车上一会儿睁眼一会儿闭眼。马大爷收工时直接把车赶到家门口儿，孙媳妇把他从车上搀扶下来。马大爷这个车拉草还能将就，拉米拉面就不行了。我记得很清楚，在我们拉圆白菜的时候，牛车陷进了泥坑里，小牛怎么拉也拉不出来，它哞哞地仰头叫，最后索性趴在地上耍起赖来。我下车踢了牛屁股一脚，小牛使劲扭动着屁股委屈地叫，马大爷沉下脸说："小同学，牛娃才多大，跟它一般见识干吗？刚才跟你们说了不，少装点儿，少装点儿。"牛娃听了马大爷的话，更委屈地仰脖儿哞哞叫起来。

我冲着马大爷说："我们来两天了，你们村干部一面儿没露，看您这车看您这牛看您这人，你们村里拿我们支援三夏劳动也不当回事儿呀！你们要不欢迎就直说，我们可以支援别地儿去。告诉您，再过一两年我们可都是革命的接班人。"

马大爷说："哎哟小同学，说得好啊，你们来这里就是为了锻炼自己，随时随刻准备接革命的班。不如这样，咱这儿离农具房也就一百米，你们扛过去不就结了，跟小牛置什么气呀，它也不接革命的班，我年轻时这米袋子一扛就四个。"

我说："你以为我们扛不动是不？"我回过头，看了王大力一眼。

王大力看了天一眼，说："掉雨点儿了，咱们扛吧。"

扛完米我已经全身湿透，看着马大爷竖起的大拇指，我们甭提多自豪了。这时吴老师叫着我："徐伟成，赶紧洗把脸去，跟泥猴似的，快点儿，洗完脸把灯泡给我安上。"

我洗完脸，手没擦干就过去从吴老师手里接过灯泡，站在灶台的一角抬胳膊安灯泡，刚拧紧灯泡就觉得手被什么狠蜇了一下，这时就看吴老师向我怀里猛扑过来，我心说，我刚做这么一点好事儿，吴老师就喜欢上我了？我光顾激动了，眼前一黑就啥也不知道了……当我醒来的时候，身旁围了一大帮人，吴老师手抓着我的手，焦急地望着我，我心里一阵甜蜜，不明白发生了什么事儿。

我听王大力说："要不是吴老师推你一把就把你煮了。"

我坐起来，看着锅里翻腾的水，问："我这是怎么了？"

霍国强说："你给电打了。"

张东旗说："你真牛，在倒下的一刹那还把锅盖给踹翻了。"

我抬头看着吴老师说："对不起，吴老师，又给您惹事了。"

吴老师听我说话了，知道没事儿了，眼睛一红哭着跑进屋里。

霍国强他们鸡一嘴鸭一嘴地责备着我。

这一天我特别自责，特别难过，晚上还偷着为吴老师掉了几滴眼泪。吴老师那么漂亮，哭成泪人都是我造成的。我不知道别的孩子，我知道自己，从小对美的追求特别强烈，上幼儿园时漂亮的阿姨让我改坏毛病我改得特别快，不好看的阿姨让我改我还不改呢。回到家里我不听我妈黄脸婆的，我听我姐大白脸的。上小学也是，教我的女老师长得好看，哄着我，我一目十行过目不忘。上初中就更甚了，吴老师从办公室出来去东边教室，我从西边飞跑绕到前排，在东边房山跟吴老师打一个照面儿，就为了点头哈腰问吴老师一声好。你说，今天我冒冒失失手没擦干就去拧灯泡，结果差点儿给电打死，把吴老师吓成那样，我不难受谁难受啊。

到麦庄第一天劳动当然是割麦子，别看我们班主任高老师师范毕业没几年，她可有心眼儿，她没让我们像别的班那样分组干，而是把我们排序成一男生一女生一男生一女生，插花着干。农村俗话说"男女搭配，干活儿不累"，男生在女生跟前儿为显示自己的能力，玩儿命地往前冲，女生落后了，男生帮着割一段，女生被感动了，也不甘落后，和男生比着干。第一天收工一比，我们班不仅是年级组第一，而且比高年级割得还多。当天晚上，高老师得到学校领导的表扬。第二天全校照着我们班的经验，男生女生搭配，掀起了热火朝天的劳动竞赛高潮。第三天，我分到了罗娟英的右边，我的右边是郭凤慧。我听霍国强说，昨天他挨着罗娟英，帮她多割了一尺宽，我想，今天我帮她不能低于这个宽度。

割麦子在农村虽然赶不上挖河打坯那么累，但真要割起来，人人发怵。割麦子全在太阳底下，没处躲没处藏，一会儿就汗流浃背；麦芒蜇人，麦茬刺人，麦秆上的土和蹚起的土呛人，尤其落在皮肤上，和汗水混在一起，痒得火烧火燎；长时间猫腰挥镰，腰疼胳膊酸，累得让人思维变得极其简单。累急了，我拼命想起很多英雄人物，黄继光、董存瑞、邱少云……根本不管用，越割步伐越乱。我觉得想的对象不对，这些英雄人物都是靠一时勇气成就自己，这一点割麦子好像不适用，我需要的是……对！张思德靠点儿谱，他是烧炭的，张思德说要为革命烧一辈子炭，我们三夏劳动才七天，和张思德比这算得了什么？想到这儿我确实轻松了许多，可长时间这么想也不管用。最后我找到了原因，要怪就怪我们接受贫下中农再教育的机会太少了，像昨天罗娟英割着割着就晕倒了，杨英也跟着晕倒了，这都是缺乏劳动锻炼所致。我认为杨英晕倒不应该，我敢说她是我们年级组身体素质最好的，前几年杨英她妈因为有病，在她姥姥家养了一只奶羊挤奶喝，后来她妈病好了，她家姐儿四个她最小，羊奶自然由她来喝，听白丽说，她看到过杨英直接吮过母羊的奶，你说这身体晕倒了，谁信哪！

休息的时候，我第一个跑到地头，抢先将磨刀石占上，看罗娟英把镰刀放在地头，我过去拾起她的镰刀，用手指肚试了试刀刃，太钝，难怪割得慢，累晕了。我舀了一缸子水，坐在地头把磨刀石顶在麦垛上，浇上水，双脚叉开，右手握着镰刀把，左手拇指按着刀尖儿，噌噌噌噌一气儿狠磨。磨刀这活儿也不轻松，每磨一下相当于半个仰卧起坐。我试试刀刃，又调换另一面噌噌噌噌狠磨，我没有别的企图，就是想把镰刀磨得快一点儿，待会儿她割起麦子省点儿劲儿。我乐此不疲地磨着，一直沉浸在幸福之中。我心中的她在默默接受我的帮助，这说明她对我有好感，说明我俩关系不一般，让外人看问题很严重，我不敢往下想了……

高老师一声哨响，让我们又重新站在了麦田里。我将罗娟英的镰刀用水冲洗一遍，将整个刀身擦得干干净净，刀锋锃亮锃亮，双手交到罗娟英手里。罗娟英感激地看我一眼，把草帽压低了说："谢谢！"

天太热了，还没干活儿汗已经湿透了衣服，出的汗将裤子紧贴在大腿上，都拉不开步子。罗娟英开始割起来，我猫下腰也割起来，眼看着把她落下了，我就替她割了一尺宽，她趁势割到了我前面。我玩儿命地挥舞着镰刀，眼看着赶上她了，谁知她又主动甩给了我一尺宽，没办法，和校花在一起，这是我应尽的义务。我玩儿命地割，玩儿命地想张思德，一点儿作用也不起了，腰酸腿疼抬不起胳膊。

我擦着满脑门儿的汗，不知怎么想起昨天收工路上高老师喊的口号："要问我们苦不苦？"我们接着喊："想想红军两万五！"高老师又喊："要问我们累不累？"我们接着喊："想想革命老前辈！"高老师喊完，孙有炳就骂："罗娟英杨英都累晕过去了，你还装蒜穷喊。"孙有炳把霍国强、张东旗和我招呼到一起，告诉我们待会儿高老师再喊咱们就这么喊这么喊……我们几个心领神会。快到食堂的时候，高老师看四班从后边跟了上来，朝前面同学喊："踏步！跟羊拉屎似的，一二一，一二一……"高老师比我们大不了几岁，但她个头儿硕大，走在我们前面就像一只母鸡领着一帮小鸡去觅食一样。高老师又高声喊："齐步走！要问我们苦不苦？"我们几个男生接着喊："想想你这二百五！"我们旁边有几个人听出来了，嘎嘎地笑起来，高老师大声喊："喊革命口号严肃点儿，踏步，腿抬高点儿。"她从队伍前走到队伍后，检查着每一个人的脚步。队伍里有人放了一个响屁，听动静肯定是霍国强，有不少同学在乐，高老师大声地喊："严肃点儿！"霍国强说："喊革命口号严肃点儿。"又是一片笑声。王大力说："这口号喊得呔呔的。"高老师走到王大力身边，瞪了他一眼，说："齐步走！注意队形。要问我们累不累？"我们几个男生喊："夜里想想高淑惠！"这一喊高老师的名字可坏菜了，有一少半人听了出来，一传十，十传百，队伍里乐开了锅。罗娟英不知道是怎么回事儿，也跟着瞎乐，乐岔了气，蹲在地上脸憋得通红，满脸都是泪水，最后扑通坐在了地上。

我想着割着，一鼓作气割到了前面，扭头看后面的罗娟英落下多远了，这会儿她正猫着腰，花格衫上边的第二个扣子也开了，乳沟向里深深地延去，好似给我引路，路两边的乳房像小白兔一样，一跳一跳地向外跳，跳得我下半身燥热难耐，跳得我心猿意马忽忽悠悠。我不敢长时间偷看，我怕她发现了将扣子扣上，我怕她发现我偷看她说我耍流氓。我一会儿回头瞥一眼一会儿回头瞥一眼，手机械地挥着镰刀割着麦子，周身每一个关节就像弹簧一样向外弹射，只听得唰唰唰唰响，随后一片片麦子倒下，这哪儿是干活儿呀，分明是在表演呢……我也纳闷儿。

　　罗娟英擦了一把汗抬起头，正好碰到我躲闪不及的目光。她脸微微泛着红晕，用手下意识地捂了一下衣领。我赶紧将视线移开，过了好一会儿当我再一次偷偷看她时，她衣领敞开得更大了，猫着的腰更低了，那两个小白兔一跳一跳地跳到领口，仿佛在喊：徐伟成，加油！好样的！再有不到二十米就到地头儿了，我喜欢你！我疯了一样地割着，心里在念：小白兔呀，小白兔，我今天为你而战。我像一个冲锋的战士，唰唰声在我的耳边响成一片。她为什么把领口敞开那么大？为什么把腰猫得那么低？为什么？这不明摆着吗？明摆着什么，我也说不出道不明，就是心里直忽悠。罗娟英啊罗娟英，明天你不挨着我，天再热也别把衣扣打开呀！霍国强孙有炳这俩脏东西，他们盯你好久了。昨天我就看出来了，你笑歪了他们把你搀起来，你根本不需要再搀扶了，他们还没皮没脸地搀你。如果钱君英白丽不把他俩换下来，非出点儿事儿不可，有那么搀人的吗？一般搀人架着胳膊就行了，这两块料架着罗娟英的腋下，而且手背紧贴着她的侧胸，眼瞅着暗暗用劲儿往里贴，真恶心！罗娟英也真是，也不言语，任这俩脏东西搀着挨着。我真羡慕钱君英，昨天刚到地头儿，罗娟英发现了一只小野兔，追了半天没追上，回到地头儿兴奋地抱着钱君英的脖子打起摽悠。我要是女孩儿该多好，天天给你买糖吃，整天搂着你，不算耍流氓。我想着想着，割麦子的动作也走了样。我特有女人味地割着，刚想直直腰看罗娟英赶上来没，不知谁在后面踹了我屁股蛋子一脚，我像一片瓦一样飞了出去。"妈的谁呀？"我边骂边爬起来，一手挥舞着镰刀。

　　"你还骂人，叫你这半天，你耳朵聋了？"霍国强说。

我大嗓门儿喊："你凭什么踹我？"

他说："凭什么？去问罗娟英。"

我跟着霍国强来到罗娟英跟前。高老师不知啥时候已站在罗娟英身边，罗娟英用手不住抹着眼泪。我一想坏了，是不是她把我看她小白兔的事儿告诉高老师了？高老师要问我，我怎么回答呢？不管怎么说，打死也不能承认，如果承认，这个学校就没法待了。我低着头半天才镇静下来。高老师说："把头抬起来，看看罗娟英的手。"我一点儿一点儿地抬起头，罗娟英的手虽然没有完全冲着我，我也看到了她手心不止一个血泡。我用不解的目光询问高老师，高老师说："你不会磨刀就不要给人家磨，你看你磨的镰刀，窝边大卷沿儿，有你那么玩命磨的吗？再厚的钢刃也让你磨没了。"

霍国强说："我看他就是成心。"

郭凤慧也敲着锣边说："他没安好心。"

我听了心里这骂，郭凤慧呀郭凤慧，我不就没帮你割麦子吗，你就这么落井下石？

他俩这么一起哄，我感到脸上烧得不行。高老师说："行了，罗娟英，别哭了，镰刀肯定报废了，你帮别人打打捆吧。大家散了。"

在我们班男生里论高度，我倒数第四，论身体素质，我是中等。但第一个割到地头的却是我。站在地头我不仅骄傲自豪，还有一分感激，我感激小白兔，感激她受了那么大的伤害也没有丝毫的责怪，感激她带着伤一直在我身后打着捆，感激她偷偷地告诉我，有人揭发我带头喊口号，霍国强张东旗王大力孙有炳都做了证明。我听完她说的话，泪如泉涌，我不是害怕，是深深的感动。十几年过去后，当我问起罗娟英为什么告诉我这一切时，她说那个年代心里装不了丑陋，看不得玩诡计背后整人，还有对我孤零零被出卖的怜悯。当时我向罗娟英保证，一定向高老师揭发他们一伙的阴谋。

63

第 十 章

晚上打饭，罗娟英站在院墙外。我走过去把饭盒递给她说："用我的饭盒吧。"

她看了我一眼，又看了看排队打饭的人群，说："给我用，你怎么办？"

我说："我不爱喝汤，我用饭盒盖打菜就行了。"

她说："你就吃菜呀？"

我笑着说："今天吃馒头，我用筷子扎着。"说着我比画着扎馒头的动作。

她说："那也不用，我有。"

我说："中午你就用钱君英和白丽的饭盒吃的。"

她说："没错，不过我不是没饭盒，我们几个人从家里拿了不少好吃的没吃呢，放在我的饭盒里，怕耗子给吃喽。"

我说："为什么不带出来？"

她撇一下嘴说："美得你，晚上我们饿了还吃呢。"

我说："你真傻，为什么不用白丽的？"

"因为我的最大。"她摆着手，"去吧，打你的饭去。"

"徐伟成，你怎么还不打饭去，等着喝汤呢？"白丽过来说。

我看白丽用书包垫下面，端着一饭盒小白菜走过来，说："她没带饭盒，我让她用我的。"

白丽说："不用不用，我打两份菜。"

"好吃不？我尝一口。"我伸过筷子。

白丽转身躲开我的筷子，忙说："想吃，拿饭盒来，我给你拨一

64

点儿。"

我说:"得得,说着玩儿呢。"

罗娟英看了一眼饭盒里的小白菜,皱起眉头。白丽拿起缸子打热水去了。钱君英甩着饭盒里的水过来说:"张东旗看你没带饭盒,叫你去他那边吃,你去吗?"

我回头看了一眼,张东旗和几个男生坐在柳树下,张东旗朝罗娟英招着手,他看罗娟英犹豫不决便不要脸地走过来,非得让她去他们那边吃去,罗娟英拗不过跟着他去了。我心里好不自在,不知道自个儿怎么走到打饭的地方,心里只有一个想法,盛菜的大桶里最好没有了,没菜我就跟钱君英白丽那儿凑合吃点儿完了。想着我伸过饭盒,二班的陈燕宾给我舀了一大勺子菜。我看着三个苍蝇在桶沿儿上向桶里窥视着剩下的菜汤,心里一阵恶心。打完饭,我走出院子,过了土路,在水塘边坐下,看着饭盒里的菜汤,胃里鼓囊囊地吃不下去。我不时地侧身看着那边的罗娟英。哎哟,真是没法往下看了,这个给拨一口,那个给夹一筷子,更可气的是王大力还挪着身子凑到罗娟英身边,这个比藏獒还护食的家伙把一个大馒头捅在罗娟英胸前,都快碰到那个地方了。哎哟,我的妈,她还笑,哎哟,还扭腰,我的脸都臊得不行了。不行,待会儿吃完饭,找个机会我得跟罗娟英好好谈谈,我怎么说呢?开头很重要,我就说,求求你别理王大力了……不行,这么求她太下贱,如果说出此话,我一辈子都被她拿住了。我就说,你理他们干什么,这帮人值得理吗?也不行,这要传出去非打架不可,虽然我不怕王大力他们几个,但这会让罗娟英小瞧我的气量。我就说,你要觉得我不好,不爱接受我的帮助,直接跟我说。她会狐疑地看着我说,你在说什么呢。我就说,你一直瞧不上我。她皱着眉心说,你……我知道了,王大力让我和他们一起吃饭你嫉妒了。徐伟成,你想一想,都是一个班的,人家那么请你,大庭广众之下吃顿饭,不去多伤人呀。换成你,明天我们几个女生要请你一块儿吃饭,你应不应?她要说出这些话我怎么回答?我就说,不是这个意思。她会说,你就是这个意思,你就是,你就是,你吃醋了。我就说,我还喝酱油呢。她会说你就是吃醋了。我就打着岔说,王大力这

65

个人没什么，但动作太过分，别放纵他，你真正要提防的是张东旗这小子。我自言自语自问自答着。

这时孙有炳也凑到罗娟英身边，张东旗回头看了我这边一眼，我马上转过身躲开他眼睛。正像我所说的，对于王大力我并不担心，我真正担心的是张东旗，这小子不但学习好，长得又高又好看，更主要的是他爸是县委的军代表。他真要向罗娟英下手，我心里还真没底，不过，我注意到他跟罗娟英说话一直不多。不知什么时候，有两个人一左一右坐在了我身边，凭眼角儿余光我知道其中一个是霍国强。霍国强用手拍着我的肩膀说："瓷器，昨天晚上高老师调查那事儿，调查白丽的时候，白丽说你喊了。又调查了很多人都说你喊了，调查我们哥儿几个的时候，我们不能说你没喊，如果说你没喊，第一是说谎，第二是跟高老师作对，跟高老师作对，就是跟学校作对，跟学校作对就是死路一条。我们只有忍痛割爱，说你喊了。"

我说："那你们还喊了呢，而且，是你们叫我喊的。"

霍国强说："这可不是我叫你喊的，是孙有炳叫大家喊的。你不是不知道，现在他不承认了，我们有什么办法。高老师说了，为了三夏劳动的任务顺利完成，不再往下追究，就此打住，你就一个人扛了吧。而且，也没什么大不了，最多给你一个口头警告。"

我倔强着说："那么多人喊呢，凭什么就我一人扛？"

霍国强听完我的话火了，他把我手里的馒头抢过去，扔进水塘里，说："不是我们让你扛，是高老师不往下查了，是高老师让你扛，如果高老师乐意往下查，是我们大家扛。你怎么能说是你帮我们扛呢？"

这时孙有炳大声提醒着说："我们在高老师那儿都给你解释了，说你喊的不是高老师，说你喊的是你同桌郭凤慧，我们大家都为你做证了。"我听了这帮比狗屎还脏的东西说完，又气又乐，我把榨菜汤喝了一口，倒在池塘里，深深地叹口气。罢了，我就是跟高老师说出真相，高老师也不会相信，她也不想相信。

正像霍国强说的，当天晚上学校给了我一个口头警告处分。高老师找到我说："现在在火线上。"按现在说法就是非常时期，处理就严。

"不过你要好好干，表现好，回学校就把给你的警告撤了。"其实撤不撤我倒不在乎，我在乎的是成了坏典型罗娟英就不理我了。

她越不理我，我就越关注她。

有一次我偷听到白丽说罗娟英的坏话，她说罗娟英别看个子挺大傻乎乎的，心眼儿可多了，她们住的老乡家一个屋六个女生，洗衣服一人一天，从小个儿到大个儿，白丽第一天，罗娟英第六天。三夏劳动一共七天，来一天，总结半天，回去半天，掐头去尾五天，实际罗娟英洗衣服那天三夏劳动已经结束了。我听白丽这样说罗娟英坏话，有点儿不高兴，如果从大个儿开始轮，你洗不上了，罗娟英这么说你你高兴吗？

三夏劳动的第五天，我们班分到场院小麦脱粒机那儿劳动。我们班上夜班，下午五点至凌晨五点，和四班对班倒，我们班共四十八个学生，分两班，两小时一换班。脱粒机前面分十二个人，十个人供麦捆，两个人站在脱粒机口儿填打开捆的麦子。脱粒机后面十二个人，有两个用平锹往麻袋里装脱好的麦粒儿，两个撑麻袋，两个铲麦秸，两个运麦秸，两个往库棚送装好的小麦，两个在库棚垛麻袋。我和霍国强站在脱粒机口续麦子，钱君英和杨英在脱粒机后面撑麻袋。后面的工作虽然不轻松，比起前面还是轻松了许多，供麦捆的十个人刚开始还给我们打打捆，没有一个小时他们的衣服就湿透了，可又怕麦芒扎人，谁也不敢脱衣服。随着时间的流逝，麦垛离脱粒机越来越远，往场院拉麦子的马车因腾不出车道，只能卸到场院的边上，十来个人哪里忙得过来，更别谈给我俩打捆了。没办法，我和霍国强只好自己打捆。高老师看在眼里忙过来帮忙，她一会儿解捆一会儿帮着抱捆。白丽罗娟英一人抱着一捆麦子，形如狸猫步态轻盈地向我走来，一看她俩从小就练过功，不像我的同桌郭凤慧走起路来屁股往后坐。罗娟英白丽她俩每次过来，我都迎上几步，面带微笑接她俩一下，生怕她俩给我俩打捆累着。可郭凤慧不打捆，我就说她，让打开捆，气得她直瞪眼。

传送带猛然一紧，发出哼哼叽叽的声音。高老师手提一捆麦子高喊："注意，把捆打开再往里填，别把机器憋坏了。"霍国强推卸责任地高声说："高老师，我要求调离，待会儿机器坏了，我承担不起。"

67

我知道这小子在给我上眼药。高老师也知道，在所有的环节中这个岗位最脏最累最危险，高老师把霍国强换了下来。面对高老师我心情大好，心说霍国强呀霍国强，自己卖关子没卖好；徐伟成呀徐伟成，你知道吗，你跟高老师面前干一小时等于别人默默无闻干一百天，这就是命！我看着前后左右的同学都投来嫉妒的目光。

传送带有条不紊地转动，皮辊发出有节奏的摩擦声，麦粒嗒嗒嗒嗒地脱出来，撒在杨英钱君英身边，发出哗哗的流水似的声音。我和高老师干活儿说不累那是瞎话，但比跟霍国强一起干好多了。心情是一方面，另一方面运捆的同学因为高老师在这儿，基本上都将捆打开后放在我们身边，放得顺胳膊顺腿，要早这么干，我一个人就能顶上一气。我真想唱一首歌，来表达此时此刻的兴奋。我心里高声喊：霍国强呀，你就是搬起石头砸了自己的脚。

麦捆堆积如山，霍国强在麦垛中间拽着麦捆，麦捆与麦捆错落交叉，霍国强较着劲儿拽也拽不动。白丽喊："霍国强！你有劲儿没处使吗？看孙有炳，用叉子在上面一层层挑！"霍国强捡起一把叉子爬上麦垛，用叉子向下挑着，一会儿两人挑起一座小山。张东旗嚷了起来："全叉麦捆，要把我们几个累死啊？要不你俩下去一个，把那道叉开，待会儿拉麦子的马车也能进来。"孙有炳把叉子扔出好远，从麦垛上跳下来，像欠谁似的，一边腋下夹一捆跑起来。高老师朝下边喊："没麦子啦，加把劲啊！"她举起胳膊看了一下表说，"再有几分钟就换班了，咱们跟四班有劳动竞赛，瞧着点儿。"张东旗一不小心，被孙有炳扔在脚下的麦子捆绊了一个大马趴，他四仰八叉，脸朝着天喊："孙有炳你他妈玩儿我是不？"高老师喊："把叉子用完拿起来，别满地乱扔，多危险，把地上的麦子捆归置归置。"高老师下了踏板招呼人，叫着张东旗："快起来，别着凉。"说着她从兜里掏出哨子吹起来，那哨声将我的大筋抽出体外，全身好像只有一堆肉在支撑。终于换班了！

我机械地停下，汗水洇透了衬衫，显出我秀气的身材。我累得脑子里一片空白，僵尸一样走到场院西边的麦秸垛，一屁股坐下再也不想起来，躺在麦秸垛上，脖子已无力支撑脑袋，就想好好地睡上一觉。麦秸垛后边高老师在大声说话："谁也不许睡觉，以防感冒，罗娟英你负责女生，谁也不许睡。"她重复完，又转到库棚和霍国强他们说着什么，几个人一口答应着，张东旗还向高老师敬了个军礼。

脱粒机嗡嗡地响，就像几万只苍蝇在叫。我艰难地爬起来，伸了下胳膊，擤了擤鼻子，用磨破了的白手套使劲儿擦了擦鼻涕，手套上留下一抹深灰的鼻涕。看着鼻涕，我想起教我们绘画的刘老师画的五代董源的一幅画，这一抹鼻涕特像画里临水的小丘。我望着挂在电线杆上的白炽灯，照在麦垛上泛着银光，亦霜亦雪，照在脱粒机上，王大力挥动着手臂，有一股尘烟飞起，那就是我十几分钟前战斗过的地方。一阵凉风刮过，腋下的湿汗冰凉，让我打了一个冷战，我扩了扩肩，踢了踢腿，库棚那边传来霍国强和几个同学的追打声，一会儿孙有炳被几个同学按在底下。我庆幸没有过去，如果过去，被压在底下的人就不是孙有炳了。我走到暗处，戴上手套，扒着麦秸垛，不一会儿掏出一个洞，我钻了进去。新垛起的麦垛，麦香浓郁，潮湿闷热，麦子的尘屑和汗渍在脖子上混在一起痒得不行，左腿足三里有一个潮虫大小的东西在爬，痒得我想尿又尿不出来。我探出脑袋向天上望，不知为什么向天上望，我已经很久没有向天上望了。星星稀稀疏疏在天上挂着，我心里问一句，星星，几点了？你什么时候滚蛋呀？又一琢磨，要想知道几点了，算算干了几班大概不就知道了吗？

脱粒机贪婪地吞吃着麦子，也在吞吃我们班四十八个同学的汗水，我擦着鬓角上干透了几遍的汗，尘土一样的汗碱一层层剥落下来，我舌头舔着嘴唇咸得不行。这是人干的活儿吗？这不是人干的活儿，刚才哪丫挺干了？我骂着自己，两个喷嚏打完，有人在骂我，肯定是霍国强，他不敢骂高老师，所以骂我。鼻子有点发痒，接着又是几个响亮喷嚏，有点儿要坏，可能要感冒，我不自觉地向洞里缩去。

这时，有人在说话："你跟我去吧？"另一个在回话："那个厕所没灯，到处都是屎，下不去脚。"听出来了，问话的是罗娟英，回话的是杨英。一会儿她继续说："不如就在麦垛后面。"罗娟英说："后面有人。"杨英说："哪儿有人？"听脚步声她俩走过来。罗娟英说："那你

69

给我看着点儿。"脚步声越来越近，我赶紧往里缩，怕弄出动静，不敢乱动。只见两条腿叉在了麦捆洞口两边，接着皮带的划动声，洞口被堵得严严实实……前面有了亮光，罗娟英开始说话："杨英，我觉得今天有点儿不合适，肚子里好像有一个铅块往下坠，想再蹲一会儿。你去白丽那儿给我拿点儿纸来。"外面有错动的脚步声，洞口又是一片漆黑，接着是一种腥酸的味道充满洞里，不用问，她来了月经。此时我的特异功能又显现出来。罗娟英第一次来月经我就跟踪过，那是上小学五年级，我记得非常清楚，那天是魏老师的数学课，同桌霍国强看到罗娟英的椅子上有血迹，举手报告了魏老师，说罗娟英屁股被椅子剐流血了。魏老师教了十几年书什么不懂？她让白丽、杨英陪罗娟英到厕所先处理一下，然后回家换裤子。正说着下课铃响了，罗娟英两手捂着屁股，像鸭子一样扭着腰跑向厕所。罗娟英还没到厕所我就先到了，我屏气而闻，罗娟英一进厕所，就蹲在了第一个坑上，那血流的，从第一个相连的便池一直流到第五个。我心里喊：可别再流呀，再流就出人命了！我吓得带着哭声问霍国强："你给她剐哪了，怎么剐那么深呀？"霍国强哭着说："不是我剐的，我哪知道剐哪了？"后来才明白罗娟英那是来月经了。没过两天，霍国强和我说，听医务室梁大夫说，罗娟英这么早来月经和她的饮食有关。他哥哥在永乐店农场养鸡场工作，经常往家里带些淘汰的小鸡。鸡场从美国引进了先进的技术，饲养二十八天就能出笼。他哥哥又经过一年多研究试验，饲养最多十八天就能出笼，而且还比以前重半斤。后来听他哥说，什么研究试验，就是激素敞开吃。他的这套方法在中国现在还普遍应用。

罗娟英堵在洞口，闷得我脑袋昏昏沉沉，有缺氧的表现，也让我有了亦梦亦幻将要实现美事儿的感觉。我将手伸了过去，没有摸着，外面杨英在说话："给。"听见撕纸的声音，一阵摩擦声，提裤子的窸窸窣窣声，接着一道蓝光射进洞里，我差点儿惊叫起来，细想那应该是她裤带金属扣儿的反光。脚步声慢慢远去，一阵凉风刮进洞里，我脑袋嗡的一下，小了许多，小到只有拳头大小，热汗从额头上成绺地往下淌。我打着手心骂：你小子不要命了，刚才真摸惊了罗娟英，霍国强他们一掺

70

和，保证给我编成我为了和罗娟英耍流氓，挖了一个洞，把罗娟英骗到洞里，扒了她的裤子。这真是太悬了。我听着外面相继又有两个女生尿尿，以后再也没了动静。我小心地爬出洞口，逃离这是非之地。

　　干到鸡鸣狗叫的时候，肢体的酸痛消失了，随之而来的是麻木，我机械地做着几个动作。我的思维好像天上慢慢淡去的星星，只发出微弱的亮光。人们说话有了重量感，高老师说的话一句有一捆麦子重，剩下人的话没有重量，都在空中飘着。收工的路上，耳朵嗡嗡地响了一道，迈过小河的时候，蹲了一下，耳朵更响了，离场院越远越响，越静越响。

第十一章

　　第二天下午，我脑袋沉重，晕晕乎乎穿上衣服，戴上草帽，走出宿舍，来到操场，看着女生陆陆续续走进学校，有的和男生挤在水龙头前歪着脖喝水。罗娟英见缝插针，接了一缸子水，她回头无意间碰到了我的目光，然后转过头和钱君英说着什么。高老师的哨子响了，随着一阵饭盒的撞击声，我们排好队，树上一群叽叽喳喳的家雀儿和没说没笑的我们向场院进发。阳光洒在每个人的后背上，滋滋冒着油，胸前汗溱溱的。像我们这样没干活儿就四脖子流汗，的确应该到广阔天地接受贫下中农再教育。

　　我们家邻居夏明，1969 年响应"知识青年到农村去"的号召，坚信广阔天地大有作为，收拾行李要跟同学一起走。夏大爷夏大娘年近五十，劝儿子留家，夏明和父母闹得天翻地覆。夏明是独生子，国家有政策可以不去，可他非让父母再生一个，气得夏大娘大骂："你他妈都不知从哪儿来的，我要是能生养还养你？"夏大爷临上班用绳子将夏明拴在家里，同学宁老八趁夏大爷夏大娘上班走了，从阳台爬上二楼，给夏明解开绳子，两人直奔火车站，随便搭上一列北去的列车，广阔天地大有作为去了。夏大爷下班一进家门，看地上一堆绳子，桌上留了一张字条，拿起一看，只一句话："有老八在，就有我在，就有阵地在。"没过一个月，夏大爷从宁老八家打听到儿子所在生产建设兵团，给儿子去了一封信，说："你不是背叛了父母，你是背叛了父母身上自私自利的思想，我们错了！儿呀，你尽管大有作为吧！"现在的年轻人可能不理解，那个年代的青年都理解。那个时候，有的父母不同意儿女广阔天地大有作为去，儿女和父母断绝关系的比比皆是。有的父母不理解，在家里说了一些自己的想法，被儿女揭发蹲监狱的多了去了。有的说多了过激的话，死不悔改，挨枪子儿的不止一个，这叫大义灭亲，枪毙了还没完，武警还要到你家要五分钱的子弹费。

我跳过河沟，穿过稀疏的杨树林，进了场院。有两三只家雀儿扑啦啦飞上天空，所有的家雀儿跟在后面，一时间像冬天北风刮起的树叶，黑压压在半空中盘旋，忽然落在了北面库棚顶上。四班的人看我们到了，就像战场上溃败的士兵，狼狈不堪地撤了下来。

我站在脱粒机的踏板上，机械地填着打开的麦捆，没有半个小时，我打起晃儿来，好几个同学围上来扶住我。高老师摸着我的前额喊："罗娟英，你去指挥部找校医，霍国强背徐伟成回宿舍。"几个同学把我搀扶到空场上。

白丽说："刚才来的路上，我看他脸通红，有点儿发茶，我让他跟高老师请假，他不答应，非要带病坚持劳动。"霍国强背对着我蹲地上，我就势趴在他身上。不知走了多长时间到了宿舍，我晕晕乎乎脱了衣服躺在地铺上，校医来了给我打了一针，罗娟英拿起暖壶倒了一缸子温水，我喝了两口将药送下便混混沌沌躺下。我不知道校医什么时候出的门，也不知道霍国强和罗娟英说着什么，仿佛脑袋中间有一个核桃大的黑洞，黑洞中间有一个银丝编的发光花虫子，缓缓地向我眼前游动，又一次次钻进我的脑子里，一次次出现在眼前，就这样无休止地反复。那花虫子还吱吱呀呀说着话，声音很弱，仿佛在很远的地方说："我在你挖的洞里等你……"

我听着像罗娟英的声音，我爬起来，下了床，脚下像踩着棉花，趔趔趄趄朝麦垛跑，我到了麦垛跟前，晃晃悠悠踅摸了三圈，咦，洞口怎么没了？我嗅着她留下的遗物，踪迹皆无。前方有说话的声音："傻瓜，洞口就在你的眼前。"我扒开眼前的麦秸，一个洞口呈现出来，我一头扎了进去。刚一进去又有些后悔，刚才进洞时周围什么情况？有没有人看见？又一想，罗娟英肯定笑我胆小怕事，我往前爬呀爬，再爬就穿出去了。罗娟英在哪儿？坐下来脑袋顶着麦秸，听到罗娟英再次发出指令："快往前爬呀，我就在你的前边。"我又玩命地往前爬。一会儿罗娟英出现在我的前面，她脸上沾有几块麦皮儿，头上还斜插了两三根麦秆儿，我心说这是要把自己卖了啊。听她说话很是平静："愣着干什么，靠近点儿。"我犹豫着往前挪动一下，她说："高老师他们就在外头，你怕不怕？"我忙说："不怕。"说着像一条狗一样趴在她的脚前，她说："跟我来。"这时我感到脚下没有了麦秸，头上也空荡荡的。

罗娟英继续往前走，我在后面爬着。一会儿感觉不对，站起来循着她的气息前行，走出十多米远，听到了流水声，罗娟英停下来，转过身，一道光从前面射过来，她说："在这儿坐下吧。"我老老实实坐下，她又说，"看你，一身汗，你太虚弱了。"我把胳膊向上伸了伸，以防带汗的衣服贴在身上，这时我才顾得上看周围的环境，这是个十多米长、两米多宽的坑道，我用手抠着泥壁。她说："解放前这个地方叫文庙，这是本地唯一一座同时供佛、道、儒三家的庙，也正因为这个，'文革'时候给拆了，砖头木料自然谁拆归谁，这里成了一片废墟。以前队里的场院建成了公社的粮库，这个地方经过平整，建成了队里新的场院。这个坑道是以前庙里防盗匪挖的。"我听完她说的话都傻了，她是从哪儿听到的这些事儿？她看我满面狐疑又说："告诉你，我们住的老乡家的大爷就是解放前的秀才。"听了这话，她往下再说什么我都信了。

眼睛渐渐地适应了周围的环境，罗娟英身体的轮廓越来越清晰，我听到了她的呼吸，闻着她身上有点酸、有点咸、有点香的气味儿。这种混合的气味儿，让我的思维也混乱起来，像我妈针线笸箩里的线团儿。我想去摸她的手，但有点儿犹豫，我想，再混乱一点儿兴许会把她抱在怀里，可我突然清醒了。

我全身大汗淋漓，打着冷战，两手抱着头，结巴着说："罗娟英，我不是个好东西，我经常晚上想你，想和你睡觉。"我说完骂自己，刚才说什么？你疯了吗？罗娟英听完我的话咯咯地笑了，那笑声碰到墙上就碎了，她右手捋着头发，说："你真喜欢我吗？"

我说："喜欢，喜欢！"

她说："怎么喜欢？"

我想说听她的话，可班里不少男生都对她言听计从；我想说谁欺负她，我跟谁玩儿命，可就我这胆小怕事之人她肯定嗤之以鼻；我想说长大了不管挣多少钱都归她管，可现在说这些似乎太早；我想说得高雅一点……

我说："如果咱俩好一辈子，不让你上班，不让你干家务，就像花一样养着，天天浇水，天天上鸟粪，不上一点儿化肥。"

她一乐说："你真够味儿的，在这方面，我爸比你做得好多了，这么着，你打个比喻。"

"海枯石烂。"

"太俗。"

"石烂海枯。"

"调过来跟没说一样！"

"你说比喻什么？"

"你爸你妈还有我掉进河里了你先救谁？"

"我不会游泳。"

"算你会。"

"谁有生还的希望我救谁。"

"都有。"

"谁好救我救谁。"

"都不好救。"

"那怎么救？"

"记住，只能活一个人。"

我无语。

"哼！"她噘起嘴，我看她真生气了，马上改口："我谁也不救只救你。"

"连你妈你爸也不救？"

"不救，我妈老说我，我爸净打我。"

她没有说话，一会儿又问："我要是和别人好过你还对我好吗？"

"当然了。"

"和别人那样了……"她不好意思地小声说，"就是睡过觉。"

"哪样？"我愣了一下神儿，不可能，我知道有几个人惦记她，包括霍国强、王大力，但绝不可能，她在试探我。我说："你就跟一万个人睡过，我也对你好。"我说完这话觉得有点儿不对劲，这哪儿是表忠心，这分明在骂人家是烂货。

她说："你嘴怎么那样？"她的埋怨被我的身体吸收了，像无数小虫子在爬，麻酥酥的。她抿着嘴，突然扑哧一笑，手捂着岔气儿的腰。我伸手去摸她的手，攥了她一下，没有感觉，她说："高老师真是，你说我都累晕过去了，她喊口号还问你累不累，我说累是跟革命口号唱反调，我说不累是说假话。"听了她的话，我紧巴巴的心松弛了许多。她继续说："你从什么时候喜欢我的？"

我想了半天还真没想起来，我说："我从小就喜欢你。"

她说："喜欢什么？"

我说："喜欢你瞧不起我的样子。"

她说："不明白，说说看。"

我说："嗯……特有差距感和激励感。"

她说："净找我爱听的说。"

我说："你还记得林彪那事儿吗？"

她说："怎么不记得，那时候我们上小学一年级，对了，我记起来了，林彪摔死在温都尔汗，我第一个告诉的人就是你。你听完脸吓得煞白。"

我说："从那一天起，我就看上你了，我特别佩服你爸，你爸比我爸整整提前半天知道。你知道提前半天意味着什么吗？"我停顿了一下，吊着她的胃口，"这意味着你爸比我爸有政治地位，这就是干部和群众的区别，从那天起，我特别佩服你爸。"

她说："你还记得教俄语的鲁老师说你的事儿吗？"

我兴奋地说："怎么不记得，那是 1976 年 9 月底，我们刚刚搬进教室复课。我做小动作，被鲁四眼发现了。"

她说："你记错了，那天你在白丽的俄语书后面画了一个裸体女人，

76

白丽拿起书念课文时被讲台上的鲁老师看见了。她批评白丽，白丽委屈地哭了，霍国强揭发你，说是你画的，鲁老师把你揪到讲台前面壁。"

我说："那天也记不清吃了什么，我放了一个又长又响带拐弯的屁。放完了我听到后面有几个同学在笑，我也忍不住笑了。鲁四眼气得脸上青筋乱跳，我吓得出了一身白毛汗，我怕她把我逮着，送公安局去，扭头就跑，情急之下，被门槛绊了一跤，来了一个嘴啃泥。这一下全班同学忍不住都笑了，法不责众，鲁四眼无奈饶了我一命。"

罗娟英说："今天我告诉你真相，你可千万别说我说的。你摔倒的那一刻，鲁老师一愣神儿，也笑了，但她很快就板起了脸，特恐怖，吓得我不轻。"说完她面带微笑，好像还回忆着当年可笑的情节。

我认真地对她说："今天我也告诉你一个真相，你笑岔气儿那天，有人说你坏话。"

她说："谁说的？"

我说："孙有炳说人浪笑，马浪叫，驴浪吧唧嘴，狗浪跑断腿。说你是个骚货。"

她说："孙有炳这人好可恶，说相声的逗你笑，你笑不笑？笑就是骚货？待会儿我找高老师去。"

我听了她的话，后悔告诉她这些，这不给自己找事儿吗？我今天干吗来了？她叫我干吗？这么半天我还不知道。怎么把话拉回来，问她今天叫我干什么来了？不行，我想，先把她的情绪稳定一下再说。我说："霍国强说邱红比你长得漂亮，我当着好几个人的面给他驳了。邱红如果每一个部位分开看，都能进世界选美前三名。但这些完美无缺的局部组合到一块儿，就有点儿不舒服，互不相让，相互争妍。比如，眼睛过于传情有神，总想多占点儿地方表现自己；嘴巴一笑，嘴角向后翘起，跟勒了一个马嚼子似的；脸部还陷进去俩坑，这不是拉屎得儿动弹吗？"罗娟英听了咯咯地笑。

我听了她的笑声，兴奋起来，又说："张东旗说你穿小鞋，脚趾挤压在一起，看了不舒服，王大力说钱君英的脚巴丫儿好看。我说，你们什么审美呀，钱君英的每个脚趾缝都能放进一块橡皮，跟快开败的桃花瓣一样。你的脚趾多帅呀，特像我们手上打响指的预备姿势，特匪。"罗娟英美得把脚使劲地往我眼前伸。

她说："这两年不知怎么了，每年脚都长一大截，我妈老说我鞋不是穿坏的，都是撑坏的。"

我看着她的脚趾在凉鞋里扭动，说："看，探头探脑的，多像春天刚出巢的小燕子。"我使劲儿想想，又说，"羞答答的，还像含苞欲放的荷花苞。"我当时就想，别说夸她几句了，就是她要天上的星星我都应下来。

她说："听高老师说，回学校之前要把你的处分撤喽。"

我说："高老师确实说过？"

麦垛外有人在说话，时不时有人说起我的名字，我听出来了，是高老师在说话，要撤我处分。有几个同学鸡一嘴鸭一嘴议论，有人说我的坏话，好像也不是什么坏话，说刚刚处分两天就能撤？有人说我带病坚持劳动轻伤不下火线。我听出来了，是罗娟英在说，罗娟英就在我面前，难道我听错了？我去摸罗娟英，没摸着，我正琢磨，外面又有人在说话："他发烧了，没说自己发烧，又出工了，就是轻伤不下火线。"好多人在麦垛外嚷嚷，基本都在说我的好话。最后高老师说："同意撤销徐伟成处分的举手，好，一致通过，待会儿开三夏劳动总结大会，我现在就上报学校领导，全体解散。"我听着缸子脸盆乒乓乱响，有人在我脑袋上方踩着，我再一次寻找罗娟英，已没了踪迹，坏了，别让人发现。我钻出洞口，撒丫子就跑，有人高喊："抓住他，摁住他腿，他撒癔症了。"有人掰着我的胳膊，我高声喊着："你们为什么抓我，我根本就没动她一手指头。"说完大汗淋漓地醒了。

挨着我睡的张东旗说："我们在教室外头刚开完班里的总结会，高老师要把你的处分撤了。我们哥儿几个都举手了。"说完他环顾了一下屋里，他说的后半句声音有点儿大。好几个同学看我醒了，都围了过来，关心地问这问那，我一一回答，我想说一句谢谢大家，不知插在谁的话后面，一直没说出来。

第十二章

　　头几年为了培养学生热爱集体热爱劳动的精神，学校领导向杨富店村借了学校南墙外四亩闲置洼地作为试验田，分到初中高中每个班。我们班分了三分地，我们班爱劳动的同学可有事儿干了。罗娟英和白丽几个女生每天放学就拿着家里的土簸箕和炉铲子，跑到马路上捡马粪。她们一走就是三四里地，有时还捡不着。经过一段时间锻炼，她们总结了不少经验，驴粪劲最大，也最臭，最不好的是骡子拉的粪，没什么味儿，没味儿的粪就没劲。有一次她们几个为了抢一坨驴粪，罗娟英让驴给踢了，吓得车把式直赔不是，他为了让罗娟英出气，拿鞭子抽得那驴屁滚尿流，最后还是罗娟英不忍心给求了情，车把式才住了手。那几天罗娟英一进校门，就眉心紧锁，一只手扶着大腿，一瘸一拐，她自己不知道，那模样甭提多美了。

　　班里的几个男同学也学罗娟英走路的姿势，一边还喊着："小瘸子，小瘸子！"气得她直哭。和她一起捡粪的白丽找高老师去告状，高老师一进教室就训斥了那几个男生，又转过头训她们："别的班稻子一片翠绿，咱们班一片黄一片绿，像老头脑袋上的秃疮。前几天我以为是反革命分子搞破坏，今天我才搞明白，是你们几个上马粪烧的，有捡粪这工夫，用在学习上有多好。马上就要考试了，在年级大排行我不要求第一，你们也不能考个最末吧。我知道你们两个单位的子弟，毕业后都回去接班，但学就比不学强……"罗娟英和几个女生听了，低着头没敢说话。那几个男生听了特解气，我也不知道怎么搞的，也有点儿幸灾乐祸。

　　这个事情不知道怎么传到了语文老师王永光那里。

这个老师怪怪的，特能装，不管跟谁说话，不管是在家里还是在外头，就是上厕所那么急，你也能感觉到他说话有句号、问号、叹号、逗号、分号、间隔号、书名号，以上这些标点符号他都能用语气神态表达得惟妙惟肖。像他经常说："你做的一切一切太让我感叹了；不要说了，句号；我对你提出的问题打个问号；既然说到这份上了，还用破折号吗？对不起这不是我说的，加个引号；在我的生活中，我一直在用省略号。"

王老师对罗娟英特别关爱，多年后他和她仍保持着联系。在罗娟英捡粪问题上，王老师和高老师有截然不同的看法，他认为罗娟英捡粪这个事儿，还有更好的解决方法，要表扬大于批评，鼓励大于否定。罗娟英热爱集体，热爱劳动，不怕脏不怕累的思想品德起码应该得到肯定，这和学习好坏没有必然的联系，更何况现在社会又非常关注我们到底要培养什么样的接班人。因为罗娟英事件，王老师专门给我们年级语文课出了道作文题："记一件热爱劳动的好人好事"。这分明是让我们写罗娟英。

我们年级四个班，二百左右学生，一半以上写的是罗娟英。一时间罗娟英"驴"气冲天，我们每个班的黑板报上也是她的事迹。我写的作文王老师还在全班点评了一番，当然是反面教材。我现在还记得王老师点评的一个细节，其中作文里有这么一句："每天早上五点，罗娟英就起来去拣粪。"王老师说："'早上'这个词用在八点至十一点之间比较合适。五点可以改成天蒙蒙亮或拂晓、黎明、凌晨。'拣'应该用捡东西的'捡'，你这个'拣'有挑选、选择的意思。比如说吃饭挑挑拣拣，捡个马粪还用挑挑拣拣吗？"我听了王老师的点评，甭提多佩服他了。王老师这么损我挖苦我，我为什么还佩服他？除了他高深的学问，更重要的是他最后表扬了我。在这篇作文里我不但写了罗娟英捡粪，还写了学校忆苦思甜大会发窝头，我们学生一般情况是在大会上吃两口摆摆样子，开完会看老师不注意往学校墙外一扔，可罗娟英接连吃了两个，导致她三天没拉出屎来。王老师对我写的这个情节大加赞赏："这个细节写得好，写得新颖，写得真切感人。"

罗娟英经过我们四个班一炒，甭提多牛了，有两次还到二中四中做了报告，题目是"随时准备着做无产阶级革命事业接班人"。我想，可能是王老师帮她写的稿。

罗娟英这么一折腾，还真火了一把，但树大招风，有不少学校不三不四的学生开始找她的麻烦，他们经常在校门口小桥上截住罗娟英，非要和她交朋友，让她帮助改造世界观。因为狼多肉少，互相火并，最后有一个叫鸡崽儿的将所有人捎败，成了独占花魁的第一候选人。这时，我们班男生才感到罗娟英一天比一天漂亮，一天比一天令人担心，我们课间议论的都是关于她的话题。张东旗说："咱们班成立一个护送队，每天轮流接送罗娟英上下学。"王大力说："咱们几个先成立一个独立护送队，由我任队长。"霍国强说："不如跟鸡崽儿先找点儿茬儿。"商量来商量去，最后孙有炳出了一个主意，对外就说罗娟英有男朋友，如果鸡崽儿找这个人的麻烦，我们大家给他戳着。

这个人由我、霍国强、王大力、张东旗、孙有炳抓阄儿产生。孙有炳从霍国强的数学本上撕了两张纸，两人商量着写了五张纸条，揉成团放在了霍国强裤兜里，然后每个人伸手到霍国强兜里抓纸团。霍国强说："谁抓住'让老天爷去做证吧！'这句话，谁为罗娟英盯这个茬辈儿。"这句话是《流浪者》里拉兹出狱时对狱警说的话，那时候我们经常引用。孙有炳说："按大小个儿，我第一，徐伟成第二，东旗第三，大力第四。"霍国强说："我老五。"孙有炳上前从霍国强裤兜里掏出一张纸团迅速打开，我们还没看清，他就说："大家看了，什么都没写。"说完把纸条撕得粉碎。

霍国强说我："该你了。"我哆哆嗦嗦地摸着霍国强裤兜里的纸团，心里念叨，千万别摸着呀！听张东旗说，鸡崽儿在四中可猖了，在县城也小有名气，我这小样儿哪儿惹得起呀。我摸着每一个字团都像定时炸弹。我在心里默默祈祷，老天爷呀！求求您老人家啦，千万别拉我去"做证"呀！是孙有炳出的馊主意，第三个是张东旗抓，让他去"做证"吧！再不叫霍国强去"做证"，这小子一天天七个不服八个不忿，正好让鸡崽儿归置归置他。

我手在霍国强裤兜里来回捣鼓，霍国强火急火燎地说："你这是摸罗娟英呢，还是找什么感觉呢？发昏当不了死，越犹豫摸得越准，不信待会儿你就知道了。"我听了霍国强的话，一狠心又把四个纸团打乱，果断地摸了一个放在手里，胳膊像灌了铅一样慢慢提拎出来。

　　霍国强不耐烦地说："孙有炳给他打开念一念。"孙有炳从我手里拿过纸团，小心翼翼地打开，说："恭喜你。"我听了这话腿一颤，一股尿液涌了出来，我赶紧一绷大腿，往回捯着尿，憋得我尿道刺痛。孙有炳说："你真有桃花运，上一次……"他还没说完，王大力看我阴沉着脸，走到我身边拍着我的肩膀说："如果你不乐意，把阄儿给我，不就是个小鸡崽儿吗，有什么了不起！"

　　我刚想做一个不情愿的表情，然后说给你算了，霍国强说话了："人家好不容易抓到的，凭什么给你，你不要欺负人。"霍国强拍着我另一边肩膀为我伸张正义。孙有炳说："徐伟成同志，组织上交给你的任务，不是你一个人的任务，是我们大家的任务，我们现在还没有绝对的实力打败敌人，我们要想打赢这场战争，就要麻痹敌人，你负责的就是引鸡出洞。"他自告奋勇说，"罗娟英和你明确关系这点儿事儿包在我身上。"我听了当时就给否了，我说："跟鸡崽儿完了这事儿再说吧，跟不跟我无所谓。"我一生就这么一个毛病，嘴永远不对着心说话，我是多么希望孙有炳去说这话呀！

　　我在班里虽然威信不高，学习不好，但在关键时刻，他们就会想起我，这一次又得到了证明。那些日子我在男生面前特有使命感，总觉得一个班的责任都担在了我一人肩上，在女生面前俨然像一只大公鸡护着一群小母鸡。可一放学我就开始后怕，做事魂不守舍，不是被门碾了，就是把邻居家猫尾巴给踩了。有一天，我妈让我做点儿饭，小心又小心还让高压锅给烫了……我找到霍国强，让他到乡下找他奶奶算一算，找一个黄道吉日，跟鸡崽儿赶紧把事儿了喽。霍国强第二天给了话，三天后下午四点之前就是"黄道吉日"，我跟鸡崽儿约架在中午两点。

　　我让孙有炳赶紧调查鸡崽儿的个人情况和社会关系，第二天晚上孙有炳将所获信息告诉我。经过具体分析，我和鸡崽儿各有优势。鸡崽儿一米五四，和雷锋一个高度，我一米六二，和五十二公斤级世界举重冠军吴祖德一个高度；鸡崽儿社会上玩儿得比我响多了，但我有霍国强他们对我的承诺；约的地点又是在我们学校南墙外试验田，那地势我熟悉，哪儿进哪儿退我门儿清。从以上情况分析，天时地利人和我都占有优势，从理论上说掐败小公鸡应该不是什么问题。我现在不足的就是身体素质、信心准备，需要增加勇气。我一篇小说里说过，我爸年轻时是一个文学青年，家里藏书不少。我回家左翻右找最后选了两本，一本是《普希金》，一本是《伊利亚特》。当我看到普希金为了捍卫自己爱情，和自己的连襟丹特士在彼得堡郊外黑河边的雪地上举行决斗时心潮澎湃。我心里在一次次地念着，老普，英雄啊！我手挑着大拇指，像《智取威虎山》里的少剑波赞叹杨子荣一样。丹特士你等着吧，娜塔丽娅你看着吧，我一定要把丹特士的股骨打碎！我替普希金暗暗地宣誓。

看完《普希金》我又看《伊利亚特》。阿喀琉斯力战克珊托斯河神，看到赫克托耳被阿喀琉斯杀死，我心潮澎湃，感觉我就是阿喀琉斯，鸡崽儿就是赫克托耳。在和鸡崽儿决斗的前一天晚上，航天工业部第五研究所家属院上映《英雄儿女》，这个电影我已经看过好几遍，可那天我又去看了。我和孙有炳走了十里路，从研究所家属宿舍南边翻墙而入，早早地占领了防空洞门上的墙垛。电影七点四十五分正式开始，当我看到王成握着最后一支爆破筒从战壕里跳出来，向敌群一跃时，我热血沸腾，感觉我就是英雄王成。听着王芳为哥哥谱写的战歌，唱响前线每一个角落的时候，我差点儿失声大哭。"风烟滚滚唱英雄，四面青山侧耳听……"我的肌肉没有一块不在跳动。鸡崽儿，你等着吧！明天我将摧枯拉朽地将你打败！我在回家的马路上唱着"怒目喷火热血涌，敌人腐烂变泥土……"我高喊着英雄王成最经典的那句话："为了胜利——向我开炮！"我一次次地重复着这句话，以此来给自己信心，增加自己的勇气。孙有炳也跟我一块儿喊叫。路上有几伙骑车的人瞅我俩一眼都飞快地骑了过去。我疯了一样地喊，一直喊得嗓子出血。我和孙有炳分手的时候，看着他的背影，向他喊着，他不时地回头也向我喊着。

回到家里，我嘴对着水龙头灌了半天凉水，才将血管里沸腾的血平静下来。我妈从大屋出来，让我把楼道门锁好，问我干什么去了，说张东旗几个同学等了我一晚上刚走。我看着我妈，用嘶哑的声音喊："向我开炮！"我妈愣了一下，问："你说什么？再说一遍。"我又瞪起眼珠子喊："向我开炮！"我妈上前两步，举手就给了我几个大嘴巴，她边打边说："不要脸的东西，这是你喊的吗？"我爸听见筒道有动静，赶紧从大屋出来，把我妈拉开，嘴里说："行了行了，孩子这么大了，我都不动手了。"我妈说："这孩子嘴里说什么你听见了不？"我爸拉着我妈的胳膊往大屋拽着，并小声说："以后你办事儿的时候小声点儿。"看着他俩把门关上，我捂着被打得滚烫的左耳，不知错在哪里。

　　第二天，阳光明媚，远处的白云像一条条银龙鱼在游动，干湿适宜的空气抚摩着我的手和脸。我非常反感现在人写小说在描写景物的时候总是阳光明媚明媚阳光，现在这句话在中国的大中城市应该毙掉了，现在的人永远也看不见我小时候的景象了。我家住过六层楼，早上天空晴朗的时候，朝西看，北京城有几十个烟囱和十几个高一点儿的建筑物，插在弥远的西山脚下。朝北看，顺义幽远的山峦被一层层树木农田堆积着，山的暗处是青绿色，透着幽深的神秘感。我站在楼顶向东望，运河像一条飘动的白带横在眼前，再向远眺就是通州八景之一的"平野孤峰"了。你知道那孤峰坐落在哪儿吗？那是近百里外的河北省蓟县。短短三十年过去了，如果再想看，天文望远镜也望不到了。

　　我站在我们班的三分试验田旁，看着腐烂的菜根儿，想起罗娟英和白丽几个女同学每天一放学就在马路上追逐马车驴车的情景，多么幸福的马粪驴粪啊！我感到地里的马粪驴粪那么亲切，看到马车驴车在京津公路上欢快地奔跑，看到有不少同学站在南墙下等着看热闹，心里很是矛盾。待会儿跟鸡崽决斗，不知鹿死谁手，我怕他们看到我惨败的情景，更怕他们离开没人站脚助威。但有一点坚定不移，如果胜利的天平倾斜到我这边的时候，霍国强、孙有炳、张东旗、王大力他们肯定会锦上添花。

　　我向坡上的人挥了挥手，随手从兜里掏出我妈在工厂焊洋铁壶用的黄腿花边墨镜，架在鼻梁上。这个墨镜实在太暗了，我看霍国强、王大力在树荫下像两个大黑熊。看马路两旁的白毛杨像一座座高耸的麦秸垛。麦秸垛旁有几个小黑影在鬼鬼祟祟交头接耳，一个矮个儿向两个高个儿说着什么。坡上的霍国强和几个同学也在交头接耳，不用问，马路上个儿矮的就是鸡崽儿了。我摘下墨镜看着鸡崽儿带头下了公路，过了路沟，过了渠埂向我走来。

此时，我想起《伊利亚特》里的几句话：

> 我们应该立即把他从这里赶走
> 或者帮助阿喀琉斯
> 给他灌输力量，坚定他的勇气
> 让他知道强大的爱情等着他

我看着鸡崽一步步地靠近我，靠近我。

我目测着鸡崽的个头，真的只有一米五多，但他的宽度太宽了，起码比我宽半个肩膀。看他耳际的头发及鼻子底下卷曲的胡须，还有脖子上核桃大的喉结，少说也比我大两岁。

他戴着一个电镀墨镜，看着他的墨镜，我不好意思地将自己的墨镜摘下来背在身后。

鸡崽儿在离我三米远的地方站住了，嘲讽着说："怎么，待会儿咱俩在这比试电焊活儿吗？"我把墨镜装进兜里，一想，不行，昨天晚上从我妈书包里偷出来，我妈今天上班还不知怎么焊活儿呢。如果知道我带出来打架打碎了，非扒了我的皮不可。我跑到霍国强身边将镜子递过去，嘴里念念有词：

> 我劝你赶快后退
> 回到自己的军中
> 不要来和我作对
> 趁现在还没有遭殃

蠢人事后才变得聪明

　　我念完《伊利亚特》的片段，坡上的人懵懵懂懂不解其意。不需要他们明白，只需要他们站在这里，给鸡崽儿增加点儿压力。以霍国强为代表的几个同学都向我表示，只要我帮罗娟英出头，到关键时刻他们不会袖手旁观。我哼了一声，不知是哼坡上的人，还是哼对面鸡崽儿。我瞧着坡上同学的头发像墙头草一样在风中摇摆，扭过头再看鸡崽儿像个秤砣一样立在路沟里。我愤怒地走向他，面若生铁。

　　凭你的作为在我心中激起的怒火
　　恨不得把你活活剁碎一块块吞下去

　　此时，我看到天空那么广大，试验田却一点点变小，慢慢地沉下去。来吧，近在咫尺的殊死搏斗。这不就是古希腊的奥林匹克竞技场吗？当我持笔写到这里的时候，想起当年的情景，还是有许多感慨。

　　鸡崽儿看我揣在裤兜里的两只手微微地颤抖，傲慢地撇着嘴。我用手使劲儿捏着大腿，手心里的汗湿得像刚洗的一样。

　　浑蛋，我心里在暗暗地骂自己：抖什么，赶紧想英雄人物，赶紧想普希金，赶紧想阿喀琉斯，赶紧想王成。我默默念着向我开炮，两手紧握，如紧握爆破筒一样。鸡崽儿说："呀哈，小丫挺的，谁给你戳着呢？"他说着摘下电镀墨镜，随手递给后面的人。他右手压着左手关节，弄出很响的声音，说："文斗还是武斗？"他左手压着右手骨关节，"文斗你退出，武斗我费点儿事儿。"鸡崽儿似乎有点儿担心，在我们学校墙外打架，胜负有许多不确定的因素。我看着鸡崽儿，看着他后面围上来三三两两的人群，再往远看，西边南墙坡上拐弯处站着我班一堆女生，我心潮激荡，不用问了，我一切的一切都将载入本班史册，我班史留名的时候到了。

　　我高喊一声："向我开炮！"喊得我自己耳朵嗡嗡炸响。我挥拳照着鸡崽左腮就是一拳，他身子向后趔趄一下，又迷迷瞪瞪向前一扑，两手蟒蛇一样抱着我的腰，脑袋扎在我的腋下。我抽出右手照着他的肋骨下猛击，他的脑袋和肩膀向前顶着，用右脚绊着我的左脚。我的脚后跟跟阿基琉斯的脚后跟一样，没有浸泡到神水，这是我俩唯一的弱点。我被他连冲带绊，拽着他一起向后倒去。

我俩摔在地上扭打在一起，鸡崽儿身体的优势明显地显现出来，他死死地将我压在底下，我几次挣扎想翻过身来都无济于事，他用双手扭着我的右手向左拧拽，腾出右手照着我的脸上猛砸。为了躲避他无休止的右拳，在和他扭打中我将身子转向一方，脸朝着地弓着腰，两手撑着地，鸡崽使劲儿地掰着我的身体，这时跟他来的人也围了上来，对我身体头部连踢带踹。围观的人越来越多，有人推搡着，有人动起手来。我听见霍国强、王大力吵吵着："你们玩儿得不局气。"

人群里有人在打冷拳踢冷脚，鸡崽儿不知被谁一脚踹在了卡巴裆上，他哎哟一声松开了我，我爬起来转过身。鸡崽儿眼疾手快，从身边人腰里抽出一把一尺长的片刀，顶在我的胸前，左手拽住我的衣领，嘴里喊着："别动，再动就扎死你！"

我看着明晃晃的刀片，想起了《伊利亚特》里背得最熟的几句诗：

> 想这样吓我失去作战的力量和勇气
> 我不会转身逃跑让你背后掷投枪
> 我要迎面冲上来让你正面刺胸膛

我嘴里冒着血，嘴唇逐渐变厚，两颗门牙长出一节，在外头奓拉着。鸡崽儿瞪着眼睛说："叉了你丫挺的，信不？给你丫叉成筛子眼儿你信不信！"我不敢看鸡崽儿的眼睛，我想，说信也不能现在说，刚用刀顶着就说信了，当着这么多人太没面子，怎么也让他再逼问我一次，我想在我没有否定之前，他也不会轻易动手吧。在这个时候，千万不能激他，千万不能，千万不能说你叉了我吧这些刺激的话，我自己叮嘱着自己。

人群里有人骂鸡崽儿："你真能耐就把他叉成筛子眼儿。"听着这

87

声音好像是张东旗。这土匪养的，恨我不死呀。我向人群里搜索，抬头看到西边南墙坡上，罗娟英两手捂着嘴向我望着。我激动得想哭，可脸上肿得太厉害，泪腺阻塞。总之哭的表情很难到位，又搭上快掉的两颗门牙在外面奓拉着，让围观的人一看，分明是在嘲笑鸡崽儿。

我望着罗娟英心如刀绞。娟儿，下辈子再见吧，下辈子我投胎一定长得高一点儿帅一点儿，投在一个副厂级的人家，和你门当户对，让你瞧得起我。我朝着罗娟英撕心裂肺地大喊一声："我们永别了！"可从嗓子里传出来的却是："你又了我吧！"

这种类似的错觉还有许多次，其中一次至今记忆犹新，那一天晚上在家里看电视，演的是《水浒传》，我记不清是哪一集了，总之是西门庆和潘金莲搞不正当男女关系那集，我看扮演西门庆的演员李强那瘦瘦的干练劲儿，跟我还真有相像之处。我想说："妈，您看您儿子像不像扮演西门庆的李强？"可我说出来的却是："妈，您看您儿子像不像李强扮演的西门庆？"也搭着那天我妈和我爸怄点儿气，她说："西门庆好歹有个色名，你们连色名都没有。"我爸听了这话，一气之下把我轰出家门。

这种现象是记忆程序的混乱，还是思维短暂的倒置？是发音气流与舌头配合出现故障，还是绝望情绪分泌所致？那声音不仅改变了我的价值观，也改变了我的人生。

那震耳欲聋的呐喊声，在空旷的洼地里回旋了三圈后开始向上，向上再向上，最后俯冲下来，砸灭了所有声音。我汗如雨下，脑袋像蒸笼一样冒着热气。围观的所有人都听到了我和鸡崽儿的心跳声。我的心脏如拳头一样击打着肋骨，意思在说让你瞎喊，让你瞎喊。他的心脏像猴子一样七上八下地跳着，顶在我胸前的片刀也在乱跳，活像他心脏的指挥棒。

天上飞机的轰鸣砸在洼地里，发出很大的嗡嗡声。我扬起头，看着飞机拉着白烟向高空爬着，围观的人群和我一样扬起头。

鸡崽儿趁人不备，急促地从人群中蹿出。有人在喊："他们跑了，追呀！"没有一个人去追，我看着鸡崽儿他们飞快地上了马路，再也坚持不住，瘫在地上。

霍国强、王大力轮流背着我往医院跑，罗娟英她们紧跟在后面。刚进医院大厅，钱君英跟罗娟英说："先给他挂个腰科。"罗娟英说："他嘴流了好多血，先挂嘴科吧？"张东旗说："什么腰科嘴科！口腔科！"班里有不少同学在门外守着，不时地议论纷纷。张东旗说："咱们从小在一起，他的胆比针鼻儿大不了多少，今天是不是疯了？"沉默片刻，罗娟英说："人家都那样了，还说风凉话！"白丽说："今天我真正感受到了做男人的伟大！"我听着外面白丽的感慨，眼泪艰难地随着固定牙的疼痛一起流向脖子。我想，如果喊出的那句话是发自内心，我的勇气就不输于任何英雄人物，起码和他们在一个档次。我为自己感动，也在迷惑不解，就像张东旗说的，我的胆子比针鼻儿大不了多少，怎么就喊出那句豪言壮语呢？为什么明明是假话还让人相信，而且还获得那么多人的感动和赞誉呢？

第十三章

我和罗娟英交上朋友以后，生活上有了许多改变，每天早晨起来刷牙特别卖力气，总想一天就把黄板牙刷成贝壳一样。我姐每星期回家一次，我趁她不注意偷她的友谊牌雪花膏和万紫千红牌护肤霜，抹脸抹胳膊，把自己整得香喷喷地上学。在学校里罗娟英也有了许多变化，她见面不理我了，不像以前一样，我不交作业就挖苦我，可自从交了朋友，我俩走个对面，她不是低头，就是手捋着头发挡住自己的视线，如果来得及就绕开走。

关于我和罗娟英，我们班除了钱君英白丽杨英，其他人都认为我捡了一个大便宜。霍国强、王大力眼里时不时流露出嫉妒的目光，他们在班里孤立我，在罗娟英那儿说我坏话，弄得我约罗娟英四五次才出来一次。

当然我也不是没有办法，她家住二楼，每天晚上她定点儿在厨房洗碗，一到这点儿我就站在她家楼底下一上一下和她聊天，有好多次被她父母发现。发现我也有的说：今天留什么作业？《曹刿论战》背第几段？今天最后一道数学题第二种解法怎么解？有一次她妈看见我在楼底下和她闺女说话，问："伟成，今天是问英语单词还是数学题的解法？"我当时没有想好，随便说了一句："阿姨，您好！今天不问作业，快期中考试了，高老师让我通知她明天有两节早自习。"第二天一早，罗娟英气得直哭。她说我太过分了，弄得她妈不到五点就捅她起床，她又不敢说我是撒谎。

楼上楼下的甜蜜随着她妈的警惕而结束，我开始在学校频繁地约她，时间一长她想出了一个办法，她让杨英陪我聊天。我们经常去的地方是食堂半地下的菜窖，杨英聊起来天马行空，纵横交错，每次和她聊天我脑子都不够使。十多年后，当中国刚刚兴起保险业的时候，她就从事了这个工作，她说干这个工作就是为了海聊。每次我俩聊累了，罗娟英才来，当我刚聊点热乎的话题，她总说一句话："知道你为什么不长个儿，思想太复杂。"我望着她的大个儿，脑袋里一片迷茫。

七月份放了暑假，一直没有下雨，八月刚到雨就没完没了。运河上游不少渔场翻了坑，听说东关大桥水面上有成片的鱼漂浮。我们北苑离东关大桥五公里，传到我耳朵里已经发酵成运河翻了坑，有成千上万的人在东关大桥底下抓鱼，向阳厂王璐班都不上了，每天捞几千斤鱼。

星期日的下午，雨过天晴，我和魏生京王大力约好，拿着张东旗从邻居家借来的抬网去运河捕鱼。我们凑钱从杨富店小吃店买了一盒春耕烟，一出门看见杨英穿着拖鞋，站在她姥姥家对面的柳树下，我推着车叫着杨英："嘿，一块儿玩儿去？"

她把手叉在腰上说："玩儿什么？"

魏生京说："反正不玩儿你。"

杨英走近了说："卫生巾，你说你，一个男的怎么起那么一个名？你不问问你妈，起这个名字的时候怎么想的。"

魏生京红着脸说："你姥姥的，那是我妈给起的吗？"

我们几个听了都大笑起来，张东旗说："杨英，别理丫挺的，你去不去？去就坐王大力的车。"

杨英说："我一个人怎么去呀？"

我说："我们不是人？"

她说："赶紧走吧，别废话了。"

魏生京说："你还把自己当个母儿了。"

杨英说："去！你一说话就没溜儿。"

王大力说："杨英，前几天运河翻坑你听说了吧？"

杨英点点头："听厂里人说过。"

我说："听说运河里都站满了人，有不少人整宿捞鱼呢。"

王大力拍着后车架上的编织袋儿："你看看，我们拿了四个化肥袋儿，都装满了回来。"

杨英说："我去不了，等会罗娟英还到我这儿来呢。"

张东旗说："你跟罗娟英说，如果她要去，你俩就去找我们，运河见。"

杨英向我们挥着手。

到了东关大桥，我们将车支好，手扶栏杆向南望去，远处一节节满载坦克的火车从桥上飞过。河边上有两个戴草帽的老者收拾着鱼竿，将钓的鱼倒在一个桶里，挂在车后架上。我嘴里嘟囔着说："这儿哪儿翻坑了？"

王大力说："看，那儿有条船，那人在撒网。"我朝他手指的方向望去，桥北的水面上有一条船，船上站着的人正是王璐。我说："那就是我们厂王璐，去问问他到底怎么回事儿。"我们上了车，骑过大桥，下了道，没骑两分钟就到了王璐打鱼的河边，我支着车叫着："王师傅。"

他皱着眉，看准是我后，说："你小子到这儿干吗来了？"

我说："听说这儿翻了好几天坑了，咱们厂有人说您每天都捞上千斤鱼。"

他仰着头骂："我日他姥姥，咱厂子没有几个好人。头几天这儿确实翻了坑，捞鱼的人比他妈鱼还多。"

我说："敢情已经没鱼了？我们还带一个抬网来呢。"

王璐说："你要使抬网，这地方水太深了，使不了，去那边小河套。"他手指着北面一条支流。

我说："那儿有鱼吗？"

"有也不多，你们捞捞试试，兴许也能捞着一两条大鱼，翻坑哪儿有谱儿啊。"说完他一猛子扎进水里，一会儿工夫他双手抓着一条一斤多重的鲤鱼露出水面，他将鱼扔到船上又扎入水里，就这样反复三四次，每次都能抓上来一条鱼。

看他爬上船，我说："您干吗不用网捕鱼了？"

他收着网说："在河边鱼都扎在石缝里面，裹在小草里，你不下去

92

摸两下，有不少都捞不上来，漏网之鱼这个词儿就这么来的。"

我对王大力说："咱们也去捞几网，别白来呀。"说着我们上了堤岸。

到了小河套边上，魏生京和王大力脱了个精光，魏生京在河里教着王大力怎么抬鱼，还真的捞到了几条小鱼，我在河边捡着他俩抬上岸的鱼。张东旗撅了一根荆条，撸下叶子，在岸边抽着蚂螂。我忙里偷闲拔了七八棵莴苣菜。

魏生京问："拔它干什么？"

我说："拌个凉菜呀。"

魏生京说："咱们那边地头儿有的是。"

王大力说："没事儿闲的，下来捞几网来。"

我说："你要累了上来歇会儿，等会儿我俩替你俩。"

他俩围好一网向河边处推着，一条小二斤鲤鱼蹦出水面，王大力和魏生京大叫起来。我跑到河边，他俩把网举过头顶上了岸，这一网大小鱼六条，我把鱼装进袋子里，薅两根草拧拧系好袋口儿，把袋子放进岸边的水里，用草绳拴着，用木棍插在岸边。我洗完手上了岸，接过王大力递过的烟，看着张东旗从老远处走过来，王大力又给他递过一支烟，张东旗把荆条倒在夹着十多只蚂螂的手里点上烟，说："捞不少了吧，捞够一顿吃的就行了。"

王大力说："吃的时候就不说这话了。"

张东旗说："今天我是跟你们吃不到一块儿了，今天我二叔从老家来，晚上我肯定得回家吃。"

王大力说："待会儿你俩换换我俩，下去抬两网。"

张东旗说："我一下河，身上干了一挠一道白，我妈知道了还不骂死我。"

魏生京说："那你就别下河了，等会儿你回家把那条最大的鱼拿走。"

张东旗说："别别，这不给我上眼药吗？"

王大力朝魏生京说："听你二哥说你不想念了？"

魏生京说："上完初三我就不想念了，可正赶上普及高中，他妈的没毕业证，你说背不背吧？"

张东旗说："你说也是呀！咱们早几届能赶上上山下乡，早一届能拿到初中毕业证。"

王大力说："他们农村的不考大学的话上多少年都是白上，就咱们市里的不上大学高中毕业了你能干什么？不还是接班的接班，干临时工的干临时工？"

我们围坐在河岸的树荫下，抽完一支烟，王大力又点上一支，他抽了两口说："他妈的，魏生京你渴不？"

魏生京说："喝也行，不喝也行。"

王大力说："待会儿再来两网，没邪的就撤了。"

我们没有再下河抬鱼，原因简单而突然：张东旗站起来时一只大马蜂在他头顶慢慢地飞来飞去，张东旗用手打了两下，大马蜂盘旋而去。张东旗抬头一望，树上有一个马蜂窝，他让我们全散开，然后从车把上摘下弹弓，捡一枚石子儿照着蜂窝射去，只听"啪"的一声，蜂窝在树上剧烈地摆动起来，张东旗迅速地跑到我们这边。约莫十多分钟，张东旗说："我也渴了，咱们收工吧，你们赶紧把网和鱼收拾好。"

王大力看着我，我说："我拿鱼。"

张东旗说："你们俩都下过河了，你们俩下河把网好好洗洗，叠好了。下回我跟人家借也好借。再有，大力，你背心还在树底下呢。"

我朝魏生京说："待会儿我回去骑车带你。"

张东旗说："快去吧，我给你们撅两根高粱秆吃。"说着张东旗朝我说，"给我看着点儿人啊。"

我点着头，张东旗一猛子扎进了高粱地，我们仨也开始忙活起来，我到河边把编织袋儿在河里又涮了涮，王大力魏生京又脱了衣服，把网打开，择完网上的草，然后下河洗网。一切完毕，王大力到树下拿背心。这时没想到的事情发生了，敢情马蜂们早有埋伏，它们就知道你的衣服早晚得来拿，马蜂们一拥而上。

王大力左拍右打，上跳下踢外加疯跑。我和魏生京刚喊出快跑，王大力已经倒在几十米外的河边，我们干着急不敢过去。

张东旗也从高粱地里跳出来，他上了坡问我怎么回事儿。我指了指那边黑乎乎飞远的马蜂，他骂了一声说："我以为看青的来了呢！"说完他又进了高粱地，把刚才撅好的五根甜高粱秆抱了出来。我们小心翼翼地走到王大力身边，看他抱着脑袋"哎哟哎哟"地呻吟，不知怎么办是好。

我们仨正不知所措时，突然后面有人大吼一声："不许动，谁要动我就砍死谁！"我们仨回头一看，一个比铁路枕木还要壮的小伙儿手举一把镰刀正怒视着我们，"我早就看出你们几个不是什么好鸟！"

张东旗有点儿颤音地问："你是干什么的？"

"我是干什么的，我是焦王庄看青的，我叫海青子，你十里八村打听打听我。"

张东旗听了这话打个激灵，手里的高粱秆散落在地上，他木呆呆地瞅着我们，我们也瞅着他，然后我们仨一起瞅着王大力，王大力这时也不哼哼了。我看了一眼海青子，刚想说张东旗撅高粱秆我可没撅呀，海青子又说话了："谁也不许跑，都跟我走。"

张东旗看着我说："咱们一块儿去吧。魏生京，你搀着王大力。"魏生京不情愿地嘟哝说："走就走，反正我什么也没干。"海青子说："把高粱秆捡起来，往前走。"魏生京搀起王大力，我们捡起网推着车，走在海青子前面。走过高粱地，过了一条沟渠，走在两边都有树的路上，大约走了一里多地，在一个机井房下了道，走进一个场院。迎面房子的墙上写着两行标语：破坏秋收工作，一律按反革命论处。

海青子让我们在磨面房东面面朝墙蹲下。他挥舞着镰刀又吓唬我们说："敢跑，用碌碡压扁你们。"说完走进旁边的屋里，一会儿从屋里走出一个中年人，海青子跟在那人的后面，说："二舅，就是他们。"中年人看了我们一眼说："都转过身来站好。"我们几个转过身。"你们都是哪个学校的？"我们面面相觑，魏生京说："北苑的。"中年人说："北苑学校？"我们四个同时点头。"你们几个都叫什么名字？"说着他让海青子去屋里拿笔和纸，他一个一个记着我们的名字。

写到这里有人会问，你小子没偷高粱秆为什么跟海青子去场院？为什么不跑呢？我凭什么跑？又没偷又没抢，让海青子误伤一刀多不值呀。再说我跑了车怎么办，哥们儿一块儿出来的，你跑了以后社会上怎么混？当中年人和海青子商量是到大队打电话，还是让海青子骑车去北苑通知我们家长时，我说话了："海大哥！"我跷着大拇指指着后头的张东旗说，"他爸可是咱通县县委的军代表。"

　　海青子看着我说："别他妈吓唬我，你以为我不知道，我哥他们厂军代表都撤了好几年了。"

　　我说："我说的是头几年有军代表的时候他爸是县委的军代表，现在他爸是部队的团长。"我看着张东旗惊愕的眼神不再说话。

　　海青子说："那就更应该通知他家长了，这么大官的孩子破坏秋收，更应该严肃处理。你说！"海青子指着张东旗，"你对得起老山前线的战斗英雄吗？你对得起改革开放的成果吗？"

　　那边话音刚落这边哇的一声，张东旗哭喊着："大哥，我对不起牺牲的英雄们呀！"他朝着我骂，"你他妈安的什么心把我爸抬出来哇？"他抽搐地用手抹着眼泪，"我爸知道非打死我不可。"

　　张东旗弄出这么大动静真是出乎我意料之外，我朝那中年人说："二舅爷，我们对不起改革开放的成果，您大人不记小人过，饶了我们吧，我们下次再也不敢了。他爸脾气可大了，弄不好真一枪给他崩喽。"

　　那中年人听了我这番话，看了看海青子，然后指着我说："你跟我进屋来。"

　　他叫着海青子："你带他们仨搓老玉米去。"我跟在那中年人后面进了屋。这是个三间通房，看散落在各个角落里的凳子像个简单的会议室，看最里面两个二屉桌上的算盘又像会计室，看对门儿的火炕上有一床红白花被褥又像看场人住的屋子，总之什么都像又都不像。几张画像挂在北墙上。那中年人坐到二屉桌前，把桌上的算盘向里推了推，他审视了我一会儿，然后说："我问你，一定要说实话，这个姓张的孩子他爸真是部队的团长吗？"

　　我听了这口气来了劲儿说："可不，他爸还抗美援朝过，要是知道他儿子破坏秋收，非毙了他不可。"

那中年人听完我这话有点儿发蒙，他龇着牙花子，右手背砸在左手心里，嘟囔着说："这可怎么办，这可怎么是好？"他正说着，魏生京推开了门急切地说："不好了，王大力晕过去了。"

中年人和海青子听了这话都跑了出去，我跟在后面。中年人看着王大力紧闭双眼躺在老玉米堆旁，朝我们几个人说："看什么看？还不快点儿抬凉快地方去。"我们几个你拽胳膊我搭腿把王大力放在了屋里炕上。中年人急切地说："先让他坐定。"他拿着半缸子凉水对准王大力的嘴往里灌，王大力喝了几口水后慢慢地睁开双眼。我们几个看着王大力脸上身上被马蜂蜇得青一块紫一块的，甭提多害怕了。我装出一副可怜相对中年人说："二舅爷，他可能是中毒加中暑，会不会死呀？到医院抢救抢救吧！"

中年人看着海青子小声说："瞧你抓的这个人，他也没偷东西，你带他回来干什么？"他看着我和魏生京说："你们俩先到门外去。"我俩在门外等了大约半个小时，他们四位都出来了。中年人让我们兵分两路，中年人和海青子把张东旗送回家，我和魏生京把王大力护送去红旗厂医务室。

第十四章

晚上吃完饭，我下了楼，边走边想着去哪儿玩儿，家属院平房有一台二十一寸彩电，厂子食堂还有一台黑白电视。那时候的电视七点半才有节目，宿舍里有两拨人，一拨牌摊儿，一拨棋摊儿。

大门口儿有一帮海阔天空的侃爷，这帮大多数都是一些走南闯北的人，有东北、新疆回来的知青，有矿山的、建筑的、商业的、跑外的业务员。我有时没事儿也凑过去听两句，有时还插嘴打断他们的聊天，他们有几个人非常烦我接话茬，也烦我云山雾罩。有一个叫石军的经常趁我不注意弹我脑壳，有一次还扒了我的裤衩。今天这小子也在，他大声叫："小子，过来，让石哥宙儿你一下。"

我挥手说："听说红旗厂演电影，去看看。"

"这小骗子！"石军做出追我的样子。

我飞快地向厂门口儿跑去，到了厂门口儿回过头看着家属院门口儿那帮人群。我想是回家属院看电视还是去红旗厂看电视呢？我问在厂门口儿坐着的周大爷几点了，周大爷回头看了一眼传达室里的电表说："差十分七点半。你小子不会自个儿看？"

我说了声"谢谢"向红旗厂跑去，刚跑到小吃部就看到杨英骑着车从马路上下了道，我高声叫着并向她招手。她看见我下了车，我走近前说："干吗去了？让你跟我们一块儿捞鱼你不去，你知道我们捞了多少鱼？足有二百多斤。"

她把车推到路边说："你不吹牛能死呀？我刚从运河回来，别说鱼了，人影都没几个。"

我惊讶地说："怎么，你也去了？我怎么没看见你？"

她说："我还没看见你呢。"

我说："明天你问问魏生京我们去没去，王大力还被马蜂给蜇了，疼晕过好几次呢。"

她说："你就编吧！"

我说："你说你去了，谁来证明？"

她说："明天你问罗娟英我去了不。"

我迟疑地说："今天你俩去了，去的大桥南边吧？"

她说："我们不去大桥南边，去大桥北边干吗？"

我说："嗨！我们过了东关大桥朝北边去了，那是见不着了。罗娟英没骂我们吧？"

她说："不但骂你们，还跟我吵了一架。"

我说："嘿嘿，有多大事儿呀？"

她说："今天一下午她就说白丽是个两面派，不让我们理邱红，可白丽阴一套阳一套，背着她给邱红过生日。我听了可不舒服了，前天邱红过生日，我们都去了，我在邱红那儿就待了一小会儿，我怎么解释都不行。噢，霍国强骂我好几次了，我跟她说让她别理霍国强那傻帽儿，她怎么做的？只许州官放火，不许百姓点灯。"

我说："得得得，待会儿吃完饭，你把她约出来，我给你俩讲讲和。"

她说："讲什么和，我才不约她呢。"

我说："我把她约到你这儿来。"

她打了一串车铃说："她没跟我一块儿回来。"

我急忙问："那她呢？"

她说："因为没找到你们，我说回去吧，她说不回，我说你不回我可回了，你猜她怎么说，她说你不回是小狗。你说她说话多呛人。"

我说："她骑车了吗？"

她说："她找我玩儿来骑什么车呀。"

我看着黑下来的天说："今天你惹大事儿了，快把车给我。"说着我抢过自行车，杨英在后头喊着："你快点儿回来，我在我姥姥家吃完饭，待会儿就回家，我妈明早上上班还骑呢……"

杨英后头再说什么我就听不清了，那时我只有一个想法，以最快的速度骑到运河。

到了西岸，我下了大道，上了大堤向南扎去。路两边的白毛杨遮天蔽日，路下齐腰深的草发出唰唰的响声。我大声呼喊着罗娟英，每呼喊一次都有夜猫子的回音，我完全进了黑洞，体验着宇宙的运河。我在想，没有罗娟英的期待，我会不会已经吓瘫在这个黑洞里？回答是肯定的，我之所以有前进的动力，就是罗娟英的期待注入到我的血液里，就是罗娟英在支撑着我每一根神经。这时一束强光从我身后射来，一辆摩托车从我身边飞过去，我心里艳羡之余骂了一句：牛什么牛，不就是一个邮电局送电报的吗？我们院徐继光他二叔就有这么一辆长江750。哎？是不是徐继光他二叔啊？我心里瞎分析着，一条车辙让我的车颠簸起来，我抬起屁股，一股冷风顺裆而过，刚才的黏热变成湿凉，一圈圈凉风回旋在我的周围，吹得我头发一奓一奓的。

我嗓子干得要命，我舔了舔唇外，一片干咸，我又大声喊了一句："罗娟英——你在哪儿呢——"我喊完吓了自己一跳，这哪里是喊罗娟英，说不好听点儿就是孤魂招野鬼。那声音在河两岸带着水声飘荡着，罗娟英如果在也应该听到了。

前面有两道泛黄的路灯，那是铁道的路口。我紧蹬两下上了坡，刚过铁轨车链子就颠掉了，我心里骂着将车支好，这时远处传来火车的汽笛声，我把车推到路旁，趁着火车头照射的强光快速把链子套上齿轮，顺手向前摇了一圈儿，然后到路边捡了一块干净的石头蹭着手上的油泥。蹭完举起石头刚要向河里扔去，坡下的石台上有一个熟悉的身影蜷缩成一团，我看着背影失声大叫："罗娟英！"

我又叫了一声，那个身影迟疑地回过头，她披头散发趔趄着身子飘上坡来，在离我两三米远的时候忽地扑过来，像鬼一样贴在了我的身上。在抱住我那一刹那她死死地咬住我的脖子，我吓得差点儿断了气。

我用尽全身力气抱着她摔在地上并滚在一起，我腾出一只手抠住她叼住我脖子的嘴，因用力过猛我手指头直接触到了她嗓子眼儿里的小舌

100

头，她干呕半天，哇的一声哭出声来，随着她一声声抽泣我的魂儿才回到体内。她不是河鬼，她真的是罗娟英。

我像捡到金元宝一样欣赏着她脏兮兮的脸，问："没听见我喊你呀，我喊你咋不吱声呢，你成心吓死我呀？"

罗娟英听了我的话没吭声，蜷缩在我的怀里抽泣不止，眼泪把我大襟都洇湿了。我摩挲着她的背，半天才止住哭声。我赶紧扶起她，让她先上了车，然后我从前大梁跨上腿，有力地蹬着脚镫。罗娟英两手搂着我的腰，脸和身体贴在我的后背上软绵绵的，我拼命蹬着车。骑到闸桥路口她让我停了下来，她下了车坐在马路牙子上，从兜里掏出五毛钱说："全买汽水吧，我渴得不行。"我把车支好，到路边冷饮店买了四瓶冰镇汽水，我将汽水蹾在她的脚前，看她"咕咚咕咚"把两瓶汽水一口气喝完，又给她递过去一瓶。

她说："一人两瓶。"

我说："刚才我在冷饮店喝了一肚子自来水了。"说完给她打了一个饱嗝。她感动地看着我，拿起一瓶汽水塞到我手里，又拿起另一瓶撞了我瓶子一下说："干！"

我大口地喝起来，借着冷饮店的灯光，看着她顺嘴角流到胸脯上的汽水。她喝得一滴不剩抹着嘴，我问："好点儿了吗？"

她说："好多了。"

我说："那么喊你，为什么不理我？是不是你还生我的气？"

她回忆着说："我当时不知道怎么搞的，就是发不出声音来。"

我说："那也应该知道我喊你，你在路边等着我呀。"

她说："我没有想到你会来找我。"

我说："你认为谁会来找你？"

她揉揉眼睛说："开头我想杨英会回来找我，后来我想我不回家吃饭我爸会到杨英家找我，知道我没回来我爸会骑车来找我，或到厂子要一个轿车来找我……后来这些想法一个个破灭了，感到一点儿希望都没有了，我害怕极了！"

我说："那你说刚才说不出话来，怎么又说出来了呢？"

她说:"我也在纳闷,哎,咬你脖子的时候,你捅了我一下嗓子眼让我干呕半天,从那开始就会说话了。"

我摸着脖子苦笑着说:"你为什么咬我?"

她捂着脸说:"我不相信这是真的,我又怕你跑了。"

我说:"多亏是真的,要不死定了。"

她抿嘴笑。

我摸着自己的脖子自豪地说:"这个牙印,就是你喜欢我的印章。"

她幸福地点着头。

后来,我一直想,如果我俩在人鬼相拥那一刻把男女该办的事儿都办了,我还会像后来追她追得那么辛苦吗?掉过来我又想,罗娟英就是敞开了让我玩儿,我会吗?我敢吗?哪像现在的我,人老心不老,咳,后悔少不更事儿有什么用?

我说:"快上车吧,你再不回家你爸妈非急死不可。"

她说:"我才不早回去呢,我就让他们着急。"

我说:"快上来吧,这个车还是杨英的呢。"

她用脚踢了车一下上了车,说:"你今天回去也别还她车,明天再说。"

我说:"你怎么那么恨她,就因为给邱红过生日?"

她说:"你可别听杨英的,她满嘴都是谎话,你还记得她有一个覆亮膜采蘑菇的小姑娘的贺年卡吗?"

我说:"嗯,见过。"

她说:"现在还见得着吗?"

我说:"好像最近没见过。"

她说:"她给邱红了。"

我"哦"了一声。

她继续说:"这些事儿我都没好意思揭露她,可她在我面前却说她最讨厌邱红,说邱红当着人一套背着人又一套。你说,她不是在说她自己吗?"

我说:"罗娟英,你往对面看看,那是不是你爸和你哥?"

罗娟英在后头大叫起来："爸！我在这儿哪，哥——"

我将车停下来，她爸骑车带着她哥从马路对面拐了过来。她哥下车就给了我一脚，说："你们几个小屁捞鱼叫我妹妹干什么？"

我说："大哥，我没叫你妹妹。"

她哥上来又给了我一脚，说："还嘴硬是不，没叫她她怎么跟你在一起？"

罗娟英拉着她哥的衣服往后拽，说："哥，跟他没关系。"

她哥说："爸，你听见了没有，他俩在一块儿都没关系。"

"娟儿，你太不像话了，你都野成什么样了，你看看你满身的土，怎么弄的？"她爸说完盯着我。

"爸，你看人家干什么？我什么都没干。"她扭着腰哭起来。

她爸小声嘟囔着说："行了行了，暑假不好好在家写作业，净出来疯跑。"

罗娟英哭哭啼啼地说："人家在家憋好几天了，想出来散散心。"

她爸说："有你这么做女儿的吗？你妈急成什么样了你知道吗？人家杨英怎么知道到点儿回家？你真不让大人省心。快上车。"他叫着罗娟英，又朝他儿子说，"你赶紧回家先给你妈报信儿，别让她瞎着急了。"

我看着他们一家三口的背影，刚想说句什么，杨英不知什么时候鬼一样到了跟前，一把从我手里拽过车把，嘴里嘟囔着说："看你把车弄成什么样子了，挡泥板蹭得链子怎么那么响呀？"说着她慢慢地试骑着车，说，"你走不走，不走我走了。"她没等我说话狠蹬两下车，转眼消失在夜色中。我走了几步站在北光仪器厂大门口儿，心想，这他妈都哪跟哪呀。

第十五章

　　我们那时候的孩子，兜里没什么钱。家里有条件的给个五六分早点钱，夏天给上三分钱买一根冰棍儿就不错了。我那时候比一般孩子来钱的道儿多不少，上高中时我哥我姐早已工作，家务有不少都是我做，星期一到星期六，每天我妈都给我一毛钱让我买菜，我一般就买五分钱的菜，留下五分自个儿支配。有一次，我看小齐售货员倒路沟里几筐菜，我站在沟上看了看有的表面还可以，就叫过红旗厂傻子刘炳全，给了他一分钱，让他下沟给我挑拣了一网兜菜，挑拣的什么菜我已经记不清了，可那天我妈骂我的话还言犹在耳："你心瞎眼也瞎，人家给你装什么你都要啊！啊？败家的玩意儿！"那天我妈足足骂了我半个小时。可我摸着兜里省下的一毛钱，暗自心里那个乐呀。

　　我爸让我打酒也是，给我钱让我到十三店打一斤酒，我打四两，回家的路上兑六两自来水，弄得我爸酒量猛涨，一边喝一边吧嗒着嘴说：十三店的酒越来越淡。有一次我爸喝酒和大老王较劲，人家喝一斤仅红了红脸，我爸喝一斤不到就钻到桌子底下。从那天起我爸把买酒这美差交给了我弟弟。长大后我弟弟跟我说："哥呀，你做什么事儿就是太过，没个度，还记得小时候咱俩给爸打酒不，我也兑水，我一斤只兑二两。"

　　我还有一项收入，让现在人说就是收保护费。那时候钱君英家生活条件好，父亲是银行领导，姐姐也工作了。我经常找她吹牛，从托儿所吹起，最后话锋一转："记住，哪个女生欺负你跟我说，外校的小玩儿闹截你跟我说。"像这种关心的话一般说两次就跟她要一回钱，有时候我忘了要钱她还主动找我说："哎，上次你怎么没跟我要钱？"说完就给我甩过一盒大前门，我接过烟抽上一支，把烟圈吐在她脸上说："以后别买大前门了，我爸过春节才买半条大前门，我不能超过我爸。以后给我买绿叶的，九分钱一盒，或买春耕的，一毛四一盒。”

她听了噘起嘴说：“我就给你买好烟超过你爸，以后买的比这还好，买牡丹的，怎么样?”你说她贱不贱吧。当然，我也需要很多付出。像课间时翻墙出去给她买高粱饴、酸三色，冬天放学帮她垛白菜，她自行车双铃丢了，我给她偷个双铃配上，等等。

上高中以后我烟瘾更大了，正常的来钱道儿已经满足不了我的需求，我和孙有炳、霍国强开始到两个厂子里偷铅偷铜，偷到铅字放在铁锹上，搁在火上烤成铅饼再卖；偷到铜片用锤子把成品砸成废料的形状再卖。我们大概两个月行动一次，有时偷多了能卖三四块钱，那可不是小数目，相当于现在好几百。我们一般选在星期天行动。

我跟孙有炳那一次偷的是向阳厂制型车间。我俩从厂子厕所墙外翻入男厕所，女厕所隔一道墙就是制型车间后院。我俩翻进去，在院子里找了半天，找到了一块二十斤重的铅锭，我和孙有炳把铅锭抬到对着北墙的雨水口，准备天黑再拿走。我俩顺着原道，翻出女厕所外墙时被保卫科陈大驴发现，陈大驴“嗷”地大叫一声：“站住！到厂子里干什么来了?”陈大驴这么一叫唤，我俩撒丫子就跑，跑进男厕所，一踹一蹬就上了墙。从墙上跳下来，跑过一片开阔地，拐过杨富店小吃店向学校杀了下去。跑过学校过了马路顺着红旗厂北墙进了鱼庄，穿过村过了五里店到了通县火车站西站。

我抬头看了看大厅里的表，已经是下午五点多了。我俩出了大厅上了货站，像没头的苍蝇到处瞎踅摸。一个穿制服的铁路工人在远处向我俩喊，意思是让我俩快点儿离开这是非之地。我俩跳下站台，穿过铁道，向北边走，过了西马庄铁道桥我俩停下来，默默地望着通惠河的黑水。

“歇会儿吧。”孙有炳坐在桥的台阶上。

我说：“陈大驴认得我，肯定找我家去了，家是回不去了，往西走过八里桥就是朝阳，往东走是东关，往北走是顺义火车站。”

孙有炳朝着河水嘀咕：“去顺义最保险。”

我听了他的话，一脸茫然，顺义虽然挨着通州，我毕竟没去过。我只在1976年唐山大地震去沈阳路过顺义火车站，印象早已经模糊不清。我朝孙有炳说："那就顺着铁道走吧。"孙有炳拍了拍屁股上的土，使劲搓着两个手心。我看着由远而近的火车，载着一节车一节车货物飞驰而过，不胜感叹："我要是飞虎队就好了，扒上车弄它两箱饼干面包什么的多来劲儿。"

孙有炳躲着那些晒出松油的枕木说："弄那么多你带得了吗？弄点儿饼干就行了，弄面包一天就馊了。"

我听了他的话，舔着嘴唇说："先别弄饼干了，先找点儿水喝是真的。"我俩停下脚步，四下张望。火车道两边种的全是玉米，东边离玉米地不远处有一个村子，房上有几缕炊烟一卷一卷的，像青灰色的麻花，烟囱是红肠色的砖砌成，上头收口处坐着一个粉肠色陶管。我猜想着那几户人家在吃什么，这么热的天，别问，肯定吃的是过水炸酱面。我吧唧着嘴说："咱们也找点儿什么吃的？"

我俩四下张望，不约而同地下了火车道，过了路沟一头钻进玉米地，我找到一个缨络娇嫩的玉米棒快速劈下，手僵硬地扒开玉米，我暗笑这个动作怎么像电影里日本鬼子祸害中国花姑娘的动作。我为什么也有这个动作？是饥饿对食物近在咫尺的渴望。我张嘴啃一口，又甜又香，大口地咀嚼，玉米浆溅了一脸。孙有炳也满脸飞白，我俩不禁相视而笑。一阵风起，玉米叶飒飒地响起，透过玉米秆玉米叶的缝隙，夕阳的血红洒在了玉米地里，将一撮撮粉红缨络染得仿佛女孩儿的脸，让我感到一丝温暖。我俩每人啃了两穗嫩玉米，又撅了两根甜玉米秆，嚼得我嘴里木木的才停下来。我说："有炳，甜东西吃多少都不解渴，还是边赶路边找点儿水喝吧。"

沿着铁道我俩一人在一根铁轨上走着平衡木，有一搭没一搭地闲扯着。夕阳西下，余晖洒在遥远的天际，一片灰红，远方有几座烟囱耸立，那可能就是北京二热发电厂吧。地平线下的北京城被一片墨绿淹没了，高高的白毛杨蘸饱了墨汁戳在那里，阳光的味道这时更加浓郁，淡淡的星星眨着眼，仿佛跟着我俩往前走。

走到一个路口，北面的路上传来一段唱词："饱也唱，饿也唱，唱就唱李家庄有个李三娘……"月光下唱歌的老者牵着一头牛走上铁道。我上前两步讨好地问："大爷，这么晚了，刚收工啊?"

老人警惕地正视我一眼，说："收什么工，还得遛它一个晚上。"说完老者回头看了一眼老牛，老牛不时地向后坐着屁股，还不时地向上扬着头，撩着老者手里的缰绳。

我说："大爷，这么晚了，怎么还遛牛呢?"

老者审视我一眼说："你是哪村的学生?"

我马上答："后面那个村的。"我怕老者再往下问是哪家的，马上又说，"今天考试不及格，怕回家早了挨打。这不，溜达一会儿再回家。"

老者点点头说："早点回去，省着大人惦念。"

我看着老者腰中插着的烟袋锅说："大爷，您还没告诉我，为什么这么晚了还遛牛呀?"

老人"唉"了一声说："甭提了，下午刚把它骟喽，你不遛它两天它一痛坐在地上刀口就开了，就是不开，感染是跑不了的。"

我摸着牛背上渗出的汗水，说："为什么骟牛啊?"

老者带气地说："骟牛，这社会，人都骟，甭提骟牛了。我七个儿子，三个被骟，一个儿媳妇被骟，还有一个再过两年生了孩子，不知道他俩谁被骟。"

我手搓了一下脸挡住笑，强制自己别笑出声来。"大爷，你那两个儿子呢?"

"那两个还没娶媳妇，娶完了，日完人，同样下场。"

看着老者的背影，我想跟他要一袋烟抽，又一想人家不知道嫌不嫌我脏，现在要有一张卷烟纸就好了。我看着老者腰间的烟袋锅，看着吊在裤带上长长的烟袋，还是没有说出口。

我俩告别疲惫的老者和可怜的老牛，在路上东一榔头西一杠子瞎聊，但都回避着下午偷东西被陈大驴追得满世界跑的事儿。我说："霍国强最看不起你了。"他说："罗娟英更看不上你，你还不如罗娟英一小脚指头。"我真想用更狠的话说他两句，可找不着合适的词儿。

孙有炳说："看你脸憋得通红，像是要拉屎，先说好，我可没有纸啊。"他说着凑近我说，"哎，你知道农村人拉屎用什么擦?"我看了他一眼想说用玉米秆刮，又一想，这么简单的问题我要回答不是弱智吗?我正想着他又说，"告诉你，用劈两半的玉米秆刮，霍国强就会这一手，他在咱学校的茅房里给我们做过表演。"

我鄙视地看他一眼，说："喂，待会儿我拉屎没纸，你给我刮喽怎么样?"说完哈哈大笑，笑得我口水流进气管咳嗽不止。他大骂着我，说："你就是霍国强的一条狗，他让你咬谁你就咬谁。"

我听了这话，上前一把揪住他的脖领子，向前一跨步，一个进身，一扭胯骨轴子，一个背胯把他摔倒在地上，接着迅速地把他的脸摁到了被太阳晒了一天的铁轨上，大喝道："你这个大眼贼，骂我狗，还是霍国强的一条狗，霍国强在我这儿毛都不是。"

孙有炳在底下拼命地挣扎，不时地大叫："烫死我了，烫死我了!火车来了，火车来了!"

我抬头一望，后方有一束强光像手电筒一样从远处射过来。我赶忙松开他，跳到路肩上，瞧着火车"咣当咣当"在我俩身边飞驰而过。我眯着眼睛，看见前面路肩有一个人影手里拿着一盏灯晃动，火车飞驰着从那人身边掠过。我俩掸下衣服上的尘土，想着前面的人一定是夜间巡道工，果不其然，那个师傅离我俩还有十几米远就打起招呼，他点头哈腰地说："两位辛苦了!"

听人家挺客气，我俩回着同样的话："您辛苦，您辛苦!"

等我俩走近，他狐疑地说："你俩不是公安局的?"

我上下打量着他，为了壮胆，我说："我俩下午跟同学打架，把人家脑袋花了，不敢回家，拍挨打。"

他说："我以为你俩是警察呢。"

我说："怎么，这边有人破坏铁路?"

他说："不是，前面不远涵洞下发现一具女尸，我们路警已经看过了，下午和县公安局联系了，不知为什么还不派人来验尸。"听说前面有死人，我俩吓得不敢走了，又充满了好奇感。

我说："就您一个人不害怕呀？"

他说："常年一个人走习惯了，哪还怕得过来。"

孙有炳跷起大拇指："您真棒！"

他往前望了一会儿："这里是巡道的交接点，每天北面那个巡道的要在这儿和我交接。他妈的，这小子过了半个小时了还不到，兴许害怕死人不敢过来。"

我气愤地说："大叔，您查完了您这边回去不就结了。"

他听着我的话，把工具袋往地上一放，坐在旁边的石台上，从兜里掏出烟荷包卷上一支烟，深深地抽了两口，长长"唉"了一声说："你们不知道，巡道的有一个规定，超过半小时如果对方不交接，我必须继续向前检查，如果不向前检查，出了事故我占一半责任。他妈的，你说这小子坑人不坑人吧。"

我坐在他前面说："大叔，这还不好办，我俩正好向前赶路，我俩陪你去找他，不过，我俩也走累了，得喝点水，抽袋烟。"

巡道工从工具袋里拿出水壶，说："有多少都喝了吧。"说完把荷包袋递到我手里，打开信号灯照着。

我喝了几口水，给孙有炳留了一半，我从巡道工手里接过一张卷烟纸，从荷包袋抠出烟叶卷了足足一大炮，孙有炳也卷了一大炮。我划着火柴把烟点上，小小地吸了一口，尝着烟劲儿大小。

抽了一口烟，我说："大叔你这个卷烟纸有点儿厚，赶明儿个我给你找一本印废的书，那纸不薄不厚，卷烟才叫棒呢。"

孙有炳也帮腔说："大叔，他说话是真的，他爸是向阳厂管查大页，凡是印得有质量问题的都要挑出来。"

我越听越不对劲儿，用眼睛瞪着孙有炳，意思你再说就露馅了。他愣没看见似的还自顾说："让他给您提拎一捆来，够您卷一年烟的。"

我听到这儿过去狠跺了孙有炳一脚："抽烟还堵不住你的嘴。"孙有炳"哎哟哎哟"闭了嘴。我把烟屁股弹了一道红红的弧线，落到路基下，说："大叔，咱们赶路吧。"

我们没走多会儿就到了涵洞，我用眼睛向下扫了一眼，真有一张草席鼓鼓地盖着东西，别说了，那一定是巡道工刚才说的女尸。一阵凉风从沟下吹上来，我浑身一激灵，孙有炳缩着肩膀，我俩想细看看又不敢，都不自觉地加快了脚步跟上巡道工。又往前足足走了一里地，在一个路口才碰上对方辖区的巡道工，他坐在路边抽着闷烟，看我们过来，远远地就站起来叫着："陈师傅，我终于把您给等来了。"

　　陈师傅看见年轻的巡道工破口大骂："小马，你这个兔崽子，刚接你爸班儿几天，你敢要老子？不看你爸的面，非活劈了你不可。"

　　叫小马的赶紧说："陈师傅，不是我要您，您有所不知，今天不是我的班，是临时把我调到这班儿来的。我到晚上吃完饭才听说这个涵洞又死人了……"小马说着带了哭腔，"这不是欺负人是什么？"

　　陈师傅看样子气还没有全消，说："死人怕个屁！我还以为你被火车碾死了呢，差点儿报了案。"

　　小马听陈师傅左一句右一句地数落他，拉着哭腔着说："是人都欺负我……"

　　我一瞧僵在这儿了，赶紧上前劝陈师傅："得了，您别生气了，这么晚了，我们仨给您送过涵洞还要赶路呢。"

　　陈师傅说："这么晚了，你俩也该回家了，省着家大人惦记。"

　　我说："我俩商量好了，待会儿我俩陪小马回顺义火车站。明天在顺义县城玩一天再回家，那时候我们家大人估计气也消得差不多了。"

　　我们四个人在路肩上鱼贯地走着聊着，路过涵洞都屏着呼吸，只听见走路的嚓嚓声。过了涵洞不远，陈师傅停下来说："就送到这儿吧，你们回吧。"

　　我说："那咱们后会有期。"我和陈师傅握了一下手，孙有炳上前也握了一下。小马打开信号灯，目送陈师傅消失在夜色中。

　　我们仨往回走过涵洞，三个人不怎么害怕了。小马打开了话匣子，说他听他父亲说这个涵洞早年是个河道，六十年代后就断流了，涵洞的坡上有个娘娘庙，听说当年香火很旺，修这条铁路时娘娘庙"破四旧"给拆了，自那以后这就没有消停过，经常离奇地死人，而且还闹鬼。我

110

说："马哥，别聊瘆人毛的事儿了，聊点儿正经的，有水吗？"

小马把工具袋往肩上背了背说："早没了，刚才等陈师傅的时候都喝完了，不过，这儿离扳道房不远了，待会儿到了那儿，想喝多少喝多少。"

他这么一说我流出口水，反而觉得不怎么渴了。我说："那给我俩卷袋烟吧。"

小马放下信号灯，转过身把烟盒和纸给我俩，我俩一人卷了一炮烟，小马把火柴递到我手里。我把烟先给孙有炳点着，然后给自己也点上，听着小马继续海聊。

听口气小马这个人极其简单，在家行五，没上完高中，父亲提前一年退休，就是为了让他接班儿，他刚上班一个多月。我一算这小马也就和我们差不了多大，一聊到这份儿上，我就更随便了。我们仨有说有笑到了马桥扳道房，小马推开门，从里头拿出半缸子水，倒进了葡萄架底下的压水井。他熟练地压着水，孙有炳拿缸子接着水，喝完一缸子又接了一缸子，他喝了两缸子水，我也喝了差不多两缸子水。在我的记忆中，那水拔凉拔凉甜滋滋的，从那以后再没喝过那么凉那么甜的水。我俩接着水管子洗了脸，洗了胳膊，冲了脚，最后冲了头。我坐在石头台上，看着星光下小马单纯的眼睛一闪一闪的，说："顺义火车站到了，我们到你那休息会儿？"

小马说："值班室只有凳子没有铺。"

我说："那你待会儿下班在哪儿休息？"

小马说："我家离车站不远，下了班就直接回家了。"

我说："那你上班困了怎么办？"

小马说："上班困了也得忍着，如果上头领导查着上班睡觉那就不好了。"

我说："那待会儿我俩到哪儿睡觉？"

小马说："候车室里有长椅子，不少等车的在那儿睡觉。"

我说："在候车室睡还用跟你说呀，随便睡就是了。"

小马把井台上的缸子放回屋里，出来说："那不一定，每年逢年过节礼拜天也紧着呢，这么说吧，就是我们路警和派出所不管你，车站的乞丐跟你找碴儿你也受不了。"

我一听还有这么多道道，得，真是虎落平原被犬欺。

我和孙有炳跟着小马来到顺义火车站，进了大厅，小马四下张望了一下，走到一个脏兮兮的乞丐身旁，跟那个乞丐说了两句什么，那个乞丐看了我俩一眼点点头。小马走到我俩身边说："都说好了，你俩找个干净椅子睡会儿吧。"

我不屑地看了一眼那个乞丐，心说：小马，我俩沦落到被乞丐保护的份儿上了吗？你他妈的让我们跟你去你家住就不行啊？我回头看了一眼孙有炳，说："马儿，多谢了，后会有期。"

小马说："快睡吧。"说完他看了看墙上的表又说，"你们还能睡几个小时。"

我说："你还有多少烟，全给我俩留下吧。"

他从兜里把烟盒掏出来，把烟末儿倒在了我的裤兜里，最后把火柴和烟纸都给了我。我们互相告了别，看他走出大厅，我和孙有炳小声说："小马没拿咱们当朋友。"

孙有炳说："大夜里的，两个陌生人，和你走几里就成铁瓷了，可能吗？你要是潜逃的杀人犯，把你领家去，人家不就成了窝藏犯了吗？"

听孙有炳这么一说，我的心里好受了很多。是啊，落魄成这个样子，就是朋友又怎么帮你？把你带回家，他同意了，他父母干吗？我俩的父母找来埋怨人家，人家说什么？我躺在一条磨得没了漆的双人椅上想着，孙有炳在我对面的双人椅上躺下。我俩一字而卧，孙有炳说："先睡一觉，有什么话明天再说吧。"我把胳膊垫在脑袋下，一会儿就麻了，翻了一个身，仰面朝天长长地舒了一口气。墙犄角挂着蜘蛛网，好像老男人的胳肢窝儿，外面的火车轧着铁轨连接处"咣当咣当"地响，我两眼直勾勾看着车灯照着一块墙皮从头顶上飞过，然后灯光填满我的眼睛，晃得我动弹不得。那天我做了好多梦，我梦见铁路派出所把我抓了，一个警察问我家住哪里姓甚名谁，我一一交代。警察说："你小丫挺的坑蒙拐骗抽，溜门撬锁拍婆子干哪一行的？"

我说："我绝对没拍过婆子，不信你查，我还没开鞘呢。"

旁边的女警察就笑："没开鞘就不能拍婆子砸圈子？有人一辈子不开鞘照样攘人。"说完女警察朝男警察挤眉弄眼一阵坏笑。

俩警察给我做完笔录，通知我爸厂领导，厂领导亲自到我家找我爸我妈，让他们跟着一块儿来顺义领人。我爸当时只穿一件跨栏背心，打开衣柜翻找衣服，左一件右一件，我妈在一头破口大骂："这个挨千刀的，随谁呀，啥时候学会偷东西了？"

我爸说："看他皮肤的黑劲儿随你。"

我妈说："我家祖上三代也没有偷东西的。"

我爸说："我听你说过，你来北京没路费，偷过生产队里的山楂让我爷给卖？"

我妈说："那不是你逼的吗，如果你给邮路费，我能干那事儿吗？你办的缺德事儿还有脸说？嗨，大热天的穿个汗衫就行了，穿个洗得发白的工作服装穷啊？"

我爸说："你懂个屁，我穿工作服代表我是工人阶级，工人阶级领导一切，警察也不敢小视我。我穿旧工作服，说明我艰苦朴素，我没教育好孩子说明我是大老粗。"

他俩越吵声音越大，直到把我吵醒。

第十六章

　　我揉着眼睛坐起来，看着孙有炳像个炸熟的虾米一样蜷缩在椅子上，心里不禁有点惆怅。初二我和孙有炳到军营里偷军挎，那一次我俩当场束手就擒，被两个解放军战士抓小鸡儿一样摁在那儿。这一次我俩虽然侥幸暂时逃脱，但早晚也得归案。我扬起头，看了看墙上的表已经九点了。我站起来，看几个要饭的拿着湿毛巾从洗漱间走出来，有一个大声吆喝着同伴，虽然我没有听懂那个人说的哪里口音，但我分析跟食物有关。我走进洗漱间，侧过头在水龙头底下喝了一肚子凉水，洗把脸又把脚伸进洗手池里冲了冲。这时孙有炳慌慌张张地跑进来，他咋咋呼呼地说："你丫挺的醒了也不叫我一声，我以为你让警察逮去了呢。"

　　我甩着脚上的水，说："你才让警察逮去了呢。"走出洗漱间我拿出一张烟纸，用手捏出裤兜里的烟末儿，卷了一大炮点上抽着。孙有炳出来，从我衬衫兜里翻出一张烟纸，另一只手摸着我的裤兜，然后手伸进我的兜里，把兜底儿翻出来，嘴里不停地嘟囔："我看小马给不少烟末儿呢，怎么就剩这点儿了？"他把我兜底儿烟末儿抖得干干净净，凑合卷上一炮。

　　看着他把烟点上我说："到哪儿弄点吃的去，别老弄水饱呀。"

　　他说："你兜里还有多少钱？"

　　我说："还有五分钱。"

　　他说："以前你身上老有一毛多钱。"

　　我说："没错儿，我以前身上没掉下过一毛多钱。"我不自觉地摸着裤兜走出候车大厅。站在台阶上，望着路两边做小买卖的人群，有卖花生瓜子儿的，有卖水果的，有卖茶叶蛋的，有卖烧饼馃子的，有卖包

114

子米粥的，最前面一个摊上还挂了一个幌子："老孙家早点。"我严肃地冲孙有炳说："家里开这么大买卖不露是不？"

他说："你装什么孙子欸？"

我说："看样子今天要杀熟呀！咱们要拿起五六个油饼就跑，你说摊主追不追咱们？"

他说："你是不是要抢油饼摊？"

我说："抢你们家的不叫抢叫拿。"

他抠着眼眵说："为什么要抢老孙家呢？"

我舔着嘴唇说："你看啊，包子摊是三个人干，舀豆腐脑的那男的手里总拿一个大铁勺儿，这要让人一勺子钩脑袋上，脑浆子就成豆腐脑了。再说烙大饼的，不起锅时都闲着，你拿他大饼，不把你追出翅膀来？你看老孙家就不一样了，男的看油锅，他要追咱们，时间长了没准儿油就着喽，卖油饼的这个女孩儿还没有板凳高呢，追得上咱俩吗？"

他犹豫着说："抢完往哪儿跑呢？这儿人生地不熟的。"

我说："听听你的高见。"

他说："抢完油饼往站里跑，过大厅进站台，顺着铁道往通县跑。"
我质疑说："至少跑出二百米才有玉米地，这可一马平川。"

他说："你不说他追不了咱们吗？"

我解释着说："我说的是按道理追不了，世界上不讲道理的事儿多着呢。"

他哆嗦着说："那你说往哪儿跑？"

我说："往大街里跑，人多，三拐两拐就没影了。"

他说："抢完油饼跑到大街上需要三四十米的距离，如果人家喊抓贼，咱们跑得了吗？旁边那么多摊主，能不管吗？咱们不成了过街的老鼠，人人喊打？往铁路上就不一样了，凭的是谁跑得快。"

其实，我也倾向他的意见，我之所以提出反对意见，一是想听听他有什么更好的想法，还有就是他出的主意，自然是他去。我说："待会儿你去拿油饼的时候，我在哪儿等着你？"

他着急说："主意是我出的，拿油饼当然是你去了。"

我说：“我去叫抢，你去叫拿、叫顺、叫起、叫取。”

他说：“你们家抢东西叫取？”

我学着评书里关羽的口气说：“吾弟张翼德于百万军中取上将之首级，如探囊取物耳。杀人都可以叫取。”

他说：“说得真轻巧，干脆你去得了。”

我说：“如果一旦发生意外，让人家逮着了，你就搬出自己的名字，他能把你怎样？再有，如果他快追上你的时候，我会帮你引开他。”

他说：“你跑得快，每年你运动会长跑都前八名。”

我冷笑了一声说：“你别寒碜我了好不，每年五千米一万米有几个人报？超不过八个人。”

他说：“那我找笔写个字条，咱俩抓阄儿。”

我说：“你歇了吧！给罗娟英出头那天，我就叫你们给玩儿了。”

他窃喜：“谁告诉你的？”

我说：“这不要你操心，那个阄我抓三年也是我出头。”

他说：“你还因祸得福呢，要不，罗娟英能跟你？”

我说：“咳，因为她，我净走背字了。”

他说：“你啥意思？”

我说：“再有一个多月就是罗娟英的生日，如果这次得了手我想给她买个生日礼物。”

他问：“你想给她买什么生日礼物？”。

我说：“没想好。”

他说：“你小子真够阴的，敢情偷铅不是为了买足球啊？”

我说：“你胡说什么，谁说不是为了买足球？我是想多偷点儿，多卖点儿，把罗娟英那份儿生日礼物钱带出来。”

他说：“你这块夙，我还想剩下钱咱两人平分呢。”

我说：“那你的意思是不给罗娟英买生日礼物呗？”

他说：“你给她花多少我都没意见。”

我暗笑，小子欸，你上回当吧，这么多年，你一直拿我当枪使，就不兴我拿你当枪使一回？听牛子说钢镚儿扔起来落地上，百分之九十是麦穗儿那边朝底下，国徽那面朝上，因为麦穗儿那边重。

我说："拿油饼这个事儿本身就应该你去。"

他说："凭什么，就因为我姓孙？"

我笑得很有内容地说："不仅如此，我发现那个小姑娘瞥你好几眼了。"

"去你妈的，这么着吧，咱石头剪子布。"他边说边攥着拳头。

"别，待会儿又弄谁先出手谁后出手的事儿，咱们弄一个最公平的，让老天爷做证。"我掰开他的拳头说。

我从兜里掏出仅有的五分钱，说："你要麦穗儿还是要国徽？"

他迟疑一下说："我要国徽。"

我马上说："这是你说的，国徽在上算输。"

他迟疑片刻说："没问题。"眨巴着眼很自信地说，"把钢镚儿扔起来呀，其实，就应该你去，你如果真被人逮着了，我过去要人，报上大名，兴许真把你放喽。"

我听他不停地叨叨，将手里的钢镚儿扔起来再接住，说了一句"看好喽"，向空中慢慢抛去，让五分钢镚儿尽量在空中停留时间长一点儿，给钢镚儿充足辨别重量的时间，钱缓缓地落在水泥地上，跳了三跳发出清脆的响声，又立着滚了一圈半才倒下，果然就是国徽朝上。

我淡定地念着拉兹的台词："让老天爷去做证吧！"

孙有炳看着地上的五分钱，说："既然老天爷让我去，我无话可说。"他从地上捡起钱，向空中再一次抛去。钱在空中翻滚着，泛着鱼鳞一样的光芒。钱在落地的一刹那像摔疼了一样跳得更高了，最后在孙有炳的脚前还画了一个很大的问号。

我说："有炳，你和我一样，很有可能会因祸得福。"

孙有炳听了我的话，似乎心里有了底，他让我在候车大厅门前等着，当他得手后跑过来，我给他开好门，穿过大厅到站台，我俩往通州跑。如果对方穷追不舍，就朝两百米外的玉米地跑，跑散了晚上在昨晚喝水的扳道房会合。

交代完，孙有炳下了台阶，吹着带有沙沙声的口哨儿，走过老孙家

117

早点摊的幌子，走过水果摊，走到东边路口儿，四下张望了一阵，然后往回走。离老孙家早点摊还有两个摊位的时候，他把背心脱了下来，用背心扇着肚子，并用眼睛瞄着摊上摞起的七八个油饼，当他的身体和油饼摊平行的时候，他猛一拧身，双手将背心像网一样张开，扣向摞着的油饼。

说时迟那时快，孙有炳将扣住的油饼往怀里一带，兜起油饼飞身跑向候车室。他还没上台阶，后面就传出了小姑娘的呐喊声："抓抢油饼的啊……截住他别让他跑了啊！"孙有炳三步并作两步上了台阶，我早已把门打开，他箭一样从我身边飞过，刹那间穿厅而过。我在他后面下了站台，我俩一前一后在路肩像疯了的狗一样张着大嘴哈哧哈哧地狂奔。

不一会儿，我追上了孙有炳，听着他背心里油饼被甩动的折断声，一下就跑不动了。我回头再一看，好嘛，那个炸油饼的小伙子带着一个小伙子追了上来。

我突然反应过来，坏了，怎么忘了油锅小姑娘也能看啊！我呼哧呼哧大口喘着粗气说："油饼！"我也不知道叫有炳还是油饼，"快下道……进玉米地……"我跟他一前一后一头扎进了玉米地。我用胳膊挡着脸，玉米叶刮在脖子和胳膊上火辣辣地疼。玉米地外头有人在喊："小崽子快出来，这是我家的玉米地，踩断一根玉米，打断一根肋骨！"

我听完这话差点儿崩溃了，真他妈倒霉，怎么能跑到人家自留地里来呢？这比中大奖还难。我停下来，定了定神，心脏像拳头一样捶着肋骨，我心里在叫，别在里头帮着捶了，待会儿人家在外头还捶呢。胸口憋得喘不过气来，咽喉里被割了一样疼，看着胳膊上手上被玉米叶划的白道子，我欲哭无泪，汗水顺着脖子流到前胸，衬衫湿得能拧出水。跑吧，就是跑断了腿也不能让人家打断了腿。

我顺着垄沟往前跑，也不知道往哪里跑，只有一个想法，离外面嚷嚷的声音越远越好。玉米地里湿热的高温像鹅毛塞住了气管儿，外面有不同的声音在喊："快出来，不出来我放狗咬了。"一个更粗的声音在喊："踩断我一根玉米打断你一根肋骨。"

妈的怎么还有狗呢，我刚才踩坏人家多少根玉米，两根？三根？刚下道冲进玉米地时不是两根就是三根，顺着垄跑时基本上没碰倒玉米秆，最多有两三根被撞歪了。我正想着被逮着后怎么辩解减轻自己的罪行时，一脚踩在一块四棱八叉的石头上，我的凉鞋带一下断了。

得，这回再想跑都跑不了了！我趿拉着凉鞋没走两步，一个趔趄顺势倒下，后背靠倒了一片玉米。我刚要起来，感到脚脖子疼得厉害，刚才倒地时可能崴了一下，真是房漏又逢连天雨。此时四面八方的脚步声、叶子的唰唰声、飞鸟的惊叫声、进站出站火车汽笛的长鸣声，和自己呼哧呼哧的喘气声混成了一片。不能再跑了，我恨自己，如果今年冬天我要响应学校组织的跑到延安的长跑活动，我今天的耐力不会这么糟糕，兴许能逃过一劫。可我早晨一次都没跑过，每天还觍着脸到张东旗那儿报三千米。我还恨自己心眼太实在，又没抢人家油饼，到现在连油饼味儿都没闻着，瞎跟人家跑什么，孙有炳这孙子跑哪儿去了？我正想着，不远处有一片叫骂声，接着是狗不停的叫声和孙有炳狼哭鬼嚎的哀求声。我听了这个声音，脑袋像进了飞机，嗡嗡嗡嗡响个不停，我嘴里无声地叫，完了，我像隔夜的豆腐脑一样瘫在地上。

孙有炳的哭泣声求饶声顶进我的耳朵里针扎一样疼："徐伟成……出来吧，我被大哥逮着了。"

"徐伟成，小兔崽子，快滚出来，如不快点出来，二爷逮着打断你的狗腿！"

听了二爷的话，我心里一震，看着这片玉米地，真像一个又大又绿的围城，我往哪儿跑？趁着孙有炳被抓还有一个伴儿，站起来，腿上灌了铅一样沉重。我突然想起昨天放在雨水口那块二十斤重的铅锭，让人发现了没有？这边完了事儿我一定找机会给拖出来。正想着外头又有人叫喊："小丫挺的你出来不出来？"我听了这话哭着说："我这不出来了嘛。"我一瘸一拐趿拉着鞋走出玉米地，看着孙有炳被反捆着手，我也把手伸过去，那位二爷瞪了我一眼，把我和孙有炳捆在一根绳上，这才叫一根绳拴俩蚂蚱！二爷把绳刹紧后，照我屁股上狠狠地踢了一脚。

我"嗷"地大叫一声，向孙有炳后头躲去，那条半大的狗被我吓得向二爷身后藏去。二爷朝走过来的女孩儿说："二丫儿，你来干什么，回去帮老四把摊儿归置一下。"

二丫儿说："我跟他交代过了。"

二爷说："看这俩小子像是城里人，把他俩送派出所去，让他家来领人。你去地里看看，他俩踩坏了多少棵玉米，一棵别漏下。"

我和孙有炳互相看了一眼，心想，送派出所也没什么不好，这要带到二爷家，把我们捆在枣树上，打个皮开肉绽也没的说。现在去派出所，这顿打是躲过去了，赔钱是跑不了了。

被绑着回到火车站，穿过站前市场，市场上一片喊骂声，就像电影里被判死刑的罪犯给押到菜市口儿砍头，看热闹的朝我俩谩骂着。

我俩像过街老鼠一样出了市场，向右一拐没有一百米就到了派出所。二爷进了院，跟一个刚从屋里出来的警察说："江所在吗？我替他抓了俩抢劫的。"警察瞥了我俩一眼，把缸子里的剩茶叶向葡萄架底下倒掉说："后面办公室看看，应该在。"我俩跟在二爷的后头来到后院，他让我俩在房前蹲下，自己敲开一个房门，回头对二丫儿说："把绳儿给他俩解开。"二爷进了屋，里面断断续续地传出二爷的说话声，一会儿一个四十岁左右的警察出门大声喊："大周，到我这儿来一下。"有人在隔壁屋里答应。一会儿一个三十多岁的大个子从隔壁屋里出来，快步进了所长的屋，约莫二十分钟大个子出了门，他朝我和孙有炳喊："你俩跟我过来。"他走到正对着前院的一间审讯室说："你俩在窗下蹲好，别乱动啊。"

大周走到一个门口儿推开门叫："小陈，来活儿了，带瓶钢笔水过来。"他说完去了前院，小陈出了屋和二爷打了一声招呼，进了审讯室。我蹲在窗户底下使劲儿听着屋里的动静。二爷大名叫孙常福，在家行二，他把案情原汁原味儿说了一遍，最后他谈到了赔偿问题。小陈出了门，叫我："你先进来。"我进了屋，坐在靠门的长椅上，小陈开始审问，他先问了姓名、年龄、住址、学校以及为什么来到顺义。我说："星期日我和孙有炳到厂子找铁丝、准备搣俩弹弓架子。后来碰到保卫科陈大明追我俩，我俩怕回家挨揍就顺着铁道走到顺义来了。"孙常福

120

在小陈点烟的工夫问我："这个孙有炳跟我们城关的孙有来什么关系？"

我听了这话，脑袋一转，故意大声说："你们城关的孙有来是孙有炳的二叔呀。"

孙常福说："大来子在家最大，怎么是孙有炳的二叔呢？"

我听了这话心里一惊，我迅速地想起一件事儿：有一次我问我妈，您十九就生了我姐，我姥姥为什么二十二了才生您呢？我妈说，她上头死过一个。想到这儿我说："你不知道了吧，孙有来上头有一个哥哥，两岁时得病死了。"

孙常福又问了我几句，我对答如流，孙常福和小陈说："我看这事儿就算了吧，大来子再有一年就出狱了，如果知道我把他侄子送过派出所，我在这地面上还怎么混呀？"小陈也点头称是，但他觉得还是做完笔录交给江所长，让他斟酌一下才是。我听小陈说这话心里就明白了，这俩家伙饿急了油饼都敢抢，大星期天的到厂区里就找根铁丝，恐怕没那么简单。小陈把我和孙有炳审讯笔录全部做完，到江所长屋里去了，他们最后商量给向阳厂保卫科打个电话，只要和我俩所供述的基本一致就放人。

下午两点，我们厂大轿子停在了派出所门口儿，从车上下来的有通县派出所老罗、学校教导处钟主任、厂保卫科郝科长，后面跟着我爸我妈，还有孙有炳他妈。我和孙有炳扒窗户看见这一切，恨不得找个地缝儿钻进去。

老罗和钟主任在院里向江所长简单地了解着情况，郝科长和我爸站在后面不时地点头。江所长走到审讯室前朝屋里叫："两个淘气鬼赶紧出来，没看你们的父母和老师接你们来了？"

我和孙有炳低着脑袋出了审讯室，江所长继续说："回学校要好好向老师承认错误。"江所长又转向我父母说，"两位家长，孩子这么大了，回去可不能再打了，再打就出大问题了。"江所长一边说一边将我们送上大轿子。二班刘强他爸把车发动起来，回头用手指着我说："你小子就别让父母省心。"

我把头扭向车外，看着路两边的树一棵棵向后倒去，听着我爸和郝科长东一句西一句地聊着。突然，我妈向郝科长大声嚷嚷起来。

"我回去就找陈大明，顺义派出所让保卫科接人，他凭什么通知这个又通知那个？"

郝科长双手往下压着说："嫂子，你先别嚷，你先冷静一下，我回去再问一下具体情况，可能是顺义派出所的意思，也可能陈大明有别的考虑。"

我妈说："他考虑什么，他就是使坏。"

郝科长说："嫂子，话可不能那么说，他可能认为派出所与派出所之间沟通更方便一些。"

我妈说："方便个屁，他就是想把事儿捅大了，让更多的人知道，他不通过你科长有什么资格通知派出所？明天我就到厂子找他，拽他一块儿找厂长去。"

老罗转过头朝我妈说："徐师傅家的，你说话有点儿偏，家长教育，学校教育，有的孩子更需要派出所的教育。这俩孩子犯的事儿可不是什么小事儿，他俩抢了摊主七张油饼，踩坏人家玉米地，这事儿还小吗？六中的小黑子聚众抢西瓜摊，就抢了一个西瓜判八年，一个西瓜多少钱？七个油饼多少钱？你孩子也就是赶上好人了，回学校好好写个检查吧。"老罗说完看我俩一眼，我妈听老罗这么一说，狠狠瞪我俩一眼，也不再说话。

什么事情都一样，物极必反。我看我妈一进家门就找笤帚疙瘩、鸡毛掸子，把笤帚疙瘩扔给我爸，我真害怕了，看样子这是两人都要动手呀。我绝望地哭喊着："你俩合伙儿打小孩儿。"

我妈说："我俩合伙儿打你，我俩还合伙儿生你呢！"

我大嗓门喊："你们今天不听江所长的话，我就不活了。"

我爸听完一愣，扑哧一下乐了，他"嘘"了我妈一声："是得听人家江所长的，再打就出大问题了。老娘们儿家家的怎么那么爱动家伙什儿？去去去，做饭去，今天早点儿吃饭。"我爸还亲自给我倒了一杯红糖水，要知道这可是沈副厂长到我家的待遇。

那天我爸跟我聊了许多，甚至聊到了青春期怎么处理个人感情问

122

题。我妈坐在靠墙的八仙桌旁撇着嘴看着我爸。我爸根本就不理会，我爸说："伟成，按虚岁你已经十八岁了，已经是大人了，从今以后我不会再打你。既然你成人了，开学家里送你个成人礼，送你一双张东旗穿的那样的皮鞋。"

我妈听到这里，把择豆角的盆摔在八仙桌上："怎么着，惹了这么大娄子还有功了？到十八，真到十八就是老罗的人了。再有，家里哪有闲钱给他买皮鞋？真要买，给东北老东西的生活费掐了？"

我爸说："我肯定不用家里的钱。"

我妈说："不会是跟你儿子一样想歪辙吧？"

我爸笑着说："我们解放前工作的又长了一级工资。"

我妈说："反正我不同意给他买皮鞋。钟主任说了，开学以后学校肯定对他这个事儿要处理。还让他穿一双新皮鞋，这不是向学校领导示威吗？领导对咱们家长怎么看？哦，偷东西还有理了？"

我爸说："你能不能小点儿声，什么素质，怕邻居听不见？"

我妈说："我工作环境不好，就是个焊洋铁壶的，声音大惯了。还怕人听见？家属院三岁小孩都知道了，你还掩……掩眼盗铃呢？"

我爸说："他偷什么了？他偷的东西在哪儿？还掩眼盗铃，蒙着眼睛能偷东西吗？"

我妈说："陈大驴要不发现，第二天他就把铅锭从下水口偷走了。"

我爸说："这就是派性斗争，这要让我徒弟小邓发现了，什么事儿都没有。"

我妈说："你就惯着他吧。"

我爸拍拍我瘦薄的肩膀说："一个人要能文能武才行，一个家庭更要具备这些，你哥你姐从文了，你就从武吧。"

我妈轻蔑地眯起三角眼说："瞅你选的这个人，整天五脊六兽没个正形，干点儿什么不着四六，还从武，长得小鸡子似的。"

我爸恨恨地说："明天我买一只活鸡，你给宰了，先练练胆。从今以后，你要想喝酒，我亲自下厨给你加一个菜。"

第十七章

第二次返校罗娟英跟我说，让我晚上六点在学校北墙外等她，在我记忆中这是开天辟地头一回。晚饭稀里糊涂吃完，刷刷牙，上回帮罗娟英出头与鸡崽儿决斗，被打松动的两颗门牙生满了黄渍，我照着镜子用铅笔刀刮了又刮，又冲冲头，脖子胸脯连带着擦了擦，偷着打了我爸一点儿发蜡，又擦了擦猪皮皮鞋，用十个脚趾使劲儿压了压朝前撅起的鞋底，抬头扫了一下墙上的挂钟，哼着《拉兹之歌》出了门。走着走着又怕家里的挂钟不准，拐到厂子传达室看看电表，心里才落了地。

我们单位离学校不过两百米远，就是到学校北面荷花池也就四百米左右。我和罗娟英两家单位都是 1956 年支援北京建设外迁来的。我父母单位来自沈阳，前身叫关东印书馆，是张作霖出钱建的。罗娟英父母单位来自上海，前身是上海印务局。我们学校第一个名字叫向红五七学校，后来归了本地教育局改为北苑学校。学校南面是低洼的坑田，北面是更低洼的十几米宽的涝田，涝田的北面是一条常年不干的小河，再北面是一片荷花池。我站在荷花池西边的马路上看着汩汩的河水，想着罗娟英约我肯定有什么事儿，心里有点儿忐忑。

这个时间马路上人车稀少，我蹲在涵洞的水泥台上，看见和罗娟英住一个楼的傻子大口结在小河里摸鱼。听罗娟英说，大口结嘴里满口是牙，说他没有童年，她小时候看大口结就这么大个，十多年过去了，还没变样，谁也不知道他究竟多大岁数。

一声军号似的汽笛声从远处传来，我的后面响起噼里啪啦的声音，一辆苏联嘎斯 51 从我身边晃过。我慢慢地扭过头，看着那辆车尾哆哆嗦嗦往外倒着烟，那些烟的香味儿和没有燃尽的汽油味儿混在一起，黏在空气中久久不能散去。我站起来，伸了伸腰，抠了抠树上朽去的树皮，想坐下待会儿，又怕把新换的裤衩弄脏，待会儿让罗娟英看着又是一条烦我的借口。又一想，去他妈的，她什么时候不烦我呀？当我坐下的时候，舒服之余又自我批评起来，对罗娟英千万千万不要有一丝一毫的烦恼情绪。

大口结手里捏着一条小鱼上了北岸，从河边拎起鱼兜，小心翼翼把鱼放进兜里，又下到了荷花池里，听到他啪啪踩响的水声，池塘里此起彼伏的蛙鼓骤停。一大群色彩斑斓的蜻蜓被大口结蹚起的水花惊起，在离荷花一米高的空中盘旋，一会儿，大口结没入荷花丛没了人影。听罗娟英说，大口结在水里憋气，一憋十几分钟不出水面，我听了当然不信，可有时候看见他下了水，真就一天没了踪迹。你认为他淹死了，没过几天他又不知道从哪里冒出来，就这么神。你别看他不会说话，可耳朵听力极好，听罗娟英说，他是靠听力摸鱼。爱信不信，反正我信。总之，大口结有许多诡秘之处。罗娟英有时跟我气不过，就说，你怎么跟大口结一样。这要是别人说我肯定是讽刺，罗娟英说，我分析了一下，有百分之五十是奚落，另百分之五十是夸奖。你想啊，雷锋都说过：我就要做革命的傻子。在罗娟英的心目中，我和雷锋是一个高度。我就是要做罗娟英心目中的傻子。

阳光洒在京津公路上，路边参天的杨树披着金色的光。路西边的芦苇尖上有点点蝴蝶在飞舞，暗绿色的河水向东慢慢地流淌。我低下头看着涵洞里的水声喧哗，翻着一股股浪花，在浪花里挤出的白色泡沫儿随着河水东去。我捡起一块石头朝河里投去，河里溅起一片水花，我又捡起几块石头，刚一抬头，就看见罗娟英顺着西墙根朝这边走过来。

我扔下石头拍了拍手，意思和她打个招呼，我下了路沟迎过去。她看我一眼，然后拐过北墙，我跟在后面。她裙子的下摆在野草的梢头甩着，有不少高出的野草掀着她的裙边儿，我的小短腿在后面紧捣，就像兔子一样一耸一耸地蹿跳着。一会儿她走得慢了下来，不时地回头，她越不说话，我心里越扑腾，可能有什么事儿要发生。

北墙外的小路只有一人宽，坡边长着一簇簇荆条和野蓖麻，罗娟英的手一次次拨着眼前的蓖麻叶。我在后面揪着所有挡过她的叶子，蓖麻秆溢出浓烈的生蓖麻味儿。"后面好像有人。"她说着停住脚步，屏着呼吸。我说："我怎么没听见？别神经了，这是我的脚步声。"她停了片刻，摇着头又往前走。走到一个斜拐角，她停下来，说："就在这儿待会儿吧。"没等我说话，她找了一个平整的石棱儿，将一块手绢儿铺屁股下坐下。我为了不惹她烦，在离她一米多远的地方坐下。我指着五十多米外的一根电线杆子说："咱们上小学二年级的时候，那根电线杆吊死过水泵厂的一个会计，听李小燕说，那是她家邻居，因为贪污了三十多元钱。你还记得吗？我听李小燕说头几年还闹鬼呢。"

她嫣然一笑："你净记些乱七八糟的事儿。不过，我不怕鬼，我怕……"

我问："你怕什么？"

她又是一嫣然，说："我怕你。"

"这个世界究竟谁怕谁？"我说。

她说："这么说，你怕我？"

我说："希望一辈子，还想接受你的再教育。"

她说："还是让你妈教育你更好。"此时荷花池里两只青蛙在一问一答。接着三只、四只、无数只，呜哇呜哇地在池水里吵得不行。

我说："大口结坐在岸上数鱼呢。"

她说："他怎么还不回家呀？"

我手拢着嘴大声喊着："大口结，你姐让你回家吃饭呢！"我的声音居高临下，砸在水面上啪啪直响。

罗娟英嗔怪着："个子不大嗓门儿不小，你吼破嗓子他也听不见。"她看着荷花池里惊起的蝴蝶说，"前几天，张东旗送我两只红蝴蝶，好看极了，我每天都打开看。"

我猜测着说："想必夹着的笔记本也是他送的吧？"

她脸一下红到了脖子，说："你怎么知道？你不送我，难道别人送不行啊？"

我听着她不高兴的话，知道自己又失言了，讨好地说："想知道这片荷花池里的蝴蝶为什么都是红颜色，为什么这些蝴蝶一出北苑就死吗？"

她睁大眼睛望着我，然后把头拧过去，给我一个后脑勺儿："洗耳恭听。"

我说："你能不能像看葛老师那样看我一眼？"

她回过头瞪着我。

我学她做了一个深情状。

她红着脸说："瞅你那样，你跟葛老师怎么比？个头？长相？学问？"

我说："他多大，我多大？你等我长熟了，他有学问，我学问比他大。我名字就比他有学问，伟成，伟大的成就。葛天顺，多俗气，听说外号叫大顺、大顺子，魏生京他家的狗就叫大顺子。"我龇着不齐的牙。

她轻蔑地哼了一声："中国有两个皇帝的年号叫天顺。"

我说："不可能。"

"一个在元代，庙号年号都叫天顺；一个在明朝，也叫天顺。"她自豪地说。

我自言自语地说："哪儿那么巧。"

她说："还有更巧的，李自成推翻明朝，国号就叫大顺。葛老师的一个小名都开宗立派。"

我说："那也不是皇帝叫他的名，是他叫人家皇帝的名。"

她说："你真能胡搅蛮缠。哎，你还讲不讲蝴蝶的事儿？你不讲我走了。"

"讲讲讲！"我是怎么勾起那么多话，怎么那么点儿背？我赶紧往回拉，"这也是明朝的事儿。"

她说："你就会顺杆儿爬。"

我说："据说咱们这儿在明朝永乐年间就叫北苑了，是历朝历代皇家养战马的苑子。五里店的西南以前有一个土长城。"

她说："五里店不就在水泵厂西边吗？"

我说："没错，村的北面接金闸河，就是现在的通惠河，土长城在

127

南边正好围了一个半圆儿，扣在了通惠河南岸。那时苑里林草茂盛，朝廷专事养马，所以叫苑，又因大兴县有一个南苑，咱们这儿和大兴县比居北，所以叫北苑。"她听我有板有眼地讲述，聚精会神地看着我。

"到了明朝万历年间，因为皇上在位时间太长，太子不能长时间闲职在家，万历就让太子统管全国战马。你知道统管全国战马相当于什么？就相当于现在的空军司令。"

"空军司令？"

"那时候没有飞机，打起仗来跑得最快的就是战马。"

"嗯，听着挺有道理的。"

"太子几年也不去全国巡查一次，不是待在南苑就是待在北苑。北苑因离故宫最近，又因通惠河行船方便，太子一年四季基本都待在北苑，他死的时候就埋在了水泵厂西头。那些三米多高的石瓮仲、石人、石马在'破四旧'时被咱们学校红卫兵就地掩埋，我哥我姐他们都去了，挖了一个多星期的大坑，才全给埋上。"

罗娟英说："我听说过，那就是太子墓呀？"

我说："可不，咱们上小学三年级的时候，咱们学校东面平坟，你知道不？"

她说："怎么不知道，那时陈老师不让去看，我就没去。"

我说："五台推土机推了三天三夜。在最后一天晚上，听六指他爸说，当推到那个高土坡时，推土机前的大灯灭了，推土机直接开进了棺材，只听砰砰砰三声巨响，一道蓝火把推土机点燃，烧了足有三分钟，把六指他爸吓得赶紧去村里叫人。等他把村里人叫来，司机正趴在驾驶室里鼾声如雷，六指他爸将司机叫醒，让他把推土机倒出来。你知道棺材里有什么？"

说到这儿我卖个关子，想掏烟抽，怕她讨厌，又停住。

罗娟英起来轻轻地扭着腰，过来推着我肩膀："说呀，说呀！"

我站起来装腔作势地躲着，然后把着她两只胳膊将她推回小手绢儿上坐下，我顺势凑到她旁边坐下，继续说："棺材里有一个锅盖大的马蹄子。"

"怎么就一个呀？"她问。

我说："听六指他爸说，这是太子的战马冢，那匹战马在里面修炼了几百年，推土机把墓一推开它就跑了，留下的马蹄子，很可能是战马生前有旧伤，或因脚伤而死。"

罗娟英撇撇嘴说："六指他爸掏了一辈子大粪，他嘴里出来的话还有好味儿？"

我往她跟前凑了凑说："我问你，咱们教室前面那一大圈松柏你知道有多少年？"

她停顿了一下说："少说一百多年了。"

我说："三个一百多年也不给你。咱们学校就是马冢，我哥他们备战时挖防空洞，挖出上百吨马骨头。"

她说："行了，啰唆半天，关于蝴蝶的事儿一点儿没讲，净讲一些瘆人的事儿。"

我看她被故事吸引了，说："我想拉你的手……"说着手伸了过去，罗娟英哼了一声躲开了。

我找着面子说："先拉一秒钟。"

她说："不行！讲好了可以，我不会食言。"

我说："咱们学校除了马路西边，北面、东面、南面是不是都比学校低不少？"

她点头。

"你说学校像不像一个马蹄子？"

她点点头。

"咱们学校这个高台，最早叫驯马台，咱们门口儿的松树林叫拴马林。战马到了一岁就开始驯养了，这个工作量非常大，要想驯好一匹合格的战马，至少需要一年以上，合格了发往兵站边关。这也是最后办交接手续的地方，每年一到这个时候，旌旗招展，战马咴儿咴儿，甭提多热闹了。驯马师拍着一匹匹自己驯好的战马，挥泪无语，战马回首嘶鸣，从生下来就没有离开过苑囿，马上就要服役于疆场，能不激动吗？"我手指着眼前的这条小河说，"你别小看这小河，在明朝的时候它叫饮

129

马河。历朝历代北苑养马也没低于几万匹，你想，哪有那么多水槽子饮马，旁边的荷花池是太子饮马的池子，最早叫太液池，也是太子的后花园。太子有两个贴身丫鬟，一个叫红云，一个叫红霞。这两个侍女，一个瘦点儿，一个胖点儿，瘦的清秀，胖的丰腴，这么说吧，美得和你有一拼。"听到这里她朝我一撇嘴，她知道这是对她的一种赞美。

"话说这两个丫鬟长到十八岁，你想哪有女孩儿不思春？出出进进，一来二去，她俩就跟太子底下的两个武官弄得不清不白，这事儿很快传到了太子耳朵里。太子很苦恼，调查吧，怎么调查？就是调查明白了，又怎么处理？让皇上再知道了，连自己家里的事儿都整不明白，还管国家大事儿？不处理她们又如鲠在喉。太子因为这事儿茶不思饭不想，贴身的太监看主子这样，都替主子想辙。其中有一个老太监给太子出了个主意，把两个丫鬟淹死在了太液池里。"罗娟英眼睛瞪得老大，望着荷花池，仿佛那池水就飘着红云红霞的衣冠裙裾。

"传说那两个丫鬟死时已有身孕。第二年的夏天，那两个未出世的孩子就转世成了蝴蝶，蝴蝶周身鲜红，一雌一雄。说也奇怪，只要你逮了它，将它带出北苑地界，活不到一天就会死掉。"

罗娟英好奇地问："为什么呢？"

我说："它们是宫里人转世，一般的地方养不活。"我话头儿一转，"张东旗给你的时候是不是死的？"

罗娟英频频点点下颌。

我自信地晃晃脑袋："他们家住二六三医院，蝴蝶出了北苑，自然活不了。"

罗娟英不住地点着头。

我看着她眨着眼说："你没感到北苑地界的人比别的地界的人漂亮吗？"

她点头笑着说："你也生在北苑，为什么长得那么意外呢？"

我说："一家有一个漂亮的就行了，有你长得天仙似的就够了。"

她捂着心口儿笑得岔气儿说："谁跟你一家？"

听罗娟英说张东旗送给她两只蝴蝶和一个笔记本，我心里非常不舒服，这时我一阵沉默。罗娟英冷不丁又说："哎，我从小就挺佩服你的，真的真的。嗯……认你做哥哥怎样？"

我脱口而出："好呀！"

她说："只是哥哥，没有别的关系。"

我愣愣地看着她，她说："咱俩不合适。"

我说："哪儿不合适？"

是不是因为我和孙有炳拿了厂子的东西？是不是因为我干的那些不着调的事儿？我看她不说话，迟迟疑疑地说："其实，我拿厂子东西，是想给你买点儿礼物。"

"徐伟成，可不能胡说，我可担不起！"她小声嘀咕一句，我当时没有听清，后来细想她会这么说。

我情急之下攥住她的手，她没有把手抽出去，只把脸甩过去不再看我，说："我和张东旗好了一个多月了。"

听了这话，我脑袋当时就大了！我说这些日子张东旗怎么对我那么好，主动送我军帽、军用皮带，原来是为了抄我的后路、堵我的嘴。我摘下那顶绿帽子，往地下一摔，站起来，接着又去解皮带。罗娟英站起来上前一步捏紧我的手，说："你不能这样，没想到你反应这么大，其实太突然了……"她攥着我的手没有松开的意思。

她低着头说："我也没有办法，原谅我吧。再不，你摸两下，算我还你的人情。"说着，她腾出一只手，解着胸扣。罗娟英这一举动，一下把我给震住了，这一切的一切如她所说，太突然了。她解开了两个扣子后手捂在胸前，我痴痴地看着她袒露的胸沟，口干得要命，脑袋里一片空白，空白的地方全是灰黑色，只有中间一点点亮光。我使很大劲儿将眼珠子向上翻了翻。

罗娟英红着脸解释说："在学校不束胸太寒碜，放了假没束，别瞎想。"其实她没有必要解释，她认为胸大是女孩子的一种丑陋，殊不知这正是我一生将为之付出一切的地方。我的思想融化着，我朝着梦想一点点靠近，我的血管收缩，呼吸加快，手已经触到她的前襟，两个小白兔，其中一个已经探出头来，咻咻地叫。我知道当我完全剥开那一瞬，她会有一点儿拒绝，那是女孩儿正常反应，应该的，如果没有就不是罗娟英，如果没有就没有味道了。当我将她往怀里一带时，即将迎接那半推半就的矜持时，只听有人在身后大喝一声："住手！"这个声音和身影同时落在我俩中间，我俩就像吸铁石的两极瞬间分开。张东旗站在了我俩中间。

张东旗说："我就知道你要耍流氓！"

罗娟英一边系着扣子一边说："你怎么来了？"

张东旗说："我就担心你吃这丫挺的亏。"

"真是的。"说完罗娟英一拧身扭头就走。

张东旗看了我一眼，哼了一声，追罗娟英去了。我迟缓地将皮带扎紧，感到周身疲惫不堪，我捡起帽子走到马路上，正碰着大口结，我叫住了他。他向我龇着满口东倒西歪的牙，我将那顶绿帽子郑重地戴在了他的头上，说："这是罗娟英让我送给你的。记住，每次见着她都要敬个军礼。"大口结扬起头，晃着脑袋，张着鳄鱼一样的大嘴，一只手抠着嘴，一只手揉着眵目糊，激动地哭了，边哭边朝我行军礼。后来听罗娟英说："大口结戴上这顶绿帽子，遭到过七八次抢夺，他为了捍卫这顶绿帽子，不知挨了多少打。"

和罗娟英分手以后，我经常去约会过的菜窖，盯着她在墙上画的小人，感到她画的不是别人就是我。那几个小人不知是她画得不好还是故意为，极其丑陋。我不止一次地问那些小人，是我的行为丑陋，还是我做人就是个小人？如果是，你指出来；如果不是，为什么让我承受那么大伤害？我巡视着一伸手就能够到的水泥顶子，巡视墙角挂着的蜘蛛网，再往里走，阴冷潮湿的味道扑面而来，我知道最里头肯定有蝙蝠在注视着一切，我不想让那些阴鸷的东西打搅我的思绪。

阳光从窖口儿洒进来。罗娟英每次约会都站在离窖口儿一米处的墙边。她很少主动说话，往往是我说十句，她说一句，实在没办法了，她就嗯啊地搪塞。只有一次她很来电地和我聊了起来，那是因为我写了一篇作文《我的童年》，语文王老师当范文念了，那天晚上她每看我一眼都带着微笑，笑得我直起性，有好几次想拥抱她。她一直叨咕："没想到你也会写作文。"听了她的话，我很伤心，她太瞧不起人了。

我的那篇作文写了我从一岁到十岁的成长历程。王老师有一个习惯，他特别喜欢将那些有点儿蹩脚的但还有可取之处的作文拿出来分析。那天王老师还没念完我的作文，有的女生已经乐得趴在了桌上起不来了。王老师说："同学们不要笑。"他一遍遍地重复着说，"这篇作文有许多可取之处。第一，作者叙述的文理脉络非常清晰，有的情节描写得准确而风趣。比如，一岁时会吹口哨儿，粗看是不可能，细细一想，当母亲把着孩子尿尿的时候，母亲吹着口哨儿催尿，孩子跟着母亲学着吹一两下，这个情景我曾经看到过。第二，两岁帮妈妈糊纸盒，咱们在座的同学大部分人都经历过，给妈妈递点什么小东西，两岁的孩子完全可以做到。第三，五岁会说话，这个有点儿晚，小孩会说话，一般不能超过三岁，不过历史上也有例外，我记得明朝解缙，据说七岁才会说话。他家境贫寒，但极其聪慧，有人问其父做何生计，他夸大其辞：严父肩挑日月，慈母手转乾坤。不了解他的人听了都暗惊不已，不知他父母是何高官。其实他家开了一个豆腐坊，父亲日夜担水，母亲用手推磨。解缙曾经写过一个对联：'墙上芦苇，头重脚轻根底浅；山间竹笋，嘴尖皮厚腹中空。'好了，话说回来，徐伟成的作文就这么发展下去，还是会写出很不错的作文的。可写到最后说十岁会唱《拉兹之歌》，这就不对了。你现在十七岁，《流浪者》电影在中国上映刚一年多，七年前你就会唱，这不是胡说八道吗？一篇很不错的作文，就这么被糟蹋了，给六十分吧。"

第十八章

8月26日最后一次返校，我们发了所有的课本，班主任换了教数学的高老师。高老师四十出头，我上小学三年级的时候教过我们体育，这次带高二毕业班，对他来说就是赶鸭子上架，他高中的课程完全是自修的。

第一天开学，我们班少了仨同学，两男一女。男的是张东旗和魏生京，张东旗不知怎么想的，听王大力说用不了一个星期就要当兵去了，我们大家都感叹他有一个好爸爸。魏生京说的也对，考不上大学，再上十年高中，回乡也是农民，不如趁早回村，还多挣一年工分儿。细想我们两个厂子弟也一样，考不上大学，回两个厂干临时工也就不错了，比我大一两届的牛子、傻周子十几个人在向阳厂纸库干临时工，一天至少挣一块钱，干得多每月还有五六块奖金。牛子每次见着我都让我一根梅花鹿烟，抽着他的烟甭提多羡慕他了，我做梦都想这一年快点儿过去，明年和他们一样干上临时工。我都想好了，第一个月开工资我要花十二块钱，让我哥的同学在广州给带一条牛仔裤、一副带商标的大墨镜，还有，我想上班都想疯了。

开学第三天，高老师找我聊了一次，大概的意思是说，我偷了厂子的铅，学校肯定要处理，至少是个记大过处分，因为我以前有过一次警告处分。我现在不如回家，让我爸到厂子给我找一个临时工，到毕业的时候他给我个肄业证。在这儿耗着也是白耗，还影响别的同学学习。我回家跟我爸一学舌，我爸第二天就找到学校教导处钟主任，把高老师的话全盘托出，并让钟主任写一份保证，高二毕业我能拿到一个肄业证。钟主任听了当时就给否了，她说："这种保证甭提写了，说都不能说，

134

不上学就拿肄业证，门儿都没有。不过，你孩子不上学了，我可以向校领导反映一下，处分可以不给了。"

我爸从学校教导处那出来，直接又去找高老师，把钟主任的话跟高老师一说，高老师当时就绷起了脸，他说："徐师傅，您这不是玩儿我吗？我的意思是您这孩子还算上学，还是这个班的人，上头领导要问我，就说他上课捣乱影响别的孩子学习，让我给停课了，你的明白？"

我爸边听边点着头说："也只好如此了，不过……"

高老师打断了我爸的话："徐师傅，您放心，孩子的肄业证，我用人格做担保。"

"既然这样，我只有相信您高老师了。拜托您了！"我爸向高老师一拱拳。

我爸回厂找到我家邻居、装订车间主任夏大爷，夏大爷二话没说，把我分配到了三片刀机台。我的工作是把裁下来的纸边子装到手推车上，推到纸毛库，一天大概要推五六车吧。这个活儿虽然不太轻松，但也不紧张，不机械死板，很适合我干。不知不觉一个月下来，我挣了整整二十六块，我把钱藏在枕头套里，一宿没睡好。

一个星期三的中午，我刚走到厂子大门口儿，看见钱君英推着自行车在马路边向我招手。我兴奋地走过去，问她："有什么事吗？"

她假装生气地说："没事儿就不能找你吗？"

我说："哪里，随时听您吩咐。"

她神秘地说："跟我走吧。"

我为难地说："那我得向班长请个假。"

她点了两下头，得意地把下巴抬得很高。

我到车间跟班长请了假，出来跟钱君英一块儿骑车来到潞河医院对面一片新盖的楼前。钱君英下了车说："我家在这儿分了一套楼房。"

我看她把车停在 2 号楼 1 单元门前，说："敢情是让我来看新房呀。"

她把车锁好说："不是，还有别的事儿，上楼再说吧。"

我跟她爬上六层，她拿出一大串新钥匙，开门时故意哗啷哗啷弄出响声。

这是三朝阳的房子，一进门就是开放式厨房，厨房前是个阳台，左右各有一室，进门的左边是一个不大的厕所。

我跟着她来到阳台上，她双肘支在栏杆上，手托着下巴。

我看她若有所思不说话，双手一撑跳坐在阳台的栏杆上。

她吓得双手拽着我的衣服，大喊："妈呀，掉下去怨谁呀？快下来！"

我噌地跳下栏杆。

她看我落稳，连手带胳膊重重地拍了我后肩一下。

我笑着说："我双手不扶也掉不下去，你没看我两腿别在栏杆里？"我看她把嘴噘得老高，又说，"打得真舒服。"我活动着肩膀，她竟吓得掉下了几滴眼泪。

我自嘲地说："为一个傻帽儿哭鼻子比傻帽儿更傻。"她听了破涕为笑。"哎，我从上初中就常爬我家二楼阳台偷我妈藏在阳台上的吃的，我妈丢了东西老怀疑我爸偷吃的。"

"去年冬天……"我刚想说送给罗娟英的冻柿子就是爬二楼拿的，一想，不能什么都泄露，改口说，"去年冬天我跟霍国强他们比在学校的墙头上走，谁也没走过我。不信，哪天我给你表演一个。"

她听了又噘起嘴来。

"好了别生气了，我再也不敢了钱小姐。你有吩咐只管说。"

"今天叫你来，一是认认门，还有就是跟你商量点事儿。"她把一只手伸过我肩膀，架在墙上说。

我有点儿憋尿的感觉问："什么事儿？尽管说。"

她说："我爸想把我转到二中上学。"

我说："如果转过来，你上学就离家近多了。"

她突然把胳膊放下朝我说："你说我转不转？"

我沉思半天，说："你说呢？"

她噘起嘴："人家问你呢？"

我说："我说不转。"

"我知道了。"她默默地回到屋里。

看她有点儿不高兴的样子，我又说："如果转到二中你就离我远了，再有也快期中考试了，转了新学校一定影响考试成绩。哎，听孙有炳说，王老师给我们年级学习好的学生放学后加了一节课，谁乐意听谁就去听，他去了，你去了吗？"

她摇了摇头。

我说："听孙有炳说，去年那届就考了莫泊桑《项链》的读后感和中心意思，不知你知道不知道？"

她背上手在屋子里踱着步背诵着："莫泊桑这篇小说，主要讽刺揭露了资本主义社会一个妇女玛蒂尔德对豪华风雅生活的向往，可命运捉弄了她，她感到非常痛苦，在参加部长的舞会时她向佛莱思节夫人借了一条项链，没想到项链丢了，玛蒂尔德因为这事儿借了高利贷，用了十年的时间还清了欠款，可佛莱思节夫人却告诉她那条项链是假的，最多值五百法郎。通过这个故事，莫泊桑深刻地批判了资本主义社会小市民的虚荣心和极度空虚的精神世界。"

我坐长条沙发上鼓起掌说："敢情熟背于心了。"

"不是我熟背于心，我爸他们也看这种书。"说着她从酒柜上摆放的书中拿出一本递给我。

我拿在手里看了一眼说："现在都出莫泊桑小说选了？"

她说："我爸说，玛蒂尔德借项链时没有借条，没有第三人在场，完全可以赖账，可她却用了十年艰辛劳动偿还了项链钱，这种诚信是多么可贵。"

我说："你知道罗娟英她爸怎么理解吗？"

她站在大立柜镜子前弄着眼睫毛儿，说："不会是赞美玛蒂尔德吧？"

我说："这是从何说起？"

她说："我爸说，向往美好追求华贵高雅的生活是一个人的本性。玛蒂尔德从来不掩饰自己的渴望与痛苦，说明她并不虚伪。"

我说："你错了，她姑娘时总幻想找一个有钱的公子爱自己，这个女人怎么说也有点小资产阶级情调。"

她转过身来说："你真不了解女人。"

我说："我最了解女人，我不了解的是男人。你知道罗娟英她爸的反动看法吗？"

她咬着嘴唇摇着头。

我说："她爸说莫泊桑是一个贵族子弟，他在这篇小说里真正歌颂的是贵族精神。佛莱思节夫人知道自己得到的是一条价值昂贵的项链时没有装糊涂，非常坦率地说出十年前的项链是假的，顶多值五百法郎。这种诚实就是法国的贵族精神。"

她说："照你这么说，咱们教育部编课文的老师在向我们无产阶级革命接班人灌输法国贵族精神，为法国贵族培养接班人？"

我说："你还认为这帮人机灵吗？"

她说："反正要比你机灵。"

我说："比我机灵管啥用，学生课本内容一年一个样，多少年了没个定型。"

她捂起耳朵："不听不听，不听不听。"

我看她烦成那样子，不再说话。

她走到厨房，在厨房的桌上果盘里给我拿了一个苹果。

我摆着手说："你吃吧，我抽支烟。"说完我坐到单人沙发上。

她从酒柜里拿出半盒烟说："抽这个吧，这是我爸的。"

我说："你爸回来看烟少了不揍你才怪。"

她笑着说："叫你抽你就抽，我自有办法。"

我说："小时候我经常拿我爸的烟抽。"

她说："现在呢？"

我说："早不拿了。"

她说："学好了？"

我说："哪儿呀，让我爸发现了，暴揍一顿。"

她说："那是几年级？"

我说："初一吧。"

她手捂着嘴无声地笑。

我说："你爸要发现烟少了问你怎么办？"

她收起笑说："我可以说我姐的男朋友抽了，邻居帮搬煤气罐或到家帮修下水道抽了。"

我听了她的高见，不时地点头。

"再有，你抽得多了的话，我可以再买一盒。"

我抽出一支烟点上。她说："我也想抽一支。"

看着她边说边抽出一支烟，我俩抿嘴相视一笑。她坐在沙发上，我给她点上烟，她慢慢地一小口一小口小心地吸着，吸到多半支的时候，她把烟掐灭说："我头晕晕的，想躺一会儿，你扶我上床。"

我看她眯着眼说："上床想睡觉？"

她"嗯"了一声。

我说："那我怎么办，一个人在这傻待着？"我站起身在暖壶里给她倒了一杯水，说，"先喝点水醒醒，一会儿就好了。"

她接过水，抿了一口放在茶几上，把一支钢笔拿起来，拧开钢笔，把帽吸在舌头上，笔帽在她舌头上跳着舞。我突然用手从她舌头上薅下笔帽，平放在嘴唇上，吹着南斯拉夫电影歌曲《啊，朋友再见》。她听我吹完，不高兴地说："谁让你用手抢的？"

我说："不用手抢用什么抢？"

她咬着嘴唇说："用嘴抢。"

我心说，你不就想显摆你家今天吃鸡蛋韭菜馅饺子了吗？刚才我一进门就闻到屋里有一股的韭菜味。在那个年代，家里吃一顿鸡蛋韭菜馅饺子是件很牛的事儿。

现在想起往事，那时候我就是一个傻子，那天钱君英确实有显示自己家分到楼房的意思，可下面跟我谈转学的事儿就是跟我示爱。她抽烟抽迷糊了，让我把她扶到床上去，就是想跟我那个，我却理解为她不理我想睡觉。我这不是缺心眼儿是什么？人家用舌头玩笔帽要和我接吻，我却抢过来用嘴吹了一曲《啊，朋友再见》，更可气的是还认为人家在显摆吃韭菜馅饺子。你说我不是缺心眼儿带冒烟是什么？这个社会也就

139

是男大当婚女大当嫁，要没有这一出儿，我一辈子都不知道女孩子身上和男孩子不一样的零件儿安在哪儿。

有人说你纯粹装傻充愣，揣着明白使糊涂。读者要这么认为我也没办法，我给大家说俩理由。张东旗当兵一走，罗娟英变心不变心单说，感情肯定空虚，我是不是有机会？我如果现在跟了钱君英，就等于自绝于罗娟英。再有她俩之间一直不错，罗娟英真搅和我也好不了。那时的人也怪，追你的女生假不指着①，爱答不理地玩儿命追，我就是那撅头拍子②一个，哪像现在的我，在街上看见有一点儿姿色的大姑娘小媳妇就走不动道了。

临出她家门的时候她把我叫住了。她又提起转学的事儿，她说出的要转学的理由出人意料又情有可原，她说："前天，高老师把我和郭凤慧分到一个座位。"

钱君英一说到这儿我就全明白了。那是上初二，钱君英因为别错一个像章，被班主任王老师当着全班同学的面批斗。这还不算，郭凤慧狗仗人势地上前，一把抓住钱君英的前襟，用力往起一揪，顿时钱君英前襟大开，春光乍泄。她赶忙两手掩住胸口，呜呜哭起来。

王老师让大家表态怎么处理钱君英，我看了看后面的人，所有人都把头低下，我在问自己，怎么办？是凉拌还是热炒？凉拌举手建议口头检讨，热炒直接说枪毙，让王老师下不来台。我边举手边说："王老师，钱君英犯下如此大罪，我建议枪毙。"话音未落，屋里瞬间炸开了锅。

王老师大声喊："静一静，静一静！徐伟成，你成心捣乱是吧？"

教室里有人在笑，王老师瞪大眼睛扫视着不严肃的同学们，说："同意钱君英停课做检查的举手。"她话音刚落全班同学的手全齐刷刷地举了起来，我也举了起来，我没有像他们那样举过头顶，我是把胳膊肘垫在桌上。王老师看着我说："徐伟成，你举手就举手，为什么手还哆嗦，而且左手握着右手腕，抻着了崴着了？怎么，你不舍得举可以

---

① 北京土语，非常想得到他人的帮助，却表现出满不在乎。

② 北京土语，意指不知好歹、不懂人情世故的人。

140

不举。"

我心说，我不举你饶得了我吗？我把两手举过头顶说："我举，不过……"

王老师问："不过什么？"

我说："我们允许人家犯错误，也允许人家改正错误，郭凤慧给人家扒衣服，而且把那么重要的地方都露出来了，是什么行为？所以，我右手支持您，左手反对郭凤慧这种流氓行为。"

王老师狠狠拍着桌子，拍过劲儿了疼得直咧嘴，她说："徐伟成，你……你……"教室里一片骚乱，有人捂鼻子，有人拖着椅子，霍国强喊："报告王老师，钱君英她尿在教室里了。"

霍国强话音一落，有不少人站了起来，我们男生起着哄。王老师见状让罗娟英、白丽揽着钱君英回家换衣服，让郭凤慧清理钱君英尿在地上的尿，教室里骚气熏天，王老师捂着鼻子躲了出去。王老师刚一出去霍国强就骂了起来，郭凤慧听着一句紧着一句的骂声也急了，问："你骂谁？"

霍国强说："我点你名了吗？还他妈有脸接茬儿。"

我起着哄地说："霍国强骂他自己，骂他撕人家衣服耍流氓。"有不少同学嘎嘎大笑。

霍国强和郭凤慧受到了我什么启发一样，不点名地互骂。我也跟着骂起来，骂得可难听了。有人说你为什么也骂郭凤慧，这你们有所不知，我恨郭凤慧恨到后槽牙老发炎。

我俩上小学三年级时第一次同桌。记得下半学期我们写语文作业开始使用钢笔，我们班有不少同学都是捡哥哥姐姐使剩下的钢笔，郭凤慧是其中之一。我为了使上新钢笔，在厂子院儿门口儿跟我爸撒泼打滚儿，我爸无奈花三角八分钱给我买了一支。为了显摆自己有新钢笔，我把用完的练习本一页一页打得全是大叉子。第二天郭凤慧跟我说："你有一个叉子有政治问题，我准备给你告诉陈老师。"

我听完当时脑袋大成一间教室，我翻着书包找练习本准备销毁证据。

141

她说："别找了，我已经给你保存起来了。"

从那以后我在她面前可怜得跟病猫一样，有一次她家吃炒豆，她一坐下就开始放屁，放得她自己都不好意思了。她红着脸问我："不臭吧？"我听了在她后屁股那儿使劲儿吸了两下鼻子，说："不臭，不但不臭，我还闻到了黄豆的香气，真的。"

她听了脸更红了，红得额头直冒汗。

我说："只要你把那练习本给我，我给你舔脚趾。"

她听了连理都不理，现在想起来她当时好像是没听见，她可能在做美梦。

钱君英大概转学不到一个月，就跟班里的女同学闹起了矛盾，有的男生也借机兴风作浪。一天下午，她让孙有炳到厂子里找我，让我到二中帮她打架。我跟孙有炳说："我们组是一个萝卜一个坑，要请假怎么也得上班之前请，我现在走谁来替我呀？这么着吧，今天你先招呼几个人去，把那女生办了，明天下午我请假，再办那个男生。"

孙有炳兴奋地说："没问题。"

我说："打女孩儿别打太狠了，踹两脚打俩嘴巴就行了。"

孙有炳说："二中我还认识几个哥们儿呢。"

我说："叫咱班几个人去就行了，别叫太多人。"

孙有炳说："你就等好消息吧！"

晚上我还没吃完饭，孙有炳就在楼下喊我，我迅速把饭扒到嘴里，喝了口汤飞身下了楼，咀嚼着残羹剩饭问："今天事儿办得顺利吗？"

他笑着说："我和王大力到那儿还没一根烟的工夫就放学了，钱君英出了门一指那娘儿们，我上去就是一脚。"他说着向前跑了七八步飞起一脚，"这个娘儿们一躲，我一脚踢到了书包上，我气得上去就给她俩嘴巴，还没过瘾钱君英就给拉开了。"

我边往院外走边说："王大力他们没动手吧？"

他说："我刚打两下，钱君英就不让打了。"

我说："你跟钱君英说了吗，明天去打她们班的男生？"

他说："说了，她说如果打，过两天亲自找你来。"

我说："前些日子我就告诉她别转学，她不听呀。"

孙有炳说："你说那个不对，她现在上学走不到十五分钟就到学校了。"

我听了不时地点头。

第十九章

10月6号是我的生日。钱君英让我去她家过，下午她约几个女同学，到底约了谁，暂时保密。我和孙有炳上到六层，刚要敲门，钱君英迎了出来，我们互相问候着走进西屋。屋里陈设简单干净，靠窗西墙有个大衣柜，旁边一个酒柜，那时的酒柜就是柜子隔出一部分，放上一个推拉玻璃门，里头放两瓶二锅头酒和一套凉杯。柜子对面是张宝石蓝色的双人床。床头有个落地灯，灯旁有一台跟我们家一样的飞燕牌缝纫机，门旁边有两把半包沙发，对面墙上有两张奖状。屋里的味道很清新，不像我常去的几个同学家里，比如霍国强家膻腥的羊羓子味儿，孙有炳家菜汤加油捻子味儿。我们家什么味儿自己闻不出来，反正没有人家味儿好闻，这个味儿让你闻了就不敢造次。钱君英从茶几底下拿出一个烟缸放在茶几上。

"今天盘儿够靓的。"我边说边看她。

她不好意思地说："净瞎说。"

"真的，真晃眼。"

"得了得了，待会儿有比我还晃眼的呢。"

"特有范儿，是不是?"我问着孙有炳。

孙有炳点头说："是。"

"留着点儿，罗娟英、白丽马上就到了，待会儿可别没的夸了。"

我说："她们还没到? 我以为在东屋等我去请呢。"

她说："你还真得请一次，前几天我给你说的英兰先到了。"

我站起来，她说："得了，冒失地闯进去把人家吓着。"她去东屋领出一个姑娘，姑娘低着头瞥了我和孙有炳一眼。

钱君英说："介绍一下，我的同学英兰。"她又转向我，"徐伟成。"我欠了一下身。"孙有炳。"他点了一下头。

英兰长得个头不比我小，脸圆圆的、白白的，嘴唇红得透亮，梳着两条粗黑的大辫子，花格衫，蓝裤子，说实话，如果嘴唇和脚再小一点儿，活赛唐宫画上的美人。我问她家里几口人，家里老几，有没有哥哥姐姐等。其实，我问她这个那个，主要是问她有没有哥哥，如果有哥哥，接触深了一定要慎重，别因为交友不慎挨顿暴揍。我刚聊到主题，就听钱君英从阳台上喊："快上来，他们都来半天了。"

罗娟英和白丽进了屋，起着哄地向我祝福。我起来向她俩一一拱手表示感谢，说实在的，看到罗娟英我心里不自在，但感谢她来给我过生日是诚心诚意的。

我说："长这么大了，也没过过生日。"

罗娟英问钱君英："你们家床什么时候挪的？"

钱君英瞅着我说："昨天我跟我爸挪的。"

罗娟英说："挪它干什么？"

钱君英说："待会儿你就知道了。今天随便玩儿，昨天晚上我和我爸商量好了，我爸回奶奶家了，明天晚上才回来。"

白丽说："我可陪不了你们，五点钟我就得回家做饭呢。"

我将买的三斤糖块从书包里倒在床上，然后一把一把地给她们抓着。这时楼底下有人喊钱君英，她跑到阳台向下面挥着手，回屋说了声："我下去一趟啊。"罗娟英说："录音机送来了吧？"钱君英点点头。

我说："怎么还借了录音机？"

罗娟英说："君英跟她姐的男朋友借的，还是两个喇叭的呢。"我听了兴奋不已，20世纪80年代初，家里有录音机的是极少数，两个喇叭的就更稀少了，如果四个喇叭的就是大亨了。当时两个喇叭的需要三百多元外汇券才能买到。

钱君英手里拎着两个喇叭录音机气喘吁吁地进了屋，她小心翼翼地将录音机放在酒柜上，把手里两盘磁带也放下，插好电源，按下按键，一曲邓丽君的《小城故事》娓娓飘来。在那个年代邓丽君火成什么样，

145

怎么形容都不过分。这么说吧，我每次听邓丽君歌曲，在外头听到了走不动道，在家里听得趴在床上。那优美的旋律缠绕在我的身上，让我动弹不得，那每个张力十足的节奏敲在我骨关节上麻酥酥的。那甜美的歌声能淹没我所有的记忆，让我成为白痴。一曲《小城故事》把我送到遥远而亲切的小城里，让我流连忘返。接下来一首《小村之恋》，当唱到"啊，问故乡，问故乡别来是否无恙"那凄美的呼唤时，让我颤抖得有点过了劲儿。

　　　人生几何能够得到知己
　　　失去生命的力量也不可惜
　　　所以我求求你
　　　别让我离开你
　　　除了你我不能感到
　　　一丝丝情意
　　　……

　　邓丽君的《我只在乎你》点燃了我对梦幻中的她的憧憬，点燃了我对现象中的她的爱情，当然这种情感是云中的雾中的歌声，邓丽君就像神话里的白天鹅，而我不过是趴在污泥里的癞蛤蟆。"我只在乎你，心甘情愿感染你的气息……"我情不自禁跟着唱起来。钱君英换了盘磁带，《甜蜜蜜》甜美的旋律美得人人昏昏欲睡，"梦里梦里见过你，甜蜜笑得多甜蜜，是你，是你，梦见的就是你……"我又随着唱起来，痴痴呼唤着冥冥中那个"她"。钱君英和英兰站起来，俩人对着跳起了摇摆舞，这个举动大大出乎我的预料，孙有炳睁大眼珠子吞着舌头。要知道，那时候"摇摆舞"这个名字我听说还没几天，她们什么时候学的这个舞呢？她俩肩膀和屁股虽然扭动不大，但离这么近的距离观看摇摆舞还是第一次。她俩在《千言万语》舒缓的乐曲当中跳着四步舞，甭说了，我激动得五官已经无法回到原位。当钱君英跳完一曲，翻转磁带时，我问："你们跟谁学的，什么时候学的？"

钱君英说："自学的，刚跳了两次。"

我夸张地吐出舌头。

"不信你问白丽，就是我俩在家瞎学的。"

英兰说："这个舞就是扭屁股，摆肩膀，只要跟上曲子节奏就可以了，没什么复杂的，待会儿咱们大家一块儿跳跳试试。"

罗娟英恍然大悟地叫道："原来你挪床就是为了跳摇摆舞呀!"

钱君英脸色绯红地说："刚学的，跳得不好。"

钱君英为了我的生日如此准备，我感动得说话都有些口吃了。在我的同学中，我还没听说过有谁能指使家长挪床为了给自己的同学办生日舞会的。我看着钱君英，她也看着我说："今天的一切一切只为一个，让你高兴。"我听了这话，说实话，如果这个屋子只有我们俩人，我很可能会掉下眼泪，而且一点儿不觉得难为情。我肯定会用并不坚实的臂膀抱紧她，并叫她一声"姐姐"，虽然她还比我小半岁。

邓丽君的歌曲一次次悠然响起，我的心情随着歌曲流动。在钱君英和英兰舞动在邓丽君歌声的空间里，在罗娟英、白丽骚动的眼神中，白丽、罗娟英你们知道吗？我是多么知足啊! 邓丽君，我能和你生活在一个时代是多么的幸福!

"我醉了，因为我幸福，我幸福，不需要来安慰，自从我们相知，那幸福就伴着我。"《酒醉的探戈》在屋子里回荡，两盘带子我们来回听，我和孙有炳也试着跳了两下，可屁股和肩就是跟不上节奏，我和孙有炳急得直出汗，衣服都湿透了。我想如果学习能这么痴迷，考北大清华算个屁，就是牛津剑桥都不在话下。

我低头沉浸在邓丽君的歌声里，像个婴儿流着口水，那个年代过来的人或多或少都有我同样的经历。20世纪80年代初，邓丽君的歌曲曾被定性为靡靡之音、黄色歌曲，禁止在大陆播放，但背地里只要有录音机的听的都是邓丽君。当时大陆女歌手朱逢博唱的《阿里山的姑娘》和李谷一演唱的《乡恋》，都被定性为靡靡之音，记得班里的小喇叭广播过。在主题班会上我们还讨论过邓丽君的歌曲。罗娟英还假正经地发了言，什么靡靡之音，什么小资产阶级情调。我为什么敢冒犯罗娟英？

一是邓丽君是我的偶像，二是罗娟英比谁哼哼邓丽君的歌儿都欢，三是她说的都是人家说滥的废话。当时我们王老师说得就叫我佩服，她说："男女之间感情发生关系，需要经历、情节、细节，可邓丽君的歌曲直接跟动物本能联系，这种歌曲并不是对女性的赞美，而是对女性需求的玩弄。'何日君再来'，来干什么？大街上一个回眸就茶不思饭不想，一点儿阶级立场都没有，这不是社会小流氓是什么？咱们历史上也有很多下流文人，像李清照的'绛绡缕薄冰肌莹，雪腻酥香，笑语檀郎，今夜纱橱枕簟凉'的时候，在干什么？总之，不是亲嘴就是拥抱，搞得人和闹春的猫狗一样，这样非常不好。"

四点半左右，罗娟英白丽她们有事儿先走了，大概又坐了半个小时，有炳也走了。钱君英让英兰陪我聊天，她给我俩做饭去。我和英兰在邓丽君歌曲的缝隙中东一句西一句地瞎聊，所聊之话，刚一开头，就没了下文，总之都是半截话。钱君英在厨房叫着英兰过去灌开水，我正和英兰没话找话，聊着没劲儿不聊也不是，便赶紧起身去厨房，问："暖壶在哪儿？"

她说："没看在饭桌上？"

我拿起暖壶放在地上，拎起烧开的水壶小心翼翼灌满。

她说："剩下的水放在旁边，待会儿我焯菜用。"

我说："我帮你干点什么？"

她说："不用了，再炒一个菜就完事了。"

我看她灵巧地左右挪动着身子，同时操作好几样活儿，一会儿尝尝菜味道，一会儿切几片姜片，又在上下柜橱里取这取那，一会儿又翻铲着炒勺里的菜。

我站在她后头欣赏着。钱君英上身穿一件葱绿色束腰的确良汗衫，下身穿一件那时候很流行的酱色筒裤，腰上扎条小围裙，显得腰身格外窈窕，在单纯与性感中游离着。从窗外射进来的阳光打在窗棂上，反射在她容光焕发的脸上，勾勒出一种耀眼又柔和的轮廓。那时的女孩儿有两种，一种是纯粹的美，生来就那样；一种是长相一般学习好，老师那儿的大红人，在同学里有威望。钱君英属于后者，她的长相不好描述，嘴有点儿问题，像大人的嘴唇，和美国演员梦露的嘴很相似，会让人看得胡思乱想。

"别准备那么多菜，吃不了剩下就馊了。"我说。

"不会的，待会儿鲁小利拿录音机来，要留人家吃饭。"

我看她翻炒着菜说："太大势了。"

她说："一点儿不大势。"

我说："这还不大势啊？"

她回过头说："今天早上没出去买菜，只把以前有的通通找了出来，千万别介意。"她把炒勺盖儿盖上，把火关小，炒勺咕噜咕噜冒着热气。

"我爸是一个非常好客的人，他有点儿把我和姐姐当男孩儿养。这可能也是我妈这个人太懦弱的原因吧，他怕我俩以后跟我妈一样。"

我说："怕是重男轻女吧？"

她说："才不是，我爸非常喜欢我俩，可能跟我妈的去世有关。"

"我记得你妈……有几年了。"

"上初二的时候。"

"我想起来了，是冬天，得的什么病来着？"

"癌症。"

"什么？哎，癌症到底是个什么东西，怎么一得……"

她摇摇头，说："不知道。"

"什么癌？"

"膀胱癌。"

"你等等，我先上趟厕所。"我从厕所出来问，"女人也有膀胱吗？"

"女人没有膀胱我妈怎么得的？"

"真牛，"我在房里转了两圈说，"你知道中国还谁得过膀胱癌吗？"

她说："周总理就得的膀胱癌。"

"可不，你说你妈牛不？"

"我妈也说过，能跟总理得一个病也就知足了。"

接着她岔开话题说："噢，我的厨艺就是那时候学的，你尝尝。"

我挨个尝了尝："挺好挺好！"

我说的不是恭维话，钱君英做的菜真的很可以，大大超出我的想象。鸡蛋炒西红柿就甭说了，酱烧茄子不用尝，饭厅里的酱香味儿让我直流口水，我想说，要是娶了你这样的做老婆，真是一生的福气。可我没说出口。

我说："你老家是东北人吗？"

她说："为什么是东北人？"

我说："烧的菜口味儿有点偏重，但我爱吃。"

她说："我老家在山东，后来到了北京，我爸我妈是1956年毕业的财会中专生。我和我姐从小就吃食堂。食堂的菜就是料大、火大、口味儿偏重。"她说着从锅里将最后一个大葱摊鸡蛋盛到盘子里，让我端到桌上。看菜全部上齐，钱君英看了一眼屋里的挂钟说："鲁小利应该到了。"说着她问英兰和我，"主食买了一斤馒头，我和英兰一人一个，你们男的一人一个半，够吃不？"

"应该没问题。"我说。

钱君英从酒柜里拿出多半瓶二锅头，放在桌上说："我爸的酒，喝吧。"

"你爸不会说你吧？"我说。

她笑着摇摇头："我爸特喜欢他身边有一个能喝酒的人。嗯，我想，这么说吧，如果我长大了，交一个会喝酒的男朋友，爸爸一定会让他把我领走。"

"真的呀！为什么？"

"一两句话说不清，不过……"有人敲门，钱君英站起来说，"鲁小利来了。"说着打开门，一个头发短短的男生走进来。钱君英向我介绍说："这是我姐姐男朋友的弟弟，鲁小利。"男孩儿见我向他点头哈腰问好，也向我点头哈腰说："你好，大家好。"钱君英让鲁小利坐下来吃饭，他说晚上他哥已经把录音机借给了别人，他要马上送过去，说完进西屋归置录音机，归置完和我们一一道别。鲁小利走了以后，钱君英关好门，开始给我倒酒，我推让着说："倒那么多谁喝呀？"

英兰说："喝吧，今天我陪你。"

我心说还有不怕事儿大的。

我把酒从钱君英手里接过来，从旁边又拿过一只杯子，把酒匀好，让英兰先选了一杯。我又让钱君英也拿了一只空杯子，给她也倒了一点儿酒。我说："你今天喝多少剩下是我俩的，好吗？"

钱君英举起杯说："我尽力而为。我和英兰祝你生日快乐！"我看她把酒杯举到眉间，我举杯喝了一大口，呛得我直咳嗽，她俩就笑，一人抿了一口。钱君英说："时间还早，别喝得太猛。"她给我碗里夹了一块鸡蛋，我推辞着说谢谢。英兰又举起了酒杯，我也随着举起了酒杯，说："今天喝醉了并不为过，但今天你要是陪着我醉了，才真够得上哥们儿。"

英兰听了笑着说："看样子今天不醉是不成了。好，不过，我会撒酒疯儿的。"

我听了英兰的话拍起手说："我就不怕撒酒疯儿。"

她举着酒杯看了我一眼，然后喝了一大口，钱君英忙给她夹着菜。英兰闷头吃了两口菜后，用手摸着胸口，说："这酒劲儿太大了。"

钱君英说："既然不好喝就别喝了，省着一会儿难受。"

英兰说："今天喝就喝一个痛快。"说完一饮而尽。我看她把酒干了，赞叹不已，我又给她酒杯里倒了半杯多酒，接着我倒得和她杯里的酒一样满，我俩频频举杯你来我往，最后把钱君英的酒也给匀了。

钱君英说："酒喝多了会难受的。"

英兰说："我想跳舞。"说着她晃晃悠悠起身，扶着椅背。

钱君英拉她坐下，说："你喝醉了。"

我说："酒逢知己千杯不醉。"

她头靠在墙上，说："徐伟成，你啥意思？酒柜里还有呢，拿过来。"说着朝钱君英比画着。

钱君英说："徐伟成什么意思都没有。"

英兰说："这么说他跟咱们话不投机？"

我说："我扶你躺床上休息会儿。"

英兰说："别动我。"她用手指着我的方向比画比画，然后指着钱君英的鼻子说，"你把我抱到床上去。"

第二十章

钱君英一手托着英兰脖子，一手抱着英兰一条腿，我跟着她抱着英兰另一条腿，一点儿一点儿地拖着把她放到东屋的床上。钱君英给她脱去鞋，给她腰上搭了被子，然后出屋把门关上，我俩又坐在了桌旁。

我说："她好像在生你的气。"

她点头说："不错。"

我说："你怎么她了？"

她说："她今天想把你喝趴下。"

我说："就她？"我轻蔑地一笑。

她说："她心里没事儿，你俩半斤八两。"

我说："你刚才没吃几口，再吃点儿。"

她说："油烟子熏都熏饱了。"

我说："还剩这些菜怎么办？"

她说："再吃点儿。"

我俩又吃了一些，我说："英兰这人真有意思，非要你抱她上床。"

钱君英听了笑说："今天别走了。"

我摇摇头说："那我可不敢，万一你们家谁回来怎么办？"

"我跟你说过了，他们都不回来。"

"真的吗？"

"人家长得不错吧。"

"你说英兰啊，就是嘴和脚大了点儿。"我看了一眼自己的脚，"跟我脚差不多大，反正没有你好。"

"咱班女生没有一个不佩服你的嘴的。"

"你们女生在一起也议论男生，罗娟英说我什么？"

她一手托着腮，哧哧作笑："想知道吗？"

"当然。"

"怎么感谢我？"

"一辈子帮你打架，一辈子受人欺负我都管。"

"给我一支烟。"

我把烟递到她手里，她将烟叼在嘴上，我马上划着火柴给她点上，她说："我不抽。"我点上烟，缓缓地吸进，缓缓地吐出。

她将烟在手里折把式。

我说："我教你吸烟，吸上一口，咽下去，将嘴闭紧，让鼻子孔出气。"说完我给她做着示范。

她边搔鼻子边说："我们女孩儿像你们那样吸烟不就成玩儿闹了吗？"

我说："那倒也是。不过，你抽烟，我特高兴。"

她说："为什么？"

我说："你第一次抽烟是我给的。"

她说："自从你帮我打完架，我从心里说，你是我一生的朋友了，当然，未必成对象。"

我说："罗娟英和我吹的时候也说过这句话。"

她说："罗娟英说的没毛病，有的人如果是做朋友能做一生，谈对象却成了仇人。"

我说："你分析得太有道理了。"

她说："罗娟英在学校可能还会交朋友，但结婚不好说。"

我说："怎么讲？"

她说："她跟别的女生不一样，你明白吗？"

我说："怎不一样？"

她说："你说呢？"她将烟灰缸里没灭的烟蒂倒上水熄灭，"不吸我就收了，你待着。"

我说："我帮你。"

她说："那你就把暖壶里的水倒在凉杯里，然后再烧一壶开水，待会儿她醒了一定要水喝。"我照她的吩咐干完，帮她把刷干净的碗放在橱柜里。

我说："你爸让你支出去了，你姐为什么也不回来？"

她说："她正热火朝天地搞对象，你是怕今天晚上出什么问题？"

我说："我怕什么，又不是第一次刷夜。"

她把炒勺刷好，放在灶台上，将橱柜打开重摆放了一下碗筷，又洗了两下手，然后把围裙摘下，挂在晾衣绳上。

我指着她的胸口说："胸扣开了。"她轻轻捶了我一下肩膀。

我逗她说："我给你系上？"

她笑出声来，推着我的后背进了西屋。她把凉杯里的水倒出两杯，一杯放在茶几上，一杯拿在手里来回倒着手。我拿起杯子轻轻嚥了一口，说："刚才你说罗娟英，我心里也明白，可她是我的初恋。"她嘴角翘起，没有笑出来。我说："我不是走不出来，我怕她跟了不好的人。"

钱君英说："别为古人担忧了，想想自己吧。"

我瞅着她认真点点头。

她朝东屋努努嘴说："让你留下就是怕她半夜醒过来我弄不了她。"

"不会吧。"我说。

她走出去推开东屋门看了一眼英兰，然后将门带严，坐在沙发上，说："怎么说呢，我给你讲了，千万别说出去。"

我拿起烟，先让了她一支，她摆手，我点上烟看她为难的样子，我说："如果不好讲，我无话可说。"

"其实，让你们认识，也是帮我一个忙。"她又把收拾好的烟缸从茶几底下拿出来。

我不解地看着她光洁的额头，好像那里写着答案。她端起杯子喝了两口水，接着又抿了一口，说："自从分到二中，我俩就在一班，上学不说，下学天天结伴而行，原因有两个，一个是怕男生截，另一个是两家相距不远。我俩每天在护城河边分手，她过马路进院儿，我过桥上

154

楼。我爸在楼顶安了一个铁桶，夏天晒热了水洗澡很方便，今年一入夏她就常到我家里洗澡，有时为了节省家里的水，有时为了我俩相互搓搓。有几次在一起洗，开头两次还没什么，后来我感到她的眼神不对……"她说着低下头，看着自己脚上新买的红拖鞋，慢吞吞地说，"上星期三我俩一起洗完，她擦完身子躺在我对面，开始摆弄我的手，我刚想退出来，她紧紧地抓住我的手按在了她的胸上，我当时就一惊。其实，怎么说呢，这么说吧，女孩儿和男孩儿一样，我也能理解，心态平和下来后，我没有阻止她，并被动地帮她，你知道为什么帮助她吗？她那儿太漂亮了！她那儿在我的掌中膨胀，颤抖，好像在说话。甭提了，这几天我时常想起那天的事情，每次想起来都觉得不舒服。我不是那种人。这几天我无数次在想怎么办，你说怎么办？"

我说："你俩离这么近，待会儿让她回家不就结了？"

"她要有家不就好了？她妈早就跟人家跑了，她三天不回家她爸才高兴呢。她家就两间半平房，她爸三天两头往家里带女人，这是她亲口说的。她说那个女人还是个什么厂长，不过那个女人好像挺怕她，有时还给她买点儿零食。"

"待会儿她醒了，我能帮你什么？"

"待会儿你在这屋里住，如果晚上有事儿，我就说你在这儿。你跟她好好聊聊。"

我听了一下站起来，梗着脖颈说："没……问题，包在我身上。"

晚上，我简单地冲了一个澡，在穿裤衩的时候看到梳妆台上洗头膏边有一把指甲刀，我不知道为什么有一个想法，待会儿夜里英兰过我屋里，我摸人家，人家皮肤那么嫩，划伤人家怎么办，趁这时候仔细剪剪指甲。我用半个小时修了指甲，把指甲修得不能再秃。

我躺在床上，只脱去外衣，搭上被子，心里想，英兰怎么会有这些行为？现今我明白了，她大眼睛大脚，在古代相学上就是男相，她在生长发育期，又缺少母爱父爱，对钱君英关心备至的呵护有点爱欲举动应该是人之常情。可我那时不懂，对她怪异行为很是不解，不是抱着帮助钱君英一把，和探求异性神秘的心态，我是不会理她的，谁知道哪天罗

155

娟英耐不住寂寞吃一回回头草?

自从张东旗当兵走后,罗娟英对我的态度来了个一百八十度大转弯。每回谈及我俩交朋友之前的感情,她显得更自然更坦诚。让孙有炳说,罗娟英根本就瞧不起我,是在利用我社会上的威望,因为她经常在学校门口被截,人家要跟她交朋友她就说有朋友,人家问是谁,她就说是我。我听了一笑了之,她不说我说谁?说张东旗?远在千里之外。说自己没朋友,正合这帮小玩儿闹之意,她只有和我"同流合污"了。不过,我觉得还有很多原因,张东旗走了以后她感情没有依托,我工作以后有了经济基础,经常跟车间里的大人接触,我说话举止有了不少大人味儿,这都是吸引她的理由吧。

我翻了一下身想,罗娟英在想什么?今天给我过生日,她走时我明显看出她有点儿不自然。我们那个年代过生日,父母想起来就给煮碗面条卧俩鸡蛋,有的母亲一忙起来也就过去了。罗娟英上个月刚过完生日,那天她妈给做了一碗阳春面。我约罗娟英出来不是要给她过生日,过生日只是一个由头,我一直把她当成我的女朋友。那天,我俩在锅炉房的后面聊了许多,聊到深处她也感慨不已。她说:"和你在一起我很自信,一眼就能看到你的全部,和别人在一起老有一种戒备心理。我一直在想,如果不理你,你会怎样,你为什么对我锲而不舍?你就是看我长得好吗?"

我说:"何止好,那是贼好!"

她说:"你能不能把贼字去了?哎,说真的,长得好看就那么重要?"

我说:"男老师都对你好。"

她说:"这是我的优点?"

我说:"我特服你说我的态度,这么说吧,你一说完我,我立马就感到跟你有差距。"

她说:"你不是在骂我吧?"

我摇着头说:"反正我特服你。"

"这不是优点,说说优点。"她用手帕急切地沾着嘴角。

我说："反正在我眼里你最好，好到什么程度来着？数不过来。"

她说："什么东西一到你嘴里准变味儿。既然优点说不出来，缺点一定有吧？"

我听了她的话当时就傻了，这下可完了，就是灌辣椒水也不能说呀："哎，你耳朵后头有一个句号那么大的痣，有没有？"

她听了扑哧一笑："既然不想说我，说说你自己，你有什么优点？"

我说："优点都得靠你体现出来。"

她说："怎么讲？"

我说："比方说吧，上次你跟张东旗闹别扭，你让我给你买一根冰棍儿，我买回来，你没吃一口就给撇了，你说不爱吃那小豆味儿的，你又让我去买，我又给你买了一根，你吃了一口又给撇了，你说费了我六分钱心情好多了，我听了你的话特有成就感。还有一次在白丽家，你放了一个屁特别臭，所有人都不承认，我说我放的。我知道是你放的，因为那个时间段，只有你挪过地方。"

"别说了，"她不好意思地看我一眼，用小手指在耳际上向后勾了两下头发，"你别说，你的判断力还不错。"听了她的话我心里一阵高兴，可又拿捏不准，这是讽刺，还是肯定。

"说说你的缺点。"

我一愣神："缺点吗，和你也有关。"

"你别老跟我扯在一起。"

"我的缺点和你……"

她一撇嘴："我们之间没有可比性。"

"怎么讲？"

"这么说吧，"她嗯嗯着，"咱们俩人就像两个厂印的书，我们厂子印的书是科技方面的，你们厂印的书是农业方面的，像什么《猪的饲养》《鸡病的防治》什么的，你懂了吗？"

"我不懂。"

"你是真不懂吗？"

"我知道你们上海人一直瞧不起我们东北人，但是我们东北人一样瞧不上你们上海人。十三店那个独眼龙大锅台你知道吧？他说你们上海人最经典，红旗厂人买肉经常买一毛钱的，多说买三毛钱的，这不是喂猫吗？有的人家肉票都用不完。向阳厂人炸个酱最少也要买两毛钱的，这就是大锅台对上海人和东北人的评价。你们上海人一吃饭先摆上五六个小碟小碗，不知道的还认为挺讲究，其实，一半是三天前的剩菜。"

"我看你们东北人吃饭才恶心呢，一大家子人围在一起，就吃一盆菜。"说完咯咯地笑，"你说像不像……"她笑得脸红脖子粗。这丫头片子虽然没说出来，我也知道她要说什么，她不停的笑声让我也笑了起来。

这是几点了，英兰还过来不过来？如果不过来，就这么熬一夜也受不了呀！再有，待会儿真过来，我真把持不住怎么办？不如现在先自己解决，待会儿也好有一个淡定的心态。这么想着我起了床，发泄在哪儿？这么干净的地方，我轻轻地打开灯，找手纸，不对，手纸只有厕所有。关上灯，轻轻开了门，对面屋里有了动静，一会儿大一会儿小，一会儿紧一会儿密，像两条菜花蛇在茂密的草地上厮打。我的心里暗暗窃喜，又轻轻地把门掩上，只露一点儿小缝，支棱着耳朵听，一会儿东屋门突然大开……

我快速上了床佯装睡觉，只见英兰推开虚掩的门，将背靠在门旁，仰头看着屋顶，胸部一次次夸张地起伏。我假装打着鼾声，过了大概四五分钟她依然没有动静，就这么僵持下去等会儿她又回去怎么办？我翻了一个身故意惊讶地睁大眼睛，她看了我一眼没说话，我没趣地坐起来，在酒柜凉杯里倒了两杯白开水，一杯放在茶几上，一杯端在手里，懒散地坐在沙发上，侧着头巡视她笔直的腿。

她不自然地把一只腿弓起，脚踩在墙上，我站起来拿起水杯送到她的面前，她用手挡了一下，然后接过去。当她接过杯子放在胸前我才想到水的多余，我一口将水饮尽，然后轻轻碰了一下她的杯子，她看了我一眼，到酒柜里拿出剩下的二锅头酒，找个空杯放在茶几上，自己倒了有一二两酒，说："今天是你生日。"

我马上接过话茬儿："应该的。"

她嘴角往上一翘说："送你点儿什么？"

听她这么一说我春心开始荡漾，眼前这位，一件秋衣，一条秋裤，都是女人之物，这不明摆着是送人吗？我想着心里美得嘴唇发木，鼻音很重地说："你送什么我都接着。"

她站起身走到酒柜前，把最底层抽屉打开，拿出少半截蜡烛，到厨房找火柴点上举着回来，倒过来烧了几滴热蜡，粘在茶几上说："送你一束烛光吧。"

说着她把酒杯举起来，抿了一口酒说："我一无所有，只好如此了。"酒杯在她眼前摇动，杯上的烛影反射在她的脸上肩上手指上，显得极不真实。

我从茶几上拿起一块大白兔奶糖，剥好递到她的眼前，她感动地说："谢谢，在我的一生中你是第一个给我剥糖的人，也许我妈小时候给我剥过，但我已经记不起来了。"听她这样说我也很感动，手伸到半路又放下。她把奶糖捧在手里，用嘴唇吮了吮，然后慢慢抽送到嘴的深处。我看着她嘴唇轻轻吮动，产生了很多幻觉。我也剥了一块奶糖，像她一样低头将糖送进嘴里，像她一样双手放在胸前。

她坐到床上说："在我记忆里，像你这样将手放在胸前的男人我是第一次见着。"

听了这些话，我想到模仿的行为很失败，为了掩饰尴尬，我也找个杯倒了一两酒，把酒杯举起来，我没管她喝与不喝，自个儿一饮而尽。也许是酒对偶尔小试酒力的人的惩罚，当她刚把酒杯放在茶几上，我有点儿要吐的感觉。她盯着我的酒杯掉下眼泪，脖子抽搐着，嘴颤动着，我闻着她呼出的酒气和身体某部位发出的月季花的香气，一时想不出合适的话。我想劝她别哭了，可今天她每一句话、每一口酒、每一滴眼泪都不是给我的。我从沙发上站起来，走到她对面，我说："刚才看你站在门旁吓了我一跳。"

"别装了，你俩预谋几天了？"听她这么说，我没有回答，把一只手放在她的腰后，来回划动。她将我手拿开，我一下抱紧她，她使劲儿地挣脱，我就势把她摔在床上，并骑在她身上。她用腿顶住我的裆下，向上用力一送，我脑袋顶到床栏，仿佛周身大筋一下被拽了出来。

我像一坨狗屎瘫在床上。

可能是晚饭的酒劲儿没下去，刚才又喝了一点儿，我感到头晕恶心。头晕倒没什么，恶心不一样，恶心的感觉是难受烦躁。这时我想起了英雄王成，就是有一口气也要把红旗插在高地上……我艰难地翻了一下身，在窗台上划拉着笔记本边的钢笔，摸索到英兰的温暖湿润之处，用尽最后一点儿力气掰开她的手，把钢笔插了进去，随着一声尖叫，我用被子蒙上头，昏睡过去。

清晨，我睁开眼睛，英兰在外屋和钱君英小声说："他醒了。"

钱君英喊着："起来了，吃完饭该上班了。"

我翻了一下身，用手掀了一下窗帘，外面射进来一道阳光。我用手支着身子，脚在地上找着鞋。英兰在屋里进进出出，一会儿在大立柜下换跐拉板儿，一会儿哗啦啦把窗帘拉开。她在跟我擦腿而过时一副提心吊胆的样子。我偷偷摸了摸裤衩，又看了一眼床上的褥单，有核桃大小的湿痕。太丢人了！我赶紧将裤子穿好，将皮带尽量系得松一点儿，穿上鞋。钱君英在厨房说了话："两位功臣吃饭了。"

英兰从厕所里梳完妆出来，我坐在昨天晚上我坐的位置上。

第二十一章

因为这一宿，霍国强他们都认为我给英兰开了处。这跟钱君英在同学间胡说八道有许多关系，什么你弄人家那么狠，人家因为你两个星期没上体育课哦。我本来想反击钱君英张冠李戴，可自从她说完这些话以后，像李小燕、杨英都有了顺从我的目光，尤其李小燕，有一次在向阳厂看完日本电影《望乡》，临分手的时候跟我说："伟成，英兰是个二尾子，别理她。你什么时候真闷了找我，我给你解解闷儿。"男同学也有不少人对我另眼看待，霍国强王大力把我当成了大英雄，孙有炳俨然成了我的跟班儿。现在想想这跟我们祖先对性的崇拜有关吧。

我跟英兰说不清是什么关系。自从那天以后，她经常约我到铁道上玩，我经常给她讲起霍国强的一些趣事儿，她听了笑个不停。为了让她高兴我就添油加醋地讲，然后看她脸上深深的酒窝。说心里话，不是霍国强太嚣张，我不会讲起霍国强，因为他在英兰面前太爱吹牛，好像我们在社会上混都靠他戳着。他家哥儿五个，他最小，按说在那个年代他应该长得瘦弱一点，可不知为什么他长得又高又壮，是他生命力过于强大还是父母偏爱娇生惯养，总之发育跟不上疯长，他一到冬天大鼻涕就挂在嘴边上，跟孙有炳提里突噜甭提多吵人了。霍国强冬天还有一个毛病，爱尿炕。我经常给英兰细致地描述霍国强尿在裤子上的印子多么多么像通县地图。

英兰不止一次地问过我，为什么那么喜欢罗娟英？

我说："她长得盘儿靓，学习好，在老师那儿吃香。再有就是管得住我。"

她听了挖苦我说："听钱君英说你挺猖的，没想到你在她面前那么没起色，管得住也是理由吗？"

我听了她的话，甭提多搓火了，可又不便发作。

她说："除了罗娟英你还喜欢谁？"

我本想说还有你，可听了她刚才挖苦我的话，就说："没有。"

我看她失望的眼神想改口，一想算了，她跟钱君英不明不白的，说了弄不好还掉价。我俩一人站在一条铁轨上，手拉手玩着平衡。刚走了十几米，旁边沟里传出蛐蛐儿清脆的叫声，仿佛有金属的成分在里头。

"你等着。"我蹑手蹑脚地下到沟里，蹲下倾听，一会儿石缝里又传出清脆的叫声。这时英兰跟着也下到了沟里，在我旁边朝石缝里瞅，我顺手在脚下撅了一根蛐蛐儿探子，慢慢探着石缝里藏的蛐蛐儿，里面传出更激烈的叫声。英兰兴奋地大叫起来："快看呀，红沙青！"我顺着她的角度往里一看，可不是吗，红沙青侧身踢着我的探子，然后没了踪迹。我看英兰一眼说："你先回避一下，我往里灌泡尿。"

"谁稀罕你那软蛋。"她说着转过身去。

冲着洞口摆弄半天我也没尿出一滴，她急着用手攮着我腰说："快尿啊！"

我羞愧地说："你在身边我尿不出来。"

她说："尿不出来抹抹丢丢摆弄半天啥意思？"

听了她的话我脸更红了，其实我不是一点儿尿没有，只是一见着她就软得不行。我太不是色鬼了。

她看我一声不吭，说："算了，我来吧，不过……你得帮我。"

我说："怎么帮？"

她红着脸说："你把我。"

我说："什么？我把你？"

她说："没听明白，就像大人把小孩撒尿。"她看了我一眼说，"别瞎想，不把我，洞在坡中间怎么尿？"

我不好意思地说："我怎么都行。"

"小时候我爸经常带着我在铁道上逮蛐蛐儿，我走累了爸爸就嘿儿搂着①我，就这地儿我都来过，用尿灌蛐蛐儿的事儿我常干。"

我说："敢情你是老游击队员了。"

她说："别占我便宜啊，不许偷看哟。"

我自豪地说："你还不放心我，那天晚上我一夜都没理你。"

她辩解着说："那天和今天不一样，那天你猫尿喝多了，如果你没喝多，兴许会干出很可怕的事情。"她后背靠在我的胸前说，"帮我脱呀。"

我往下抟着她的裤子，托着她两条腿把她抱起来。

"往上再来一点儿，哎，对准点儿，好了。抱住喽，手别老摸摸索索的，我痒得不行。"话音未落一股巨大的水流冲进石缝，她大声呼叫："妈呀！快逮，跑了！"她腿一绷劲儿想站起来，我没把住，她"哎哟"一声摔了出去。

我顾不上回头，眼睛跟着红沙青一跳一跳的。我想，红沙青，你要跑丢喽英兰可就白脱了。经过四五个回合的斗智斗勇，三捂两扣红沙青终于被我拿下。我兴高采烈地跑到英兰面前，将扣紧的两手露出一道缝隙，让她看了一眼，她高兴得一手提着裤子一手捶着我的后背。

她抓着我手还要看，我说："你先帮我拿一会儿，我摘个蓖麻叶叠个篓儿。"她将两手合在一起留出一道缝隙，我将两手对准她两手张开一道缝隙，当她两手急急把缝儿合上，我张开双手时，心里咯噔一下，心说完了完了，红沙青的一条腿没有过去。

英兰看着我手心里那条红沙青腿突然放声大哭，我怎么劝也劝不住。大约过了二十多分钟，英兰慢慢抽泣说："我想，今天晚上我爸回来，我拿红沙青跟爸爸做一笔买卖。如果想要红沙青就别要吴姨，如果要吴姨我当着她面儿把红沙青摔死。现在红沙青少了一条腿，让我拿什么换回爸爸呀？"说完哭得更伤心了。

我说："你爸不可能因为一只红沙青就回到你身边。"

_____

① 北京土语，让孩子两腿岔开，骑坐在大人肩上，孩子双手搂着大人的头，叫"嘿儿搂着"。

163

她说："你凭什么说他不能回到我身边？"

我说："那是大人的事儿，反正不可能。"

她说："我问你，如果吴姨缺条腿我爸还能要她吗？"

我说："那当然不能。"我哦了一声说，"我明白了，可是……还是有点不明白。"

她说："你稀松二五眼的，不明白什么？"

我说："吴姨不可能没一条腿呀。"

她说："那凭什么红沙青就能没一条腿？你赔我红沙青，你赔我红沙青，红沙青是我浇出来的。"

我说："你别哭，我赔你。红沙青不是石头变的，它可以没姑没有姨，它不可能没有父母。"

她哭着嚷嚷："你就给我逮一只红沙青孙子都行啊，你逮着了，让我干什么我就干什么。"

上哪儿逮一只红沙青孙子去？得碰上算啊！我眼睁睁看着英兰哭着喊着，正当我束手无策的时候，霍国强和孙有炳两个从京津公路上跑了过来。他俩看英兰坐在路肩的坡上头顶着膝盖，肩膀一抽一抽的，霍国强说："哎，你欺负一个女孩儿寒碜不？"

我说："你问她，我欺负她了吗？"

英兰猛地站起来刚想说话，一看一边衣襟还掖在裤子里，慌忙将衣襟拖了出来，满脸通红地冲我说："你坏。"

我本想说我怎么坏了，一想不行，说把她尿尿浇蛐蛐儿，更不行了，唉，我是怎么沾包儿吃的挂落儿？我起哄架秧子说："男人不坏女人不爱。"说完自己傻笑不止。

霍国强用手指着我说："瞅你那样，整个一个冒爷。"他转向英兰说，"他怎么你了？尽管说，别怕。"

英兰哽噎着说："他把我的红沙青弄掉一条腿。"说完又抽泣不止。

我把刚才逮红沙青大概的情形向他俩简单说了一遍，就是省略了我把英兰尿尿灌蛐蛐儿的情节。他俩听完面面相觑了好一阵子。

霍国强狠狠地甩出一块石头，对英兰说："再不哪天咱们找你那个什么吴姨聊聊？"

英兰说："姓吴的今天晚上就跟我爸来我家，你们跟我一块儿回家吧。"

我看孙有炳，孙有炳侧头看霍国强，霍国强说："看我干吗，要去就一块儿去，骚娘们炸刺儿就单挑丫挺的。"

听了这话我心里一沉，在那个年代小孩儿单挑大人的还真没听说过，而且单挑的是一个厂长。

英兰说："走吧，今天晚上我请客。"我们顺着铁道向东走了四里多地就到了十四厂宿舍。英兰站在火车道高坡上说："我家从铁道这边数在第三排东边第二家。你们就在这等着，如果我需要你们下去时会往门外泼一盆水。""成，成！"我们异口同声，目送着英兰下去进了排子房拱门。

我转过头朝着霍国强说："如果英兰真泼水出来，咱们下去找人家说什么？"

霍国强说："我哪知道说什么，她是你的马子。"

我看着孙有炳说："怎么，尿了？"

孙有炳说："我俩不冲你的面子认识她老几呀！"

我听了他俩这话，心里骂，这两块料，用当时的北京话说，就是个口犯，一到褃节儿上准掉链子。不过我心里踏实了不少。我刚想说待会儿英兰往外泼水，你们不去我自己去，就听孙有炳说："你听，好像是打起来了。看，门口儿有不少人，可能是劝架的吧？"

我们仨互相对视，不知所措，英兰家的门开了，洗脸盆真的飞了出来。孙有炳惊呼："快看呀，脸盆里没有水。"我们开始讨论下去不下去。一个三十多岁的女人从屋子里冲出来，接着一个中年男人尾随其后。我猜测前头那女的准是吴姨，后头那男的肯定是英兰她爸了。女人拐出排子房出了拱门，站在路边一辆212车前。她走两步抬起腕子看看表，回头望望拱门。中年男人边跟邻居打着招呼边解释着什么，他走到212车前捅开车门，女人在一句紧似一句说着什么。车子点着了，我们仨又互相对视了一下眼神，迅速下了铁道。望着212绝尘而去的背影，我们气喘吁吁跑到英兰家门口儿。一个中年妇女一边收拾着倒地的花盆一边问我们找谁，我捡起院门边的脸盆说："我们是英兰的同学。"

孙有炳走进屋里朝英兰说："你不往外泼水扔什么脸盆呀？"

英兰听了孙有炳的话大喊："我……我脸盆都扔出去了还用泼水吗？"

霍国强说："英兰，别误会，就因为盆里没有水，孙有炳怀疑是你爸生气扔的，或是那女的撒泼扔的，咱们刚才是说好的，只泼水，可没说扔脸盆呀。"

英兰说："没水我不扔脸盆？好好好，如果你们今天不吹牛，我能跟他们翻脸吗？这倒好，钱钱没给，粮票粮票没留下，我拿什么请你们吃饭，没事儿请回吧。待会儿我奶奶哄完我弟弟睡觉，过来看见你们不好。"

我听了她的话心里有说不出的委屈，我真心想帮她，可不知道怎么能帮得上。英兰看我尴尬地站在屋中间，说："回去吧，过两天我去找你。"

北京秋天很快就过去了，两次西北风一刮，就进入了冬天，英兰好像也找到了依在我胳膊上的理由，透过她挂在两颊的长发，我感到了她清香的呼吸。我挽起她的胳膊，她把手插进我的兜里，我俩走在铁道路肩上，一列火车飞驰而过，她贴着我的身子瑟瑟发抖。

她说："有一天我死了你还会记得我吗？"

我没有说话，用胳膊肘子夹紧她。

她顺着我的劲儿紧紧地靠着我。我知道她依在我的怀里并没有我想的那么复杂，其实我也并不复杂。

我双手插在裤兜里，缩着个脖子，飞快地走起来。我俩穿的黑条绒白塑料底棉鞋，在石子上发出很大的嚓嚓声，听着这种鞋踩出的声音，我从一时的惬意转为对她的怨恨。她所需要的根本不是我的臂膀，她需要的是钱君英，我不过是钱君英的替代品而已。

她很少主动跟我说话，只有我问一句她才答上一句，以至于我怀疑是不是因为我话瘪她才找上我。有一次她突然问我："你猜敌敌畏什么味道？"

我停下脚步迟疑地说："可能是甜味儿。"

她说："你尝过？"

我说："我尝它干吗？"

她说："那你说是甜味儿？"

我说："既然是毒药都应该是好味道，要不怎么让人上当呢？资产阶级的糖衣炮弹……"

她"喊"了一声，快步往前走起来。

我追上去说："那你说什么味儿？"

她突然放慢脚步，回头说："辣味，可辣可辣了。"

我说："你尝过？"

她点点头："只是用手蘸了一点儿尝尝，辣得我在水龙头前冲了十多分钟舌头。"

"你真尝过？"我睁大眼睛看着她，"牛！哎，我们厂子大刚你知道吗？前些日子就是喝敌敌畏死的。"我看她眼里闪着泪花，忙说，"你不会想死吧？"

她摇摇头，走到拖拉机厂南门她站下来，说："你们院儿大刚喝敌敌畏死了，我们院儿王姨为什么喝敌敌畏没死呢？"

我说："那是幸运碰上假药了。"

她泪眼蒙眬地望着我。

我看她心情不好便转了话题。

第二十二章

星期六，霍国强找到我说："明天就是小年了，我妈让我去趟张家湾，给姥姥家送十斤白面。我找几个人一块儿去，明天正好是集，运气好还能看到武棍表演。中午在我姥姥家吃午饭。"

我说："钱君英前几天还问我去不去宋庄赶集。"

他说："去张家湾不是一样吗？"

我说："那我跟她说说。"

第二天早上八点，大家在向阳厂门口儿集合，罗娟英骑一辆飞鸽大链套，钱君英骑了一辆永久二六，霍国强把面袋搭在孙有炳车上。

我对钱君英说："张家湾离这十八里呢，我带你吧。"

钱君英抿嘴看了罗娟英一眼，说："这合适吗？"

罗娟英说："说什么呢？"

钱君英说："没听见算了。"说完把车让给我，我接过车，罗娟英笑着推了钱君英一下肩膀。

霍国强看我接过钱君英的车，他也接过罗娟英的车，罗娟英从后面揪着他的衣服一撇大长腿上了车。霍国强故意一晃，罗娟英没有保持好平衡差点儿仰下车去，她揪住霍国强的棉衣，攥紧拳头照霍国强后背重重地擂了一下。

那时京津两地往来货物除了铁路就靠京津公路了，就这样路面上的车也不多。向阳厂是中央直属单位，拥有的车基本涵盖了马路上常跑的车型，有一辆上海牌小轿车，一辆能坐三十六个人的大轿车，两辆大解放，一辆加长130，还有一辆是解放前的吉普，很少开。听我二大爷讲，那辆车特有劲，跑得也快，开快了抖得厉害。我问为什么，他说这个车太老了，是抗战时的产物，车上的零部件百分之二十是厂修理部赵小秋车铣刨磨来的，你想，他再能儿也跟原件有差距呀。剩下京津路上常跑的车就是农具车了，有大四轮拖拉机、小四轮拖拉机、手扶拖拉机、马车、驴车……马路两边从北苑到土桥有十多个厂子，剩下全是农田。哪像现在到处都是高楼林立，小区起的名字洋气得不行。原来木材厂现在改造成小区叫亚丽仕居，原来的岩棉厂现在改成叫罗斯福广场，土桥现在有好几个开发小区洋气得都记不住，如果只听名字你就像生活在外国。做买卖的给自己起名字就更邪乎了，什么国际，什么中心。2000年我租了一个门脸儿干了一家饭馆儿，也想起一个大名字，叫环球美食，或者叫世界美食广场，但很不幸，俩名字全让人注册完了。没办法，那我也起了一个不小的名字，叫蒙古人美食街。因为这个名字没少误导人，很多食客问我店里服务员，这个街上怎么就你一家饭馆儿啊？我们服务员也会说，屋里的过道不就是街吗？谁听谁不骂街？后来，我在屋里过道两边装了十个公园式路灯，让人一进饭店就有露天的感觉。

霍国强带着罗娟英，美得鼻涕冒泡儿一个接着一个，罗娟英坐在后头挺着胸抬着头，手僵硬地拽着霍国强扭动的腰，甭提多不协调了。在那个年代，谁家要有一辆飞鸽牌自行车可牛了。我听罗娟英说，她家这辆自行车车票是县委宣传部长的指标，不知怎么就转到她妈手里来了。罗娟英和她妈买车前并不会骑车，让她爸教她爸就是不教，可这不妨碍娘俩将车据为己有，一三五她妈推着自行车上班，二四六她推着自行车上学，放了学我们班六七个女生在操场上教罗娟英学骑车，只是为了骑一两圈儿过过瘾。

霍国强风驰电掣般在前面猛蹬，罗娟英不时让他按着双铃，她看我驮着钱君英在后头苦苦追赶，不时发出银铃般的笑声。霍国强滑着倒轮在前面等着我和孙有炳，等我们追近了他又玩儿命地蹬起来。罗娟英不停地叫着"打铃！打铃！"那铃声在冰冷干燥的马路上显得格外清脆。

我驮着钱君英跟孙有炳正苦苦追赶，一辆小四轮拖拉机在我们身边飞驰而过，霍国强往马路外掰着车把骂了一声，然后大声喊："魏生京……魏生京……"他加快车速追了上去，我扬起头塌下腰也紧随其后。小四轮像一个怪兽，嗷嗷地叫着，我和霍国强吐着舌头玩儿命地追，我们一直追过轧花厂，一列火车把小四轮截停在路中央。我们追上魏生京，霍国强大骂，魏生京刚想发怒，摘下墨镜一看是我们，忙说："对不起，对不起，快半年多没见了，都成双入对了？"

罗娟英、钱君英红着脸，霍国强问："你去哪儿？"

魏生京说："去张家湾集给大队部拉点儿土豆白菜，怎么，你们也去赶集？"

霍国强说："你孙子说对了。"

"那还等什么，上车吧。"魏生京说。

其实，我是真不爱上他的车，我看着霍国强和魏生京争着托罗娟英和钱君英的屁股上车，心里甭提多不舒服了。他俩将自行车一辆一辆地往上搬，罗娟英和钱君英将车支好。魏生京给我们几个一人递过一条麻袋，我们还没坐稳，魏生京的车就启动了，扑通扑通一阵乱响。罗娟英说："魏生京，你开车怎么比别人声大多了，像拳头打人的心脏。"魏生京不好意思地说："反正油也不是我们家的。"车子慢慢地启动了，路两边的大杨树一棵一棵甩在后头。在小时候的记忆里，树就这么粗，一个人搂不过来，现在依然搂不过来。听说这条路是备战路，备战路的特点就是舒展的"S"形，为防飞机轰炸设计的。

车到了土桥开始慢了下来，拐弯下道就是石子路了，路两边有不少赶集的人群，肩扛手提地往集上会合。越往前走人越多，走到张家湾石桥前，魏生京将车停在路边卖狗肉的摊旁，他回过头说："车走不动了，几位该下去溜达溜达了。"

霍国强说："车就停在这儿？"

魏生京说："待会儿把车停在那边的麦地里。"他用手指着西北面的大野地。霍国强下了车，扶着罗娟英和钱君英也下了车，霍国强在车下接着我和孙有炳手里的自行车，他把飞鸽交给罗娟英，把永久交给钱君英，我跳下车接过钱君英的车，跟在霍国强、罗娟英后面。孙有炳推着直喊："等等我呀。"

170

我们在人流中穿行，躲着手推车，让着挑担子的、牵牲口的，霍国强不时地回头招呼我们跟上。前面响起了鞭炮声，先是二踢脚，接着是一挂小鞭儿。霍国强兴奋起来，集市上人山人海，摩肩接踵，我盯着霍国强的人头还要躲闪着迎面过来的人群，一会儿霍国强就没了影了，钱君英和孙有炳也不知道挤到哪儿去了，只剩我和罗娟英走走停停。

　　前面有一辆小驴车迎面过来，我和罗娟英把车靠在摊边，看着卖剪纸的摊主和买主讨价还价。地上摆的剪纸题材多是些鸳鸯戏水、连生贵子、五福捧寿，还有简单的福字、双喜字、龙凤呈祥、吉祥平安，还有一分钱一张的折枝花卉、禽兽虫鱼什么的。接下的摊位是卖年画的，有不少人在挑选着。其实，我对年画是不屑一顾的，这和我家所处的环境有点儿关系。我们两个厂子每年基本上都印些挂历年历，每家都能分得一本，那一年向阳厂就印了一张非常畅销的年历，画面上是一个三十五岁左右的女子，烫着一个半长发，穿着一件黑白格毛衣，口如鸡血红，脸似羊脂玉，身条丰腴而性感。在那一年这个头型满大街都是，我姐照着年历抹红嘴唇，一天抹好几遍。

　　挨着年画摊是卖针头线脑的小商品摊。罗娟英把车支好，然后蹲下，在一堆塑料小花里挑挑拣拣，她把一朵黄色小花造型的捧在手里看，又拿起一朵红色的，把两朵放回去，又拿了一朵绿色的瞧着，然后拿两朵放在手里。摊主拿一面缺了一大角的镜片递给罗娟英，她一手接过镜片照着，一手将一朵绿色的花戴在鬓角上。我在她后面看了一眼，朝她吐了一下舌头，她回头朝我不好意思地一笑。我说："你真有眼光，刚才在镜子里看你，盘儿真靓。"罗娟英从兜里掏着钱。

　　我问："多少钱一个？"

　　摊主道："一毛钱两个。"我一只手扶着车一只手也掏着兜，罗娟英从编织的玻璃丝钱包里掏出两毛钱递给摊主，她蹲下又选了两朵黄花。

　　我说："买了就戴上吧。前两天我就看白丽在辫子上系了两个小红花，可好看了。"她一边推车往前走，一边抿嘴乐。

　　前面孙有炳在人群外向我俩连喊带招手，这时钱君英推着自行车也挤过来了，还买了麻花和大顺斋糖火烧放车筐里。我指着车筐问她："给我买的?"

钱君英说："美得你! 待会儿大家吃。"

罗娟英让钱君英看她买的塑料花，将两朵黄花送给她。人群里噼里啪啦响着鞭炮，一会儿鞭炮停了，十几个孩子一拥而上，满地拣找着哑炮。我看见前面是一群练棍的小伙子，练到精彩之处，围观的赶集人不时地叫着好。我一眼看见了霍国强也在人群里，大声喊他，霍国强回头朝我们夸张地做着手势："快来快来，这些耍棍的都是张家湾本村的，张家湾的棍术在北京名气可大了，经常看他们在场院耍棍，我还跟他们练过呢。"

我说："你哪天给我们舞弄两下，也让我们开开眼。"

霍国强说："压了两天腿，蹲了几天骑马蹲裆式，后来回城上学就不练了。"

我说："刚才我问了一下，快十一点了，咱姥姥家离这儿多远? 别中午做饭没带咱们份儿。"

霍国强说："往前走，前头那棵老槐树，那个胡同朝里走一百米不到，向右一拐第一家就是我姥姥家。"他手指着老槐树。

我们一行人绕过人群，拐进胡同，进了霍国强姥姥家院子。我们把自行车支好，霍国强掀开棉门帘儿把我们让进屋里。霍国强推开东屋门，嚷嚷着让姥姥给我们弄点儿吃的。姥姥姥爷看我们几个站在地中间，把烟笸箩往炕里推了推让着座。姥姥问罗娟英和钱君英："闺女，吃米饭吃烙饼呀? 村里过年每人又发了六斤白面。"老太太朝霍国强说，"头三个月你妈给我捎来的十斤白面还没吃完呢。"

霍国强把狗皮帽子扔到炕上说："怎么还没吃完? 这次我又给您带了十斤面。哟，在孙有炳车上呢。"说着催着孙有炳下炕去取，姥姥也跟了出去。我看着孙有炳把面提进屋来，问霍国强："家里有红薯扔灶里烧两个吃呗。"霍国强应着下了地。就听外屋姥姥说着霍国强："耙子，抱一捆柴火去。"霍国强出了屋，从屋外抱了一大捆玉米秸，放在姥姥身后。姥姥说："快去吧，屋里陪同学聊天去，红薯已给你放灶

172

里了。"

一会儿霍国强回到屋里给我们一一倒水，看罗娟英对着杯子直皱眉，说："农村就这样，不干不净，喝了没病。"说完走出去，从水缸里舀了一瓢水端进来，给罗娟英递了过去，说："你先喝，剩下是我的。"我听了恶心死了。我看着罗娟英。她把手放在眼前急切地摆着，霍国强看她没有喝的意思，自己咕咚咚儿喝个底儿朝天。喝完他把瓢放在了门后的水泥柜上，说："姥爷，外屋又下了几只小猪？"

姥爷说："下了十一个死了一个，前几天变天，这不挪屋里来了。"

霍国强说："过几天我妈说过来给您送点儿肉来。"

"告诉你妈，这儿啥都不缺，后街小顺子正给我联系着屠宰的人，家里准备把驴杀了，好歹也能卖个百儿八的。"

霍国强从窗户向外望着，我们大家也顺着他的视线张望。猪圈后面拴着一头驴，它一瘸一拐在踱着步子，时不常朝屋里望着。

我问姥爷："它怎么瘸了？"

霍国强接过话茬儿说："上个月让种子公司杨百昌的拖拉机给撞的。妈的，我姥爷命大，逃过一劫。"他手指着堆放在猪圈后面的碎木头，接着说，"那些柴火就是以前的驴车。"

我们几个听了都不觉笑了，都庆幸姥爷命大没事儿，笑着又觉得不对劲儿，我憋着笑说："你太能侃儿了吧，再牛的车撞得再厉害也不能给撞成劈柴呀！"

他说："撞散了架，不就劈成了柴火，你看猪圈墙旁边立着的大轱辘，跟麻花有什么区别？"说完他瞅着钱君英身边的两个麻花和两个大顺斋的糖火烧。钱君英把麻花和糖火烧放在炕桌上，我们大家围坐在一起，钱君英先给靠墙坐着的姥爷递过一个糖火烧，说："姥爷，麻花您咬不动，您吃个糖火烧吧。"

罗娟英也说："姥爷您吃吧。"

姥爷边拿起身边的烟袋边说："我不吃这甜嗖嗖的玩意儿。"

霍国强说："我姥爷真不爱吃甜的，每年过年我妈都给姥爷买斤糖，姥爷最多吃一块。"

说着他拿过钱君英手里的糖火烧狼吞虎咽起来。

我看罗娟英盯着麻花，说："咱俩吃一根麻花，你分，我手脏，你分剩下是我的。"

罗娟英拿起麻花，认真地从中间掰开，说："你先挑。"

我拿起稍微小一点儿的那半，小手指轻轻地挨了一下她的手心。

罗娟英脸一红瞅着我，我赶紧打圆场马上说："以前我记得大牲口是生产资料，不能随便杀的吧？"

姥爷说："自头年包产到户，驴就分给我们了，我想，杀驴不是问题了吧。"

我问："这头驴能治好不？"

姥爷说："我给它算了一下年龄，它过了年整十一岁，驴活一年顶七年，照这么算下来，它比我还大四岁。"

霍国强气愤地说："自到咱家来，别说叫唤，响鼻儿都没打过一个，没事儿就麻搭着眼睛睡觉。曹四家小母驴向它犯骚，咬它脖子，转着圈儿和它腻歪，它那个玩意儿连露都没露一下。"

姥爷说："去年还能拉个柴火拉个粪，现在……唉！"

我说："那就杀了它卖肉吧。"

姥爷说："前些日子，马桥的马瞎子说来帮忙给杀了，谈了半天，答应把下货给他，这几天过节一忙又没话了。"姥爷无奈地摇摇头。

我听到这里脱口而出："我杀！"

话音一落溅起一片笑声，霍国强看着我，若有所思。

饼一张一张上来，我看着霍国强的吃相笑着说："姥爷，霍国强说集上那些练棍的在亮旗，亮旗和走会有什么区别？"

姥爷看我问起这事儿来了精神，他说："今天你们看的叫亮旗，亮旗是亮旗，走会是走会。走会之前必先亮旗，一过正月村里的年轻人就在村里练习亮旗，今天有集他们在集上凑个热闹，往常他们都在村中庙前空场上练，每到年根儿都要练上十天半个月的，就等正月十五这天走会。"

我向前挪了挪屁股说："姥爷您说说什么叫走会？"

姥爷捋了捋胡子说："要说走会话就长了。"他停下来看着桌子对面的罗娟英说，"闺女想听吗？"罗娟英使劲儿地点着头，我们几个也跟着点头。霍国强手撕着姥姥端上来的饼说："走会不就是十几个村在一块儿表演吗？"姥爷点了点头，打开了话匣子："咱们村论表演是最差的。咱们村过去是运河大码头，有沧州过来的移民爱舞棍棒。很早有个传说，说的是宋朝开国皇帝赵匡胤路过咱们村，走得人困马乏，村里有那么十来个青年向赵匡胤讨过桥钱，赵匡胤不给，嚷嚷不过动起手来。你别说赵匡胤武艺确实高强，一连放倒了三四个使棍青年，但好虎架不住群狼，时间一长赵匡胤两个鬓角就冒了汗。正在赵匡胤支持不住节节败退时，卖油的郑子明从此路过，见这么多人打一个外乡人，气不忿，便上前劝架，怎料这群年轻人打得兴起，郑子明无奈接招，经过多番恶斗，赵匡胤和郑子明制服了村里这帮年轻人。后来赵匡胤黄袍加身当了皇帝，每当他跟儿子们讲起自己人生险境时，都要讲起这段经历，并赞叹咱们村的棍法三抽、三捂、三月子、二龙头都有自己的特点，让他回味无穷。多少年来，咱们村也因为这个故事，棍法名声大振，有人开玩笑说：忽必烈损兵折将打了那么多年才灭了大宋，咱们张家湾几个青年就用一套棍法差点儿灭了大宋。"他说完发出爽朗的笑声，他的笑声带得我们也兴致盎然，我们红旗、向阳两个厂子所在的北苑离张家湾仅九公里，我们祖上当年应该与张家湾也有些瓜葛。

姥爷夹了两口土豆继续说，"耙子，你小时候我跟你妈说了不下十次，让你三舅教你几招，你妈就是不听，总怕你的胳膊腿伤了，总怕你耽误了学习。这倒好，学习没学好，武艺也耽搁了。"

霍国强说："我没上学之前，三舅教过我几招，刚才您说的三抽、三捂我就会。"

姥爷说："你只会说说吧，咱们张家湾的棍法有七十二套，定式四百二十多个，散打套路还不在其内，这么说吧，没有三五年的苦练你出不来。"姥爷越说越有兴致，他咬了一口饼说，"通州走会走得好的至少也有二十几个村，南边这几个乡有八个村走得不错，号称南八会，以潞县村为会头，以靛庄为会尾，我们每年正月十五都到靛庄南口外、许各庄西口外集合，自我记事起每年也没少两千人。每年由许各庄负责坐具和茶水，聚齐后向北出发，从吴营村村北过桥，沿十余里香道直奔里二泗村北大运河南岸庙前空地，花会队伍从头到尾几里长。参加走会的所有村都到齐后，主持一声令下，旌旗招展，鼓乐喧天，接着开始进香，各会会首依次到四重殿上香之后，各档花会表演先后进行。表演到中午，回到许各庄打尖吃饭，下午继续表演，我最喜欢码头村的龙灯会，看了一辈子了，百看不厌。"

"你还让耙子他们吃饭不？"姥姥用箅子托着饼，放在桌中的小笸箩里，一会儿又拿上来烧得焦黄甜香的红薯，瞅着就流口水。

我说："姥姥一块儿吃吧，别再忙了。"

钱君英往炕里挪着屁股，我也挪了挪。"姥姥您上来吧。"我们七嘴八舌让着姥姥。

"我再给你们放个汤。"姥姥说着出了屋。

姥爷说："耙子，让同学们吃。"说完他从炕边拿了一块毛巾擦着眼睛，显出困意，"我老了，学也学不好，要想了解走会，正月十五让耙子带你们去看……"

我们在霍国强姥姥家吃的这顿饭，按现在说很一般，可在那时的农村可就是上等饭了，葱花饼、大酱烧土豆、鸡蛋甩袖汤，还有烧红薯，外加钱君英买的麻花、糖火烧，我们在炕上吧唧吧唧的咀嚼声，招得门外老母猪和几个小猪哼哼唧唧流口水。我觉得霍国强、孙有炳吃饭的吧唧声特别像老母猪吃食的动静，哪像罗娟英、钱君英那样细嚼慢咽。

霍国强要给罗娟英夹菜，我赶在他前面给罗娟英夹了一块酱土豆。霍国强用手捏紧鼻子，响亮地擤出鼻涕，那鼻涕飞出一丈多远，正好粘在了水泥柜的角上，鼻涕里裹着一块土豆碎块。霍国强用手背抹了一下鼻涕，然后到篮筐里又撕了一块饼。罗娟英看着柜角的鼻涕往下滴答着，放下筷子，她说了句："大家慢慢吃。"说完穿鞋下了炕，出了门。我穿上鞋跟了出来，罗娟英在门口儿吐了两口酸水。我问："没事儿吧？"罗娟英摇摇头。

我走到厢房前看着那堆劈柴，你别说劈柴堆里确实有驴车的零部

176

件，有几块劈柴还沾有血斑，有一块血斑里还粘着花白的驴毛，我抬起头，看了眼槽边的驴。我想，这一定是它身上什么地方撞掉的毛吧？我在它棕色夹杂花白的身上来回踅摸，什么地方缺失的毛呢？

驴警惕地用眼睛睃着我，它张大鼻孔，翻着嘴唇里的草末，龇着比我还黄的板牙，挺着脖子扬着头，下巴颏子故意端得老高，做出古怪的表情。我也学着它的样子，驴哆嗦着嘴唇乐着，我也乐着，它多像霍国强呀，一乐就故意咧着嘴，把两个后槽牙夸张地露出来。

"这头驴自进了门都没这么喜兴过，你怎么跟它玩儿好了？"霍国强从后面走过来。

我回过头说："你姥家这头驴可能是哪个人快转世了，你看，笑得多有人情味儿。"

霍国强说："那就杀了它吧，赶紧投胎。"

我说："那就赶紧找人吧。"

霍国强说："哎，你敢不敢杀？"

我看着他的眼睛说："让我杀？不是开玩笑吧！再说，杀大牲口死了投胎会变牲口。"

霍国强说："照你这么说，只有杀人才能转世成人？"他走到我的面前搂着我的肩膀小声说，"姥姥托了好多人，大年景的杀猪都杀不过来了，哪有时间杀驴？而且有的村农田是分了，大型机械和大牲口还没分下去，对政策吃不准，谁惹这麻烦？"

我说："你听谁说的？"

他说："我姥姥说的。"

我说："那就别杀了。"

他说："一条腿两个月都没着地了，整天吃喝不少，而且一天比一天瘦，这月份又青黄不接……"

我想了一下说："你说的也是，要是我家的驴也得杀。"

他说："我姥姥说，谁杀了驴下货归谁。如果咱俩给杀了，下货全归咱俩，你愿意给罗娟英、钱君英她们俩，我绝不拦着。"

我说："这么大牲口我也没杀过呀，长这么大我只杀过鸡。"

他说："怎么杀的?"

我说："甭提了,那次我爸非让我杀,说练练我的胆量。我爸说,你哥你姐都从文,你就应该从武,家里定向对你培养尚武精神,希望你在外面为人做事儿闯一点儿,别像你哥哥,太老实。"我学着我爸的话。

他说："别说那么些废话了,怎么杀的鸡呀?"

我说："把鸡膀子锁住,把鸡脖子侧放在地上,一菜刀下去,然后把鸡扔在了楼下的菜窖上,没想到那鸡没了脑袋还能跑,这追我呀!我一下跑出很远,回头一看,鸡还扑棱扑棱挓挲翅膀追我呢,敢情鸡脑袋给剁下一半。"

霍国强说:"你杀驴就不能这么杀。"

我说:"你说怎么杀?"

他说:"驴的脖子太粗,刀剁不断。"

我说:"那你说怎么杀?"

他说:"我小时候看过杀羊,用刀捅在脖子的大动脉上。"

我说:"动脉在哪儿?"

他歪着头,用拇指压在自己脖子的侧面,说:"就在这儿。"我看着他的脖子,他又说,"反正像你杀鸡一样杀驴是绝对不行。"

我说:"如果一刀下去把口子豁大一点,失血过多不也能死吗?"

他低头沉思了好一阵说:"你说的也有道理,失血过多肯定得死。"他说完去了下房,当他从房里出来的时候,手里提着一把砍刀,他用手摸了摸刀刃说,"劈车架子就用的这把刀,你看快不快?"

我从他手里拿过砍刀,用拇指轻轻试了一下刀刃,感到还可以。我想,凭我的力气砍一刀肯定死不了,可真砍正了,没准儿过半个小时失血过多能倒下。再有,这头驴的年龄都七八十岁了,又受了伤,如果今天我不砍,过几天兴许自己就倒下了,那不亏大了。如果砍了,点儿正一点儿几十斤下货就到手了,霍国强说话再反悔,半套下货是没问题。他也说了,下货给谁他都不管,我为罗娟英砍一刀也值呀。再有,这头驴真要因为我这一刀死了,这事儿传出去,社会上谁还敢惹我?想到这里,我觉得从哪方面讲都是个大便宜。我抬起头看了看驴,驴正用眼睛

178

翻弄着我，我对霍国强说："驴太高了，不好下刀，能不能让它低下头？"

霍国强低下头沉思了片刻，从屋里提出一桶水放在驴的前头。驴将头放进水桶里，湿了湿嘴，慢慢地抬起头，驴嘴两边白花花的胡子上沾满了水珠儿，这些水珠儿在棕色毛的衬托下，在阳光下发出紫色的光。

这头驴大概知道我想在它身上干坏事儿，它向我翻着白眼儿，这时霍国强又给驴提了半桶棉籽儿饼，他轻轻地放下桶，驴看了一眼桶里，然后用嘴唇蘸了蘸棉籽儿。我心里默念，驴贤弟呀，不是我要杀你，是霍国强一家看你腿瘸不中用起了杀念。驴老弟呀，屋里那老太太说，她到外村找了好几次杀你的人了，只是年根儿了他们都忙，腾不出工夫来杀你。听屋里的老头说，你们驴活一年顶七年，照这么一算你也七老八十了，活得也够本了。听我妈说，她有个弟弟，十来岁就死了，他跟谁讲理去？驴老弟呀，我举刀时你可千万别动地呀，如果你不老实没给你痛快喽，把你放在阴阳两界之间你可千万别怪我呀，我爸说了……

霍国强在旁边催促着说："你磨叽什么呢？快下刀呀！"我蹑手蹑脚慢慢向驴靠近，突然举起砍刀。驴看着我落下的砍刀，并没躲闪，它低下头朝我顶来，只听咔嚓一声，砍刀重重地落在驴的鬃毛上，一节齐刷刷的鬃毛顺着驴脖子滑落下来。驴发出奇大的怪叫声，同时驴脖子侧面飞出一道血光正溅在我的眼里，我眼前一片漆红，我"妈呀"一声将砍刀顺手甩了出去。

姥姥循声从屋里跑出来，看我满脸是血，惊惶惶问清是怎么回事儿，然后说："孩儿啊，你真是一员福将，从今往后鬼一辈子都上不了你身了，而且一见你就会原形毕露。"

驴在不吃不喝七天后的凌晨，也就是大年三十晚上，霍国强放完最后一个二踢脚后轰然倒地。我没有得到霍国强的承诺，连个腰花也没得到，而且，还受到了霍国强一家人的埋怨。姥爷说，没有我那一刀，驴不至于绝望，很可能经过一段时间的调养，恢复如初。这些话霍国强转告我的时候，我心里不舒服极了。霍国强继续说："大年初一我们一家人忙活剥驴，驴皮剥下来，肠子肚子心肝肺就掉了下来，除了骨头哪有肉啊。姥姥哭着说，如果没有你这挨千刀的一刀，驴不会绝食七天而亡。两百多斤驴肉也不至于丢喽。"听霍国强说到这里，我哪还敢提驴下货的事儿。

不过有句话叫什么来着？记得后半句叫收之桑榆，意思就是东方不亮西方亮。我虽然没得到下货，但我在社会上威望提升了不少，尤其外校玩儿闹、社会上顽主，都知道北苑学校有一个人一刀杀死一匹军马。

从驴转马怎么来的我不知道，但我知道我的名声非常大。春节刚过，我帮助王大力去北光厂盯个茬儿辈儿，没想到被二十多人给围了，其中一个戴羊剪绒帽子穿回力鞋的问："谁给你们戳份儿？"孙有炳看势头不对，大声喊："你们知道他是谁不？"孙有炳指着我，"他就是一刀杀死军马的徐伟成！"围在前后左右的学生听了当时就傻了，他们像看动物园的猴子一样看着我，其中有一个戴皮手套的学生走到我的眼前，点头哈腰抱拳作揖地说："您就是冲进兵营杀了张家湾军马的徐哥呀，久仰大名，今日一见真是三生有幸。"说着脱下皮手套伸出手来说，"您跟我握个手就算您消气儿了。"我双手插在兜里，真想和对方握握手，但手抖得太厉害。我说："下次吧，今天这事儿你也看出来了，真要动起手来，你们几个屁股上都得挨两刀子。"我低头看了一眼自己的裤兜，意思是告诉对方我兜里有刀子，二十几个学生看着我裤兜点头哈腰，异口同声地说："那是，那是……"

我说："大力，你跟哥儿几个聊着，我跟孙有炳说两句话。"说完我给孙有炳使了一个眼色，到学校的北墙底下抽烟去了。孙有炳给我点上烟说："这茬儿辈儿铲得漂亮，就你这镇静劲儿真叫人佩服……"

我说："今天你不胡吹那几句，咱们都得被人花喽。"

他得意地说："今天没提我哥小日本三个字，要是提了非把他们吓尿喽。"

我心里想：你小子，不吹牛能死啊？

180

第二十三章

正月十五，我们十几个同学约好，早上八点在向阳厂家属院儿门口儿集合。我到楼前车棚子里取出自行车，看见大门口儿王大力戴着棉手套和孙有炳打闹，我屁股坐在大梁上，单脚滑轮来到他俩面前问："这帮怎么还没来？"孙有炳躲开王大力一拳说："再等十分钟，不来就不等了。哎，罗娟英说不去了，李小燕又找她去了，到底今天去不去？"

我说："你要不知道我就更不知道了。"

他说："这话怎么讲？"

我说："你不是跟李小燕家住前后院儿吗？"

他说："你还跟周红是街坊呢。"

孙有炳说这话是揭我的伤疤，我因为给周红起外号叫周嘎巴儿，被她哥扇了两大耳刮子。

我红着脸说："小尿，找抽是不？"我俩你一言我一语逗话儿，旁边有几个同学帮着腔。霍国强问王大力："白丽、杨英、钱君英她们不都说去吗？怎么一个没到？"

王大力说："我出厂门时看见白丽了，她说等钱君英呢。"正说着，王大力喊："她们来了。"

钱君英她们骑车到我们前面说："不是等罗娟英我们早到了。"

罗娟英说："她死活让我去，走吧。"

我们十几个同学先后上了车，浩浩荡荡奔潮县杀了下去。霍国强和王大力在前面撒把骑着车，不时地打几个呼哨儿。

拐过木材厂，清冷的阳光照在头顶，一辆接着一辆的汽车带着风声从我们旁边飞过，我们时不时躲着交汇的车流。孙有炳在外手石子路上压了一块石头，他一拐车把裤腿卷进了链子，他左晃右晃，杨英尖叫着躲着，王大力骂着孙有炳。

"你他妈腿还没麻秆粗呢，跟上吊的绳子似的，玩儿什么飘哇!"大家听了发出一阵阵笑声。

孙有炳说："我从来不跟傻帽儿说话。"

王大力说："我正相反。"

孙有炳空滑着轮下了车，我也跟着停下，一只腿跨在大梁上说："没事儿吧?"

他说："没事儿。"一边说一边用手擦着裤脚上的油泥。他扬起头，牙上带着血说："这厮前两天在霍国强家说你耍鸡贼，说你嘬手指头。"

我说："我怎么嘬手指头了?"

他上了车蹬起来说："上次你开支请大家去北海公园玩儿没叫他呗。"

我紧蹬两下车说："哦，没叫他就抠，我没叫的人多了。"

说着我俩追上大部队，王大力用眼睛斜棱着孙有炳。为了把话岔开，也为了灭灭王大力的锐气，我说："刚才过木材厂门口儿，地上还有那么多鞭炮，今天他们厂没少放呀，你们厂今天放的人多吗?"我问这句话就想寒碜寒碜他厂，他们厂上海人居多，生活比较细致，让我们厂子人说就是抠儿嘬手指头。他们厂每年买炮的人不少，但就是点到为止，一家买上两挂小鞭、几个二踢脚，一块钱左右搞定。我们厂一般家庭也要买三块钱的，像刘强他爸，四分钱一个二踢脚一买就一百个，三毛二的鞭一买就十挂，有时候还买六毛一挂的小钢炮，天女散花、钻天猴，一买就十来个，仅他一家就得花上十块多钱。我一问这话，红旗厂的同学都不吭声了。

过了土桥，霍国强说："咱们不走潞县，从潞县去许各店就绕了。咱们从前面的路口儿下道，上运河大堤，直奔里二泗庙。"

我们车队跟着霍国强上了大堤，一上大堤有北风的帮助，我们骑得更快了。路两边的钻天杨傻大傻大地立在堤路两边，我觉得特像通州农民的写照。通州大多数农民那个年代一天也就挣七八毛钱，这是不错的

182

村，不好的村出一天工挣两三毛钱。对岸的堤路两边也是两排白毛杨，坡上荒草一片。河岸两边是一片一片农田，田边堆积着一片片鱼鳞状的残雪，树和村庄星星点点在田野里兀立着。那时的村庄和土地一个颜色，全是土坯房，砌砖的房子很少，现在城里人说的原生态在那时比比皆是。

适才冰冷的太阳有了一点点薄如蝉翼的暖意，堤上的树影在石子路上结成网，我们一行人鱼一样在网中游戏。河里的水百分之九十已无影无踪，河道里形成了奇形怪状的微型景观。它们和空气一样，缓缓地向东流淌。此时，河道里有十来个孩子，滑着冰车在追逐，冰面上发出轰轰的声响。霍国强在前面骑着，并不时地指指点点，我们朝着他指点的方向望去——远处有个比民房高出半节的三间灰瓦房，这三间房肯定是里二泗庙无疑了。它坐北朝南，有人说庙都朝南，而且是正南，这种说法没人考证过，大家可以信，可以不信。庙的前面有几十棵松树，一人搂不过来，庙前有一片空场，空场上人头涌动，鼓乐震天。

我们先后下了河堤，霍国强下了车，把大家叫到一块儿说："咱们待会儿看表演，我想选一个责任心比较强的人看车，我推荐一个人……"我听霍国强一说，马上说："我给大家看车。"大家一听笑了起来。"我想选一个人和我一起看车。"我看着罗娟英，罗娟英瞪了我一眼。霍国强说："看车哪里有女的看的。孙有炳，你眼睛大，你看车最合适。"罗娟英看着我，把嘴翘起，一手推车，一手向我摆手。我们把车全放在庙前的松树下，霍国强带着几个同学，转着圈找空隙向里挤着。孙有炳看着霍国强的自行车，上去就给挡泥板一脚。我说："嘿，别踹坏了，待会儿走不了了。"说着我把挡泥板向外扳着。

孙有炳说："让我到前头挤去我还不爱去呢，震得心脏直扑通。"

我弄好挡泥板，撮着手心的泥土问旁边的一个老头儿："老大爷，哪有水能洗手呀？"

老者指了指大庙说："庙里头有口井。"我说了声谢谢，转身进了庙。等我擦着湿手回到车前，老大爷朝我说："这学生，县城里来的？"

我说："您眼睛可真够毒的，解放前做过地下党吧？"

老大爷摇摇头说："地下党没干过，地上的龙糊了一辈子。"他说着指着人群里舞动的龙，嘿嘿大笑。他从腰里抽出烟锅，在旁边的松树上磕了磕，完了将烟锅杆在裤带上的烟荷包里挖着烟叶，盛满烟袋锅后用另一只手大拇指按着，将烟袋叼在嘴里，然后吧嗒打火机点上。

我问："老大爷，这龙都是您做的，您有什么凭据？"

老大爷听了我的话，神采奕奕地说："你看龙不管它怎么舞，眼睛永远朝我看。"我看着人群里舞动的龙，还真是的。这条龙就像教我们美术的刘老师屋里挂的一幅画，不管你在哪个角度看，那个少女总瞧着你。

我开始仔细打量这位老大爷，嗯，是不一般，手里拿着珐琅彩打火机来回转动，头上包着一块青丝巾，上身一件黑色对襟棉袄，不知什么料的。下身一条灯笼裤，脚下一双薄底快靴，和人群里的表演者一个打扮。看着这身打扮，我服了，这绝对是一个舞龙教父级的人物。你想想，在那个年代，哪有农村老头儿穿这个打扮的？

"老大爷，您什么时候上去舞舞？"

他说："别急，表演一天呢，我这把年纪凭心气儿，舞也就舞上十分八分的。刚才你们说得不错，离着太近，时间长了，心脏受不了。看舞龙一定不要近处看。近处看热闹，远处看门道。你想，一条龙至少十二三米。待会儿马头村表演的龙有十七八米，他们舞龙和小车会同时表演，号称龙车会，你就是再长两只眼睛，能看得过来吗？现在表演的是张各庄的，看，两面鼓、四副钹、两副镲、一面大锣。过一会儿牛堡屯的表演家伙什更多更热闹，你根本看不过来。"

我说："大爷，各村舞龙有什么不同？"

老大爷听了又嘿嘿大笑起来："没有区别叫龙灯会吗？张各庄的表演有龙甩尾、龙打滚、盘龙窝、二龙戏珠、二龙戏水、龙过背、二龙闯江洲、金龙盘玉柱、龙绕沙滩，其中龙绕沙滩就与本村所处河滩的地理环境有密切关系。马头的表演有三十多个套路，有龙翻身、单跳龙把、双跳龙把、龙劈叉、串花篱笆、钻黄瓜架、亚龙尾、钻龙头、龙双绞、龙打挺、龙过桥，其中龙过桥是架一座一人多高的道具木桥，在桥上表

184

演龙过桥，桥下表演龙盘柱和龙戏水。这个表演和马头村环境也有密切关系，马头以前就叫码头，村中桥桥相连，明朝修的桥就有三座……"

听着老大爷的讲述我不时地点头，我问大爷："庙宇应该是肃静庄严之地，走会为什么在庙前呢?"

老大爷说："你说的不错，不过，每年的二月二、三月三、五月十五、六月二十四都属祭祀起会，祈求上苍赐福百姓，风调雨顺，五谷丰登。有时遇到旱、涝、病虫害年头起会次数就不定了，每次起会就在庙里，关于正月十五这个喜庆之日起会为什么在庙前，还真没有一个明确的说法。"老大爷正说着，庙里响起了吊筛低沉的"哐哐"声，听到筛声，大家目光都转向庙里。大爷说："马头的表演开始了。"话音刚落，一条近二十米的大龙从庙门鱼贯而出，龙的身下藏有九人，一名执球人，乐队也有九人，大鼓两人、大钹两副二人、大镲两副二人、小镲两副二人和吊筛一人。这条龙和一般龙有所区别，一般龙都以黄色为主调，这条龙是以蓝色为主调，在急促的节奏中它涌入人海，刚才表演的黄龙和蓝龙打了一个照面，翘起尾巴，蓝龙舔着黄龙的尾巴欢送退场，引起观看人群一片欢笑声。

老大爷接着说："他们村舞到结尾时就要进各村舞了，边走边舞，谁要想让龙灯在家门口舞，就在门前摆上茶桌，如果你们晚上不走，还能看到点灯夜舞。"

关于老大爷说的夜舞我那天没有看到，二十年后我去农村参加一个活动，才亲眼见了夜里表演的龙灯会。夜里舞比白天不知好看多少倍，龙的每节里点着蜡烛，前头持彩绸的龙珠里也点着蜡烛，引导着舞龙动作，引者和舞者相互配合，红红的龙珠像一团火球，在夜里有章法地游动。黄亮的龙身调皮贪婪地随着龙球起舞，围观的人群手执荷花灯，没有灯的穷孩子用棍扎一个玉米骨，蘸上煤油点上，火苗在村街上一蹿一蹿，有亦真亦幻的感觉。

霍国强他们望着走会的人向进村的方向舞去，纷纷回到车前，开着自己的车锁。我说："孙有炳可没跟我一起看车。待会儿再看车，谁爱看谁看了。"

孙有炳说："你们院儿看车棚子的老太太，一个人看几百辆，这几辆还用两个大老爷们儿看。"

　　我一想也是，我看着霍国强把罗娟英的车子搬出来，送到罗娟英手里，我也将我的车子挪开，把钱君英的车子搬出来，交到她手里，我随着霍国强他们后头骑着车进了村子。

　　这时村子里炸开了锅，七八个村表演队同时起舞，谁的队伍围观的人多，我们就跟在谁的后头。我们在觅子店踩高跷表演队前停下来，霍国强数着人头，一个个叮嘱别走散了。

　　孙悟空三打白骨精的表演我还是第一次看到，以前看的都不纯正。上中学时看过孙悟空打王张江姚"四人帮"，那时打得恶狠狠的，这次打得从形式上看很有艺术感。白骨精死时很可怜很凄美，我都为白骨精的死抱屈得不行，这么美的妖怪在世界上有那么几个怎么了？

　　小车会表演形式虽然简单，但很有意思，车前一人拉车，帮车二人，车里的男青年化妆成小媳妇模样，手持花扇，脸上贴一个大膏药，将车系于腰间。上有车篷，下用帘围于地面，左右各画一个车轮，一双假腿盘在车上，手舞花扇。

　　我们最后看的是叉会，因为叉会是在前领路的，也叫开路会。叉会，顾名思义就是一头三个齿儿的叉子，耍叉好的人是手脚并用，叉子围在表演者身体前后左右飞舞，就像黏在身上似的。叉会表演都是多人在耍，有人扔叉，有人接叉，互相传递，用脚踢叉，反转身用脚后跟把叉踢出。听霍国强说，西鲁村有两个九十多岁的老头儿能从庙的山门里面隔墙把叉踢出来，外面的人用脚接住，再把叉踢回墙里。霍国强说的这个故事我想可能是他姥姥告诉他的，他姥姥是远近闻名的大白话。

第二十四章

这个春天我的精力极其旺盛，和大地一样蠢蠢欲动，眼里时常燃烧着蓝色的火光。我们装订车间百分之九十是女工，二十岁上下，个个丰乳肥臀，那性感劲儿比罗娟英足多了。她们经常以老大姐的身份拿我调侃开涮，我把这些行为全当成是对我满满的爱慕。

机台的小莲问我："伟成，你应我半年了，说给我借《第二次握手》，什么时候给我拿来？"她说不清楚的笑容让我面红耳赤，她肯定看出我什么来了，我蓝色的眼圈就是最好的证明，在那魔爪在眼前在心里晃来晃去的日子里。我恨自己，恨自己一次次重蹈覆辙，恨自己长得太慢太慢。如果自己一下长到二十八岁该多好，像郑师傅一样，天天拍小莲软软的肩膀告诉她怎么操作机器，怎么修理机器……我就是在这种心态下一天天煎熬。

大概能见着一两朵桃花的一个早上，霍国强找我说："昨天晚上听杨英说，张东旗从甘肃跑回来了，见着罗娟英又亲又啃，还把罗娟英给睡了。不但这些，他妈还把罗娟英臭骂一顿，张东旗为了罗娟英跟他妈翻了脸，一把火把自己家点了，在混乱中不知去向。"

我问："这是昨天的事儿？"

他说："哪儿呀，听说好几天了。头两天他家一直捂着，可张东旗活不见人，死不见尸，军队那边又打电话让张东旗归队，他家捂不住了，这才放出话来，让咱们同学帮忙找找。"今天正好是星期三，大家约好下午两点在学校门口儿集合。

那天一共聚了十三个人。我们在不宽的大街上三人并排骑着车，一边打闹一边说笑，骑到八里桥王八驮石碑的地方，孙有炳霍国强下了车。他俩下了道，孙有炳在王八驮石碑前向霍国强指指点点，一会儿霍国强托着孙有炳的屁股上了石碑。孙有炳骑在王八的背上向我们挥着手，我们站在八里桥上远远地望着孙有炳就像王八壶盖上的脏钮。这时霍国强也骑了上去，孙有炳在霍国强的唆使下，趴到了王八脑袋上，他手抱着王八头，招得白丽、钱君英、杨英尖叫不止。我听着她们的叫声心里很不适。我想，那要是我该多好，我绝对不会像孙有炳那样，我会把双臂张开，做大鹏展翅状，吓得她们佩服我一辈子。想到这儿我心里有点儿扑腾，我三夏劳动没少来这块地拾麦穗，这个王八头离地面少说也有两米。

我手摸着桥上一个个狮子头，其中一个狮子回头望着王八驮石碑。我退后几步，从南数着，这个狮子是第九个，难道这狮子和王八驮石碑有什么内在的联系？

白丽说："喊了半天，嘴里怎么都是臭味儿啊？"

我站在她后面说："不是你嘴臭，是河水臭，你扶着栏杆喊能不臭吗？"

杨英说："谁说来这儿的？"

我说："孙有炳，他家离这儿近，待会儿回家方便。"

钱君英说："我们还没开始找就回去了？"

我说："咱们去西海子找吧，大家同意不同意？"

大家异口同声。

杨英朝霍国强孙有炳喊："你俩别过来了，去西海子啦。"

我们骑上车，故意栽棱着膀子，大声说着脏话。杨英、白丽、钱君英一起议论着张东旗失踪的原因。杨英说："张东旗肯定把罗娟英那个了，要不罗娟英怎么跟他吵起来了。"白丽说："不可能，那样他就不会给家里放一把火。"钱君英说："你们说得都不对，张东旗肯定没得逞，如果真有那样的事儿，他父母敢报案吗？"大家听完钱君英的分析，不时地点头。霍国强说："这小子在军队憋得太素，把罗娟英上了就是个例子。我想，他肯定去公园这些地方。"我们大家听了异口同声说："对呀！"

大伙儿进了公园西门，霍国强玩命地往假山上跑，跑到顶端回头下望，并向我们大喊大叫："上来呀！"

我向杨英说："霍国强叫你上去呢。"

杨英侧头白了我一眼。

我向霍国强高喊："我们去燃灯塔。"

我们走过了李卓吾墓，穿过松树林，站在白玉石桥上，仰头望着塔尖上的树，为那塔上的树有多高互相打起赌来。有的说一米多，有的说两米多，有的说七八米，我参照着每节塔的高度，猜测基本上在两米八至三米五上下。可我没有说，跟这帮人争到天黑也不会有结果。我独自溜达进三教庙，进了殿，看香台上没香又出了殿，在院里撅了一根菩提，我假装当香点上，跪在香案前，嘴里念念有词："张东旗，你一把火把家给点了，你真牛！你从一年级到参军，学习没掉下过前三名，上了九年学，八年你是班长，老师那儿你是香饽饽，同学那儿你吃得开，我为了跟你好，经常帮你家拉煤，冬天帮你家垛白菜。不但这些，你他妈还把我用生命换来的娟儿给暗度陈仓了，听杨英说你还想跟娟儿动真格的，你这个臭流氓、脏东西……"

寻找张东旗的活动感动了许多人，不少同学关心打听，我听杨英说学校老师也很关心这事儿。

一天中午，我刚出厂门口儿就被罗娟英叫住了，她在水泥桥前向我招手，我走到她面前，她低头小声说："下午帮我找一找张东旗好吗？"我听了她这恳求的话，心疼得差点儿哭了，不知为什么一下子就恨上了张东旗。罗娟英边走边说："我请你吃饭。"

我随口说了一声："我想我吃过了。"

罗娟英停下来说："在车间里吃的？才几点哪，谁信哪？"

我听了一笑，随手摸了摸兜里的一块钱说："咱们就去小吃店撮一顿吧。"说完手在兜里错动着。

罗娟英望了一眼杨富店小吃店说："那好吧，今天你请客我付账好了。"说完她从兜里掏出粉边儿手绢蘸着嘴角。我看着她干红的嘴唇和红肿的眼睛，心里想，这几天她过得肯定不好，用现代文人的字眼形

189

容，眼里藏有许多故事。

我俩一前一后进了小吃店，坐在西面一个靠窗户的桌前。她要了两份炒饼，我要了一盘花生米、一两白酒，她又要了一瓶汽水。我走到柜台前，大妈用铁铲往盘子里盛着花生米，完了用竹提子在酒缸里慢慢打出一两白酒。我说了一声谢谢，然后将花生米和酒端回到桌上，一只手拈了一颗花生米放在嘴里，咂摸着滋味儿，直到磨出麻酱的味道儿才咽了下去。我说："你对张东旗没必要那么好。"说着我端起酒杯。

罗娟英听了我的话当时眼圈儿就红了，她的眼泪在眼底越来越多，最后掉下俩金豆子。她突然说："为什么不给我倒酒？"我听了她嗔怪的话，心里有点儿莫名的激动，我大声叫着柜台里的大妈："再来一两。"我站起身，躬着腰，从大妈手里接过盛好的酒，放在罗娟英的面前。

她端起酒杯在鼻子底下闻了闻，一手捏着鼻子一手抬起，一憋气一扬脖喝了一口，喝完她把酒杯放在桌上，用手扇着嘴里哈出的酒气，说："真辣呀！"她拿起筷子说，"你怎么越来越不学好，吃饭还要喝点儿酒？"说完，她把自己杯子里的酒全倒在了我的杯里。

我说："你爸不喝酒吗？"

她点点头说："我爸从来不喝酒，就是抽烟也不在我们屋子里抽。"

我说："同学们都说张东旗把你给流氓了。"

"他想，我没依他，我……真的！"

"你，没从？"我脸上露出惊讶的表情，"我听说你跟他妈吵起来了？"

她顿了顿说："我俩交上朋友后在他家撞见过他妈，后来他妈不知从哪儿打听出来，我们两家是亲戚关系，在清朝是一个祖上，据说那个祖上是一个画家，叫罗敷。不是他妈折腾我都不知道有这么一个老祖宗。按说我和他妈论辈分是姐俩，张东旗应该叫我八姨。他妈说我的眼睛特别不好看，说我一笑特别像潘金莲。他妈没事儿闲的就给张东旗写信，让张东旗跟我吹，张东旗也是一个诚实人，把他妈说的话全告诉我了。你说，这家长有这么当的吗？我也给张东旗写信，我说他妈见过潘

190

金莲没有，让他问问他妈潘金莲笑是啥样子。他妈那两个大眼珠子一转就跟杜十娘似的，他爸找他妈真是倒了血霉。我和张东旗你来我往写了几回信，没想到他一个星期前偷着从部队里跑回来。回家给他妈做工作，他妈不听，还说进了门我是叫她八妹，还是她跟我叫五姐呀？张东旗一听攻不下这个山头，又找我说生米煮成熟饭就好办了，我说就你妈这个态度，跟你就是乱伦，再者说我们家还不知什么态度呢。真生米煮成熟饭，就你妈那能量，敢炸美国大使馆。"听她话口稍停，我举起杯子说："喝口儿。"说着我举起杯子喝了一口，也抿了一口汽水。

我问："听杨英说你跟他妈吵架了？"

"没有，他妈知道她说我的坏话我都知道了，也就此和我摊牌了。不知道为什么，他妈坐在我对面，我真没拿她当长辈，也可能她叫我八妹的关系吧。"说着她把上来的炒饼盘子端起来，向我碗里拨着，"我吃不了那么多，你多吃点儿。"

我用筷子挡着盘子，说："你吃这么少行吗？"

她说："气都气饱了。"

我说："听杨英说他妈骂你了？"

她说："骂倒没骂，他妈说我勾引张东旗……他妈只看到张东旗脖子被我抓了三道血印子，她没看到我胳膊全被张东旗给拧青了。"说完罗娟英把衣服袖子撸了起来，让我看瘀血的胳膊。

我说："这个脏东西，他对你一直不怀好意。"

她说："他这么做就是对我不信任，不放心。"

我说："你跟他妈说了吗？他欺负你。"

她说："他妈纯粹是个泼妇！冲他妈我跟张东旗就好不了。"

我说："那你还找他干什么？"

她说："毕竟好过一场。"

我说："他对你这样，他妈又那么浑不讲理。"

她说："你们都去找了，我不表示一下，让人家怎么看？"

我说："别想那些了，吃吧。"我看她夹着花生米，我也夹了一粒，放在嘴里咀嚼，磨出香味咽了一半儿，另一半截儿藏在牙床外，端起酒

191

杯喝了一小口儿，扭头在屋里踅摸了一圈儿，见只有两桌人在吃饭，圆桌上的一个人在向柜台里的大妈要着蒜瓣儿。大妈撩开后厨帘儿喊着，让后厨的师傅找头蒜给前厅送过来。

我小声说："告诉你吧，我们那天找张东旗，不是为了找到他，而是为了找不到他，我们男生都希望他永远消失。"

"为什么？"

"他和你吹了，你是属于大家的，张东旗疯了才好呢！"

她看我得意的样子，眼里流出轻蔑的笑，说："瞧你们那点儿出息。"说完她下巴绷起来。

我说："张东旗仗着家里有点儿势力，今天踩咕踩咕这个，明天挤兑挤兑那个，咱班不少同学都瞧不惯他，都希望他永远消失了。"

罗娟英听我说了这话，说："这只是你的想法，不管怎么说毕竟同学一场，本来还想找几个同学，看来没必要了。"

我说："陪你找一辈子我都乐意。不过，现在先吃饭。"

她点点头，我大口吃着炒饼，她也低头吃起来。我俩谁也不说话，我咀嚼炒饼的声音大得出奇，吞咽时脖子充着血。她起身到柜台旁倒了一杯热水，端到我的面前，我接过热水，试着喝了几小口，打了一个通气嗝。她看我噎得缓和一点儿了，说："吃饭急什么？又没人催你，再喝点水。"

我说："再喝水饼就没地儿放了。"

她说："剩就剩点儿。"说着把饼拿到她那边，然后用毛边纸擦着手，说："把水都喝喽，喝完咱们走。"

我照她吩咐端起水润了润嗓子，又端起酒杯，将最后一点儿酒喝完，刚才吃炒饼在嗓子里那种扩张感被酒抚摩后，打出一个香喷喷的饱嗝，甭提多舒服了。这种舒服劲儿让我想起了许多，比如：往常吃好吃的也就香香嘴，今天为什么舒服到全身每个角落？还有罗娟英今天说找张东旗为什么让我一个人陪着找，是借我的嘴让外人知道她也找了？是怕真找着张东旗，张东旗失去理智干出点儿可怕的事儿来？是不是她和张东旗没希望了，这几天感情空虚，让我扮演张东旗的角色？不会是想跟我重新开始吧？我心里七上八下。

她不自然地说："你的目光让我很不舒服，好像扒开东西在寻找什么。"

听了她的话我低下头说："那你没有看懂我的眼神，今天陪你找张东旗就是不让你受到任何伤害，我仔细看你就是让你加深一下防范的意识。这么说吧，你就把我当成你的军犬，军犬如果不认准所保护的对象，不好好看看闻闻，一瞬间真发生点儿意外……"我用肢体代替语言，站起身在她身边像狗一样闻着她的肩膀和秀发，她躲闪着并用手推着我的胳膊说："你一闻我怎么身上像过电一样？"

我刚想回到座位上，小吃店的门开了，罗娟英的哥哥和一个知青模样的小伙子手里拎着一个化肥袋走进来，那袋子里往地上滴着血水。罗娟英看着她哥叫起来，她哥走到桌前对我说："你刚才干什么来的？"

罗娟英红着脸说："他什么也没干，那么看他干吗？又不是不认识。"

我起来点头，说了一声："大哥好！"

他哥故意装傻说："我知道你俩是同学，他外号我都知道，叫催巴儿。"

罗娟英说："你记错了，催巴儿不是他。你到这儿干什么来了？"

他哥慌忙说："农场让我俩进城办点儿事儿，别跟爸妈说我回来了。"说完用手重重地按着我的肩膀说，"你小子如果欺负我妹，让我知道了，非把你劁了不可。"

我半站起来，像伪军见着日本鬼子一样点头哈腰地说："那是，那是。"

他看了我一眼，转过头朝厨房里走出来的厨师打着招呼。他俩随厨师进了后厨。

罗娟英说："别听我哥瞎说，他挺好的，就是爱说不着边际的话。"

我说："有你在我身边，谁要劁我你不跟他玩儿命？"

罗娟英听了这话乐了好一阵："如果我哥劁你我肯定不干，但别人劁你我还是支持的，省着我对你提心吊胆。"

听了她的话，我也兴奋起来，说："别人劁我我肯定跟他玩儿命，你要劁就劁好了。"说完我用筷子在裤裆前比画一下，嘴里发出咔嚓的声响。

这时后面有人说话："你这个烂仔，港都。"罗娟英她哥在后头骂着，"你还让我妹妹劁你，你配吗？"

罗娟英嗔怪地推着他哥说："哥呀！你别捣乱了好不好！"

他哥说："我走，我走，千万别跟家里说我回来了。饭钱我已经给你结了。"说完和柜台里的大妈打了一个招呼，然后出了门。我扭头看着他哥两手空空急匆匆地消失在马路上。

我俩来到她与张东旗经常约会的二中北墙外，沿着护城河边的土堰往东走，午后的阳光照在脸上，叫人有难得的舒畅。河两边松树榆树柳树交织着，随风摇曳，光影在绿叶中来回摆动，每一点都透露着春天的信息。我和罗娟英在一个排污管前上了坡，在一个水泥台上站定，我看她在后面低着头若有所思，便一个人走到墙边。我想找一个缺口儿爬上去，却发现有一个一米来高的墙洞，我躬身朝里望去，墙里有人在说话，操场上有两个人从足球大门旁捡起自己的秋衣，一个搭在肩上，一个拎在手里向东走去。南墙边的树下有四个女生，她们衣冠整齐，有一个还穿着军绿上衣，看她们的形体个头应该是高中的学生。我直起腰看罗娟英正慢慢地向东走，我跟在后面，一度想追上她，可又不知追上了说点儿什么。细想想我俩也有一个多月没见了，我自从上了班，生活上有了一些规律，早睡早起，听我姐说，脸色好多了，上星期一称分量整一百一十八斤。

这工夫我边走边打量她的后背和有点儿发黄的长发，她额前戴了一个宽大的红白相间的发卡，侧脸时可以看见她薄而小巧的耳朵。我正胡思乱想，罗娟英停下说："看到坡中间那两个高台了吗？"我顺着她手指的方向望去，她说，"那两口井是潞河医院扔死孩子的井。"

我说："早就听说过，就是不知道井具体在哪儿。"我问，"你怎么知道得这么清楚？"

她说："张东旗说的，她妈以前是潞河医院的医生。"她稍停下来说，"你知道潞河医院是谁建的吗？"

我说："当然，是美国人建的。我哥在一中毕业，我姐在二中毕业，他们从前就跟我说过。我想问问你，用谁的钱建的？"

"当然用美国人的钱建的。"她说。

"错！"我看她对我的话持否定态度而心不在焉的样子，故意停顿下来，用鞋尖踢着松树下去年落在地上的松塔，不时抬头望着松枝间隙露出的天空。她将两手半叉在紧绷的裤兜里，目光停在我的喇叭口裤子上。

"你的意思不是美国人建的，是亚非拉人民掏钱建的？"她的话分明在怄气。

我说："非也。"说着我抬脚照着一颗石子踢去，石子飞下高坡，七滚八跳落进了护城河。我的脚一阵麻木，接着是疼痛，我强作无事，看她不高兴的表情，心里平衡了许多。

她说："那你说谁建的？"

"中国人建的。"我说，"1900年义和团打进北京，把通州的教堂和潞河书院给烧了，1901年清政府跟八国联军签了《辛丑条约》，其中有一个附件就是赔给通州教会十六万两白银，通州教会拿这钱买了千佛庵、谢家园子、北园晒米场，还把后南仓全划为公理会。一中、潞河医院就是用这些赔款修建的，你说这是不是中国人拿钱建的？"

"照你这么说，义和团没烧教堂和潞河书院也就没有一中和潞河医院？"

"当然了，一中的人民楼、红楼就是用这笔赔款建的。"

"徐伟成你学习不怎么样，对这些倒一清二楚。"

"你不知道我副科一直特别好，对于侵略者的滔天罪行不记着还行？还有你看那红楼上的钟楼四角，雕饰像不像飞机上往下扔的炸弹？"

罗娟英不住地点头。

我一时陷入回忆中拔不出来。

罗娟英看我沉思不语，问："你是不是想起了以前的事儿？"

我摇头说："刚才我想起了小时候的事儿。还记得你胳膊骨折的事

195

儿吗？杨英带着我到你家看你，我们站在楼下喊你，你在二楼的阳台上挎着胳膊。"

"撞完也不知道骨头断了。"她说着摸着受伤的胳膊，把受伤的胳膊放在胸前，用另一只手托着，"那时只知道胳膊一下粗了不少，回家也不敢跟我爸我妈说，晚上饭也没吃，临睡觉脱衣服我妈才发现。唉，说这些干吗？"说完好一阵沉默。

"我听杨英说，张东旗跟你耍流氓你没应他是吧？"我担心地问。

她说："刚才不是说了吗，他想那样我没让他得逞。"

我说："你只说你跟他妈是同辈，张东旗想生米煮成熟饭，剩下什么都没说。"

她说："我特别看不上他的不自信，就拿这次来说吧，非要陪他睡觉才算真心爱他。你说，真那样，怀了孕怎么办？我父母非打死我不可，就是不打死我，羞也羞死了，而且他妈对我那样，我更得慎重了。不过，说实话，自从他妈说我们有亲戚关系，我更感到和他有一种不同一般的东西紧紧相连，即使他当兵去了那么远，也感到他就在我的身边。这几天他回来要求什么我都答应他，我觉得这是我应该为他做的，他也应该得到的。我不怕人指责，当然，我也不会跟别人说，今天跟你说，是想让你相信我跟他仅此而已。为什么跟你说，我也不知道，我跟你之间的感觉怎么形容呢？三个月前我做了一个梦，梦见我掉到河里，很多同学都在岸上，我高呼救命，喊的就是你的名字……在那一瞬间，我相信只有你能救我，张东旗都未必。"

"那你为什么把我蹬了？"

"感情和爱情是两码事儿，爱情和家庭又是两码事儿。有时它们都是完全独立的，互不干涉，如果搅到一起就会出事儿。这么说你就明白了。但我对你毫无保留，刚才我把一切都告诉你了，我相信你不会认为我做错了什么，而且认为我做的都是应该的。你说呢？"

"那是，那是。"我为罗娟英未失身而侥幸。

罗娟英用手将发卡向后推了推，两手把头发向后捋了捋说："我是最想找到他的人，因为所发生的一切一切都是因我而起，如果张东旗出

196

现意外，我就是张家的罪人。我不能让他陷得越来越深，让你来就是怕真找到他，他无法自持。"

我说："你放心，就是我亲爹来都没戏。"她听完一愣，我觉得也有些不对味儿，补充说，"这么说吧，张东旗的头发扎在你毛孔里我都不干，我会像你哥要剐我一样真把他剐喽。"

几十年后当我想起这段经历的时候，还是心有余悸，如果那天真碰到张东旗，也许就是一场血腥的厮杀。

她说："张东旗这个人也是个好人，我不怪他，他也努力了。"

我说："这话你跟他说了吗？"

她说："这些话说了有什么用？"

我说："在你没跟他有关系的时候，我跟他最好，后来……"

她说："后来怎样？"

我说："后来有一阵很痛苦，总想那么多的付出没有得到回报。"说完这句话，我俩好一阵没说话，她倚在一棵歪斜的树上，尽量伸展着身体，将一只腿弓起踩在树干上，把眼睛闭上。我沉吟一下说："张东旗是我最好的哥们儿，你们好好的，我有什么不高兴的呢？再有也只有他的条件配得上你，那时我有一个奢望，如果你们俩约会，能叫我跟你俩一块儿玩儿该有多好。"

她说："我还真想过这事儿，不止一次想过，尤其和他无聊的时候。我还跟他说过，约你一块儿玩儿，可他当时就给否了。"

我说："为什么否了？"

她说："他对你很有戒备心，他说过，在所有的同学中，他最怕的就是你，说你什么来着？大概的意思说你有女人缘儿，对女人有吸引力吧。"她吃力地描述着。

第二十五章

　　每年 5 月 15 日，通县都要召开中小学春季运动会，这一天各校的运动员和学生从四面八方会聚在通县体育场。

　　我虽然离开学校干着临时工，但这种盛会是少不下我的，因为它不仅仅是竞技比赛，还是通县最热闹的一天。那时通县有句顺口溜儿：一中土，二中洋，三中全是大流氓。这个顺口溜儿的来历不知起于何时，但不是一点儿道理没有。当时一中上高中需要考试才能录取，公社乡下学生考上来的不在少数；二中在一中的西边，它的生源大部分来自厂矿子弟；三中在县城北关，生源大都是些胡同里的孩子。我们学校生源一半以上来自两个厂子，穿衣服不管好赖都很干净整洁，头发理得都很规范，像我留一头长发的就是异端另类。那时候零零散散有穿牛仔裤的，但大部分还是以绿军装蓝裤子为主。我那天穿了一件绿军装，一条蓝喇叭口裤子。我知道往年运动会或多或少都要出点事儿，为了防身我带了把军刺。我约好魏生京和被老师停课的霍国强，还有二班的刘强等几个人，下午一点半在北苑七四二家属院儿门口儿集合。

　　自从上班以后，我在同学中的地位有了很大改善，孙有炳基本上成了我的催巴儿，说碎催也不为过，我每次烟盒里剩下一两支烟都大方地甩给他。罗娟英也给我长脸，越长越漂亮，虽然她跟我吹了，但通县的玩儿闹都知道她是我带过的婆子。

　　我们打着呼哨儿进了体育场大门，把自行车停在体育场南墙边，然后沿着跑道向北边走边看。我们不时和认识的同学打着招呼，有好几个知道我名儿的小玩儿闹跟在我们后头。

　　走到体育场东北角沙坑前站下，我们看着小学女子组比赛。我回头

198

朝他们感慨地说："小学五年级的时候，我跳远是小学组第一名，那次我的成绩是三米六，比第二名宋德宝远四十公分。可那次我没代表学校参加运动会，我问贾老师，我第一名为什么不让我参加县运动会？贾老师说，你这个成绩根本进不了前六名，去也白去，让跑接力的宋德宝帮你意思一下就得了。"我指着跳进沙坑的一个女孩儿说，"看，那女的，奶子比杨英的都大。"霍国强他们嘎嘎怪笑着，临走时他又看了那女孩儿一眼说："这个女的少说也有十五六了，农村上学太晚，我舅家那个老二，十二岁才上一年级，一共上了三年，认几个字儿就回家种地去了，谁老让半大孩子白泡在学校里？再有一般的家庭也供不起孩子上学。你想，一家少说四五个孩子，在农村只有公社里才有一所中学，离公社远的十几里，如果住校，一个孩子一个月吃喝少说也得三块钱，谁家供得起呀？像我姑姑她们公社的沙古堆，一年下来整劳力也就挣六七十元钱就不错了。一个整劳动力一年不吃不喝供两个孩子上学，可能吗？"他说得让我们几个不时地点头。

我说："北关中学跟咱们一届的长青听说就比咱们大两岁，上次咱因为张东旗那点儿骚事儿去北关中学找这帮人，有好几个都跟糙老爷们儿似的。后来四中的利贝裹进来，听说就是长青暗中挑拨。"我们路过北关中学看台时，不时地留意以前跟我们有过节的那帮人。这时，霍国强捅了我腰一下说："刚才鸡崽儿从灯光球场那边过来瞥了咱们几眼，这小子可能没憋好屁。"

我说："手下败将，不值一提。"说完我在人群中寻找着鸡崽儿的踪迹。

霍国强手一指说："哎，看，罗娟英。"

我顺着霍国强手指的方向望去，罗娟英跟另外一个女生在主席台上一人手托一个奖状，站在一个领导后头，伴着音乐声正给铁饼前三名颁奖。

前面人群里有不少人在议论："左边那个是我小学同学，叫李雪梅，外号小提琴，右边那个是北苑中学的。"

"她给咱们做过报告，叫什么来着？"

"哦，就是她呀。"

"她跟县里头的孩子搞过对象，后来听说那个孩子因为她给家里的房子点了，烧了几十间呢……"

"看，一走一拧屁股，那个骚劲儿多大。"

"听说她最早跟一个屠夫。"

"这姐们儿，屠夫都没煞住她的骚情，一般人就更治不了了。"

我听着人群里议论纷纷，心里不是滋味儿，心想：这就是红颜祸水吧，我因为她惹了多少事儿挨了多少打，张东旗因为她至今不知去向。我绕过主席台后身，和我们班同学打着招呼。王大力、孙有炳看到我们几个，兴奋得大叫起来。王大力说："你们先去南边那个厕所等我们，我们跟老师请个假，随后就到。"

厕所里烟雾萦绕，人头攒动，忙活事儿的和抽烟的学生各占一半。我和霍国强、魏生京、刘强、康武几个每人点了一根烟，霍国强不时地向外探着头，盯着北苑学校的老师，他说："我怎么觉得有点儿不对劲儿呀。"

我说："有什么不对劲儿?"

他说："有好几拨人向厕所这边议论纷纷，你过来看看，鸡崽儿、长青、利贝。"

我走到门口儿一看，有点儿不妙，几拨人陆陆续续地向厕所移动，我认出来了，走在前面那一拨正是在部队打我的那帮人。我回头朝魏生京他们说："你们都带家伙了吗?"

康武说："我带了一把瓜刀。"

说话间门口儿已经站了一帮人，去年拿弹簧锁的黑大个儿问："你就是徐伟成? 今天对上号了，出来跟我们走一趟吧。"

我把脸沉下来看着问话的人。

霍国强说："哥们儿，有什么话好好说。"

黑大个儿说："少废话，出来!"

我右手攥着裤兜里的军刺走出厕所，孙有炳、王大力从正面走过来问我："你干吗去?"

200

我说："出去说点事儿。"

孙有炳说："这哥们儿好像跟哪儿见过。"

黑大个儿看了孙有炳一眼说："想起来了？走走走。"他把一只手揽在我的肩膀上，另一只手推着孙有炳的后背往体育场外头走。

走出大门口儿，我的眼睛不时地瞟着黑大个儿背着的军挎，心想：只要他的手摸军挎一下，我立马掏刀。瞥了一眼他的肺部，这是首选的部位。在敌强我弱的情况下，如果你一刀不把他放倒，那就太危险了。

我回头看了一眼后面，足有六七十人，跟我来的那帮人已踪迹皆无，只有孙有炳、王大力不知发生了什么事儿裹了进来。完了，一场恶战不可避免！我心里念叨，跑是不可能的了，这么多人不可能让你跑掉，说软话更甭想，旧恨新仇加在一起，怎么也得打我一个满地找牙。此时，主席台上音乐响起，又在颁奖。我心说不行，如果我今天不幸身亡，罗娟英早晚会落到这帮人手里，难道就没有活路了吗？黑大个儿军挎里瞅那形状重量应该是一把菜刀，他的武器跟我比差一个档次，都见过刺刀肉搏战，没瞧过菜刀上战场。武器放的位置更不用说了，如果我俩同时亮家伙，他也许还没举起菜刀就已经被我刺中。还有，他曾经打过我，我正好报去年的一弹簧锁之仇，想到这儿我头上早消了的大包那地儿还隐隐作痛。我的优势就像韩信一样，背水一战，失败就是死路一条。我想还有一个最大的优势就是先下手为强，我们那个年代的人在社会上茬架，有一个固定的套路，先用话探听虚实，提社会的牛人，说某个区混得好的玩儿闹是自己的大哥或亲戚，让对方买账，对方如果不买账，再说自己以前曾打过多少次架，砍过多少个人，谁谁谁都服自己。总而言之，言而总之，是尽量要以不战之威而屈人之兵。

今天黑大个儿不会给我互喷的机会，我要想活着突出包围只有一条路，现在就掏出军刺将他撂倒。想到这儿，我正好看见他的同伙在大门的左侧一个拖拉机后斗里抄出一把铁锹，我心里一惊，招呼吧！我猛一侧身，飞快掏出军刺，照着黑大个儿刺去，他还没反应过来我又猛刺一刀。

黑大个看我又刺了过来，转头就跑，我拔腿就追，他在跑的过程中掏出菜刀，回头看我一眼，我追了上去向着他的腰部又猛刺两刀，他手捂着腰像脱缰的惊马。

这时砖头从后面向我飞来，我左躲右闪，一个抄铁锹的大方脸举着铁锹直向我拍来。想躲已经来不及了，我右手举起护着脑袋猛地往前一扑，顺手把刀子捅向对方，同时我的胳膊和脑袋被铁锹重重地拍了两下，我跟跄两下单膝跪地。我用刀子拄着地，心想这时倒下就会被他们拍成柿饼，我艰难地站起来时，大方脸已没了踪迹。

这时四周已有几百人在围观，我分不清谁是看热闹的谁是我的对立面，我看到利贝在人群中闪动，我冲到人群里将军刺架在他的脖子上。

他把手举过头顶说：“没有我的事儿，今天的事儿跟我一点儿关系都没有，都是鸡崽儿和长青叫的人。”他边说边向后退，退到一定距离转身就跑。我刚想去追，人群里一片大乱，七八个穿藏蓝衣服的人，一人手里举着一个电棍向人群里挥舞。这几个人到哪儿哪儿就狼哭鬼嚎，哪儿就围上一帮人，我听见孙有炳的号叫声：“徐伟成，快来救我！”

我听到喊声热血沸腾，在这么险恶的时候，他能喊出我的名字，这是对我多么大的信任啊！黑大个在我面前都不堪一击了，打孙有炳这帮小玩儿闹还有什么屁！我飞奔到打孙有炳的藏蓝后面，照腰上就是一刀！

这一刀可炸了窝了，有人高喊：“可不得了了，出大事儿了，扎警察了……”人群里这么一喊，可把我给吓坏了，刚才没打之前我是盼星星盼月亮盼警察来解围，可这帮人藏而不露，到打得差不多了，他们出来收拾残局。孙有炳也一样，你说玩儿闹打你，你叫我回来救你，警察教育你两下，你喊我救你干吗？这不是与虎谋皮吗？

第二十六章

　　凌晨，我从北京站口儿出来，看着攒动的人群，寻找着孙有炳，走到人群外围，依然没有见他的影子。仰头望了一眼钟楼，4 点 57 分。

　　说实话，我对孙有炳接站并不过于期待，从西宁到北京一千五百公里，从北京站到通县北苑二十多公里，你也落一个接人，这不就是面子事儿吗？如果你真跟我瓷，像我们农场一个早些解除的犯人，开一辆皇冠把新解除的铁瓷接走，这才叫牛。这个事儿整个农场嚷嚷哄了，连队长都挑大拇指，我们犯人也有讲义气重感情的。

　　看到马路旁停着一辆皇冠的士，我想，这肯定不是孙有炳打的车。我走过去，问出租车司机是不是等去通县的人，司机连头都没抬，摆了一下手。听说这帮开出租的可牛了，他们主要在大使馆和北京饭店拉活儿，手里都有外汇券，像北京站这个地方，没有特殊人物根本不来。

　　我回头看着旁边的电话亭，有打个电话的冲动。我走的时候北京还没有电话亭，就是有通县也没有。我把印有北京两个字的旅行包放在电话亭门旁，看一个穿男人衣服的女人在里面不停地打电话。她左手扶着门框，不时地瞥着窗外。我想待会儿这女人出来，该我打电话怎么拨号？怎么付钱？给谁打？给家里打，待会儿坐上车一个小时到家了，有多少话聊不了。再有，临出来时给家里写了三大篇信呢。

　　给孙有炳打？早上正是他忙活的时候。给罗娟英打？她在孙有炳的来信中问过我两次好，希望我多看一些书，以备出来之用。这么多年有她的话的信都让我翻烂了，这么早给她打电话，她父母接到我的电话是什么反应？非吓死不可，别再认为我是个逃犯。

　　想到这儿，我对打电话已经毫无兴趣。我望着广场稀疏的人群，想着孙有炳到底来不来接我，我现在走待会儿这小子真来了怎么办？这小子会说，啊，这么多年的交情，我说接你能不来接你吗？你白等罗娟英多少次，让人家涮得跟傻子似的，可等铁瓷一个小时都等不了吗？我被自己问得哑口无言。

电话亭的门开了，那个女人脸上的肉横了我一下，我拿起旅行包没有进电话亭，向广场中央走去。

从广场到长安街大概需要十几分钟的路程，如果公共汽车线路没改的话，我应该坐1路或4路到大北窑倒312路，赶上快车一站就到通县北苑。我伸长脖子四下寻找孙有炳的踪迹。这小子在信中说自己混得不错，在潞河医院门口做餐饮。听说婚也模模糊糊结了，不结也在同居状态，让我想象力不够用的是跟他的姑娘竟是老孙家早点摊的二丫！更让我想不到的是这小子现在画国画，信里说前些日子还送给我家一幅四尺整张的花鸟画《群鹰图》。

我把装满书的黄色旅行包重重地扔在地上。坐在旅行包上，从兜里掏出烟刚要点上，有人叫我的名字。我扬起头，一个又瘦又高头发很长很乱的人，站在离我五六米远的地方。

"伟成，还认识我吗？"

我脱口而出："你是张东旗吧？张东旗……"因为太突然，我根本想不起别的话。我刚想站起来，张东旗已经熟练地盘腿坐在了我的前面，他掏出火和烟，我随口说："真是你，我有。"我赶紧划着火柴给他点烟，然后自己也点上一支。

让我想象不到的太多了。我问："你怎么知道我今天回北京？"

他说："所有人不知道，我都应该知道。因为你们从逮捕到判刑的公告，北京站口公告栏里都张贴。"

我说："这么多年你还记得我解除的日子？"

他说："头几个月碰着孙有炳了，说你减刑两年，今天应该到北京，不过他未必接得着你。"

我不解地问："莫非今天他有什么情况？"

他说："312路从通县早上首发是5点10分，到这儿黄花菜都凉了。他要想接你就得坐昨天晚上 10 点 40 分的末班车。昨天我特意在站里踅摸他半天。"

我说："我看到北京现在也有出租了？"

他说："早就有了，估计得有千八百辆，咱年级二班的康武就开出租呢。那都是大使馆的人才坐得起的。从北京打个出租回通县小一百块。"

我说："这么贵，我从青海坐火车到北京，两天一宿才花了二十九块钱。"

他说："二十九块你知道怎么算出来的吗？"

我说："你说说。"

他说："中国的铁路一分钱一里地，二十九块钱就是两千九百里。"

我听张东旗说得头头是道，心想：听说话这小子没什么毛病，可穿着打扮还是有点儿问题，长长的头发和胡子，上身穿一件油亮的薄棉袄，下身蹬一条运动裤，脚上穿一双很脏的皮鞋。

"听你这么一说，今天等孙有炳怕是够呛了。"我收起目光看着他的脸说。

他点点头，说："跟我走吧。"

我摇了摇头说："我刚出来就被你收编了，还不如不出来。"

他伸伸懒腰说："我请你吃早点。"

我说："还是我请你吧，哪天碰到孙有炳一说你请我吃饭，还不……"我停顿没有往下说。

他看着我，嘴角往上翘了翘说："我问你，你爸一个月挣多少钱？能拿小三百元就不错了。你知道有一年要饭经历的人一个月收入多少钱吗？告诉你，轻轻松松三千元。"我瞪大眼睛。他说："别这么瞧我，走吧，就在这儿吃点儿。"说着我跟着他进了广场东边的早点铺。

我俩要了两个油饼、两碗面茶、两笼包子、两个茶叶蛋，又一人打了二两散酒。我俩把点好的东西端过来放在里边一个桌子上，他又向柜台里嚷："把门关上，没看苍蝇全进来了吗！"

一个四十多岁的妇女放下手里的活计把门关好，嘴里嘟囔着什么，但从往这边看的那种眼神我确定她认识张东旗。我看着张东旗说："你那么能挣钱，干吗不穿得干净点儿？"

他把嘴里的食物全部吞下，拉长了脖子说："我洗得比你还干净，穿得比你还好，我再骑一辆一发250摩托车，跟你要钱，你给吗？"

我点头哦了一声。

他说："我真正要饭的行头没穿出来，穿出来那惨相，这么说吧，跟演员一样，也得化妆。"

我听了这话来了兴趣，但又不好直问，就像他问我在里边挨不挨打、罚不罚跪一样。我说："张东旗，刚才听你一说收入，我真吃惊不小，可凭你的家庭背景，这也不是你的选择呀？"

他听了我的话把筷子放下，从兜里掏出烟点上，然后将烟推到我的面前。他深吸一口烟，鼻子里喷出两股浓浓的烟雾，说："这不是我的选择，这是我妈的选择。"

我紧闭双唇，鼻子里长长出了一口气，说："你说的我好像懂了。"

他说："自从给家里点了一把火，心中的家就没有了。那天我朝什么方向出走到现在都无从记起，头几天路过什么地方、吃的什么东西、睡的什么地方都没有印象。总之，一条街一条街、一个村一个村、一个镇一个镇穿行。搭过马车，坐过拖拉机，扒过货车，蹭过公共汽车，跳过火车，还上过轮船，当然不是逃票，是给人家干点儿杂活。冬天睡觉就找车站、供暖沟，夏天找防空洞、公园儿、电影院。电影院不白睡，要帮助打扫卫生。"

他说到这儿将勺子放下，把剩下的油饼一口吃下，又抿了一大口酒说："告诉你，要饭不是一点儿学问没有，要好了一年攒个万八千的，要不好混个吃喝。我刚出道时就犯过傻，有一次我在大华影院，看到我前排有俩搞对象的正腻腻歪歪，我小声说：'大姐，我已经三天没吃饭了，可怜可怜我吧。'女的刚想掏兜，男的转过头说：'你三天没吃饭怎么还有钱看电影啊？'"

他说到这里我俩都笑了。我从烟盒里抽出一支烟，刚想再抽出一支，他摆摆手。我点上烟，他说："要饭的乞讨时从不抽烟，但他们都

206

会抽。我们在一起喝酒最低一瓶起步，我们喝醉了没有耍酒疯的，这是行规。"他看了一眼酒杯里的酒，说，"有一次在复兴门医院门口儿，我跟一个妇女讨钱，我说：'阿姨，我已经三天没吃饭了，行行好，救救我吧！'那个妇女看我盆里的毛票和钢镚当时就给我跪下了，说：'大哥，我老爷们儿已经五天没醒过来了，你先救救他吧！'她手紧紧握住我讨钱的盆。我说：'这是我要了两天的钱啊。'她说：'明天你还能要得到，今天我再不交医院钱，医生就拔管子了。'她看我一时语塞，把我讨钱的盆往衣襟一倒，嘴里连声说：'谢谢大哥，谢谢大兄弟，今生报不了您的大恩大德，来世一定报答。'那一天我赔了好几块钱。"

我说："取之于民，用之于民嘛。"

他说："那里的钱原本是我放进去的。"

我笑着说："敢情要饭的也有本钱？"

他说："小鸡不撒尿，各有各的道。要饭也有很多门道，在什么地方要，跟什么人要，见什么人说什么话。有一次我在……嗯，大概就在这前头一点碰到一对恋人，我走到姑娘侧面说：'大姐，我已经三天没吃东西了，可怜可怜我吧！'女的看我两手捂着肚子哈着腰，男的赶紧翻兜找零钱，并用一只手按住女的胳膊说：'我来，我来。'这时我身后闪出一个孩子说：'大姐，我已经七天没吃饭了，救救我吧！'男的迟疑着跟姑娘说：'兜里就八毛钱零的了，先救七天的吧。'"

他说完我俩相视一笑。

我说："这么多年过去了，为了一段感情值吗？"

他回忆着说："这么多年，有时一想也很迷茫。为了爱情放弃亲情，放弃责任，放弃尊严，我也经常问自己，就因为自己收获了痛苦，就要转嫁到自己的母亲身上吗？为了放弃一份感情，就要放弃自己一切的一切吗？头些年我也试着改变自己，到货场干上几天活儿，干得我四肢抽筋，只有喝水的力气。我一次次自拔，又一次次沉沦下去。我深深地知道，我不是一张白纸了，我已经臭名昭著，众叛亲离。自尊自爱、自强自律都与我为敌。这么多年我不止一次在深夜回到我们大院，在远处凝视着那束灯光，我真无法面对这一切。在我无地自容一点儿力气都没有的时候，我想起了罗娟英，就是这窗户里的人让我失去了真爱，是她逼我走上了这条路。

"我想起罗娟英在我怀里撒娇的样子心如刀绞。她像一朵璀璨的鲜花，长在我的身躯里，不知怎么凋谢。我时常感觉到她的气息，这种感觉让我狂躁不安。有一次她去我们院儿找我，我出去时看毛军正和她纠缠，我过去和毛军打了一声招呼，说这婆子是我带着呢。罗娟英看我来了就跟毛军翻了脸，旁边的小四说：'怎么，因为一个女的还跟军哥翻脸不成？'我说：'哪里哪里。'罗娟英听我说这些屁话当时就哭了，她怪我为什么不跟毛军翻脸。我看着毛军的背影说：'我跟毛军家就住前后楼，怎么翻脸？再有他爸比我爸还大半级。'我说，'你穿那么花的衣服站在大街上能不出点事儿吗？'

"那天我给她讲了一个多小时毛军他爸对我家的帮助。为了弥补我的过错，星期一大人一上班我就去她家帮她洗衣做饭，第二天她给我讲她父母表扬她的话，她妈说饭有点儿硬，如果火小一点儿饭不会起嘎嘎儿，洗衣服像衣领前襟袖口儿要多搓几下，污渍就洗干净了。她爸说，做的饭不难吃，有点儿嘎嘎儿有嚼头，洗衣服抓重点也未必全对，起码在工作上不能这样，重点就是面子工程，这是我们共产党人非常反对的工作态度。你学的知识有重点？没有，要有直接学重点不就结了？所谓的重点就是投机取巧。她非常过瘾地讲着她爸的话，我也模仿着列宁，用手托着下巴。"

他又点上一支烟说："我想罗娟英，罗娟英也想我。我感觉中她经常在我身边说，虽然我们分开了，但我永远珍藏这份感情，我们的心依然连在一起，我的身影不是依然陪伴着你吗？再有，为了我的幸福我有了新的选择，难道你不高兴，你不祝福我吗？我生气了，我不理你了……"这小子肉麻地学着罗娟英说话，而且还学着罗娟英忸怩作态的姿势，左手捂着肚子，右手搭在肩膀上。

我瞧着他不男不女的怪态，差点儿没把刚吃的东西吐出来。我喉咙有点儿发热，后脖梗子有点儿发凉。这时我想起黑格尔的一句话，人和动物的区别就在于理性和感性能的分离。那么正常人和精神病人的区别不也是理性和感性不能融合在一起吗？不管是不是，这小子神经有问题是确定无疑了。

我看桌上已吃得爪干毛净，想说我该回家了，可他兴致不减，涛声依旧："在一个雨过天晴的傍晚，我路过一个村子，在一个副食店垃圾桶前停下，那天我没想捡什么，只是我的习惯而已。这时一个少妇手里拿着半盘饺子从店里走出来，睁大眼睛朝我说：'吃吧，这是孩子剩的。'她看我没有反应，把饺子放在窗台上，低头自言自语地说，'你不常捡别人的剩饭吗？'我走过去拿起窗台上的饺子，为了感谢少妇，我故意吃得狼吞虎咽，吃完还咂摸咂摸嘴。

"少妇以为我还没吃饱，又从屋里拿出一个维生素面包放在窗台上，说：'吃吧，不吃今天就过期了。'我拿起面包捧在手里，说来也怪，我被女人所害，可要出来的钱和饭百分之九十以上是女人所赐，你说我是该恨她们还是爱她们？我吃完面包女人又放窗台上一支烟和一盒火柴，怜悯地看着我。正好有几天没抽烟了，我点上烟深深地吸了几大口，为了更享受些我蹲着靠着墙，脚跟抬起。女人问：'大哥，从哪儿来？'我说：'北京。'她摇头说：'北京人还有要饭的？听说话不太像。'我说：'我全国各地哪儿都跑，所以说话南腔北调。'她问我家里还有什么人，我听了一时很伤感。她说：'大哥，对不起。'我说：'不关您的事儿。'她回到店里，拿出半瓶白酒和一袋花生米放在我的面前，一个十二三岁的女孩儿又拿出一只杯子，我说不用了就对瓶吹吧，女孩儿拿着杯子愣愣地站在那里。妇女说：'拿回去吧。'等孩子进了屋，说：'我们那位身体一直不好，但他很努力，结果积劳成疾，去年这个季节去了……'

"我一边喝酒一边听着她的故事，在她讲述的过程中，她总盯着我的眼睛，我因为喝着她的酒听得非常认真。但我心里想，就你这么平淡的故事，能打动我吗？不过，一个少妇这么近距离向我倾诉，在我的人生经历中还是第一次。我合上双眼，品味着酒中的故事。她问：'明天你去哪儿？有没有饭吃？'我说：'去哪儿不确定，饭应该没什么问题，讨不着好的讨赖的。'她听完进了店，一会儿和孩子走出来，递给我一

大堆食物。她说：'我和孩子给你选了几样快过期的食品，如果要到好吃的就扔了。'

"她又说了很多，什么在电视里看大城市单身女人活得很放得开，很精彩，她们偏远山村寡妇生活怎么艰难，村长怎么刁难她们孤儿寡母。她看我有些醉意，最后说让我再吃得饱一点儿，我因为喝了酒真吃不下去了。

"她从兜里掏出两元钱非让我带在身上，我看她颤抖的表情说：'大姐，我还没要您就给我，您真上道呀！大姐，您有什么事儿让我帮忙就痛快儿说吧，今天就是违点儿法我也豁出去了。'女人听了这话掉下眼泪说：'大哥呀，千万别多想，什么事儿也不求你办，我送的不是钱，我是想看你有什么反应。'我听了她的话，脑子有点儿发蒙，怎么着，还要把我领回去当孩儿的爸爸？如果那样我倒没什么意见，在这儿重新开始新的生活也不坏。我心里正琢磨，她说：'刚才你从这里一过，孩子就说，妈妈，是不是我爸回来了？我出门一看，可不是，你的个头长相甫提多像了，刚才讲那么多就是想看你有没有反应，没想到……'

"晚上下起了小雨，我躲在她家放柴火的屋子里，那天的雨很惬意，像呢喃的音乐，滴答滴答滴滴答，妙不可言。我躺在暖暖的草垛上，两手垫在后脑勺下，想着这几年的风风雨雨，想着刚发生的一切。大约十一点多钟柴门开了，她送来几件她爱人曾经穿过的衣服。我说：'大姐，让我留下吧，给你当牛做马也行。'我说完这话，女人当时扶着柴门就哭了。

"那一天我在她的指导下，洗了三遍澡，刷了三遍牙。那一宿我俩谁也没睡着。我无数次给自己打气，张东旗，你现在就过去，用手先摸她，如果没有什么反应就上床，上床后搂她十分八分的，如果半推半就就抱紧她，如果反抗很强烈，别找寒碜，连夜扯呼。我这么想了一千遍，夜里还上了三趟厕所，可就是没敢撩开她的门帘儿。鸡刚叫头遍她就起床了，她走到我的床前，看我的被子没盖好，给我掩了掩被子，她刚想离开，我又把被子踹开。她刚想再一次给我盖被子，我突然用脚把她勾在床上，猛地一起身，吓得她瘫成一团。

"我一下把她薅到怀里，她像一只瘟鸡，脑袋耷拉在我的胸前，我忙三倒四起来。她瑟瑟地发抖，我气急败坏恼羞成怒，为了显示自己，我脏话连篇，大开大合，生猛粗暴，也可以说是残忍。我为什么这样，是第一次爱的失败？我为什么不考虑她的感受，是男子汉的气概？我像一摊烂泥一样躺在床上。她轻轻地从我身下抽出身子，下地做早饭去了，看着孩子吃完饭背着书包出了家门，她坐在门槛上说：'吃完早饭就可以上路了。'

　　"我听完她的话，好像早有了准备似的说：'你是我一生中遇到的最好的女人，甚至胜过我心中的她，可我呢，却是世界上最让人失望的人，你就是留我我也没脸待在这里了。'她无奈地摇了摇头：'昨天我在想，是老天爷把孩子她爸又赐给了我吗？可我错了，你跟他差得太远了，你太像那个狗村长了，和你干完那事儿，我一辈子都不想了。'听完她说的话我浑身冰冷，老天爷赐给我那么优秀的女人，那么可爱的孩子，我他妈却认为人家有求于我。在干那些自己都感到可怕的事情时还骂人家是破烂货，我像在对卖大炕的吴妈一样，干完那事儿还让人家打水给洗，我不是浑蛋一个吗？我认为人家缺这个，缺一个掌门立户的男人。你说，我怎么有那么一个不知天高地厚的想法呢？

　　"还有很多奇怪的理由，我这么多年流浪的生活就是让自己的母亲后悔，让罗娟英愧疚，让我生命中两个最重要的女人一生中时时产生巨大的压力，我要让她俩跟我一样永远生活在自责与痛苦之中。"

　　张东旗今天跟我唠叨个没完没了，我想是多年的一种压抑的释放，抑或找一个倾听者吧。我没有问他，倘若回到感情的起点，你还会这么选择吗？未必。如果他不横刀夺爱，我跟罗娟英又会怎样？今天的神聊真他妈的荒诞无稽。

　　我说："天不早了，跟我回通县。"

　　他说："等我把这两个女人全部忘掉，忘得一干二净。"

　　听着他乱七八糟浑身都是理的话，我心里想，我早就不看好他跟罗娟英的关系。一个父亲是县委军代表，母亲是263医院的头头，一个父亲是红旗厂的副厂长，母亲是县工具厂的科长；一个大骄傲，一个小娇气，一个针尖，一个麦芒。再加上张东旗他妈起刺儿，能好得了才怪。现在好了，张东旗破罐子破摔，看他的样子也许常年不洗一把脸，手一会儿抠抠这儿一会儿挠挠那儿，身上兴许还有虱子

我正想着，张东旗开始不自在起来，他抓抓前胸，挠挠后背，说："虱子跟人一样，太阳一出来，就开始活动。这虱子都是在收容所里招的，大城市收容所还可以，小城镇收容所男女就关在一起。八几年来着？哦，八六年，我跟现在北京站很有名气的二胡陈在侯马关在一起，这个二胡陈在收容所里很吃得开，工作人员一没事儿就叫他出去拉两段，这小子在所里还能喝上两口。二胡陈对我不错，他下一站想到北京发展，他说北京才是大展宏图的地方。我们天南海北地聊，这块料一聊起女人，文学大师都不在话下。他说他在米脂有个相好，身上的味道比小鸡炖蘑菇还香，她的乳房比刚出锅的馒头还暄，她的屁股比痱子粉还滑溜儿，她每天最少要他五六次。这个陈半瞎子每天睁眼说瞎话，而且说到细致处还问一个女疯子听了舒服不舒服。

"那个女疯子手挠墙皮，啊啊叫个不停，然后褪下裤子两手翻弄下身。她口齿不清地叫着一个男孩儿，那男孩儿向她爬去，我上去一脚将男孩儿踢出老远。女疯子和男孩儿嗷嗷大哭，她下了炕，一手提着裤子，一手拍着门，大声喊叫：'有人要流氓了！'"

一个收拾碗筷的妇女在我俩身边走过，她轻蔑地看了张东旗一眼，又撇了一下嘴，意思说，你他妈的都混成这样了，还吹牛呢。

张东旗视而不见地继续着他的传奇故事："所里来了不少工作人员，让女疯子把裤子穿好，一个岁数大的工作人员呵斥她几句，女疯子说：'你个戴眼镜的老东西，你最能，你玩人玩后头。'屋里憋不住一阵笑，女疯子也伸出舌头咯咯大笑。这时所长来了，让所有人散去，他朝屋里的人说：'她再犯病，你们同屋的不能袖手旁观。'说完从窗台上拿过一团擦自行车的麻丝扔进屋里。女疯子低头开始发抖，嘴里不停地说：'别塞我嘴里，我再也不敢了……'她一头扎在床上角落里，哇哇吐着酸水。"

我看他停顿下来忙问："后来呢？"

212

他说："当天那女疯子就被遣返了。"

我说："你的经历能写一本书。"

他听了来劲儿地说："派出所拘留所我都去过。"

我说："怎么？是打架还是耍流氓？"

"我们是给打架耍流氓顶罪。我进过北京炮局，不知怎么搞的一进去就发烧，怎么吃药也不退，烧得我胡说八道。"

旁边桌上有人笑。

他撩一眼揪揪鼻子："有一天，一个姓殷的管教，外号叫老阴屄，对我说：'你不老想看病吗？领导给你安排了北京一家最好的医院。你小子真有福气呀。'当天下午我被送进了精神病医院。"

我问："待了多长时间？"

他说："没多久，就仨月。"

我说："听话口儿没待够。"

他说："当然没待够。"

我说："里头肯定不错。"

他说："告诉你，那里头人百分之八十没有病，都是心病，他们怀疑身边的人，怀疑社会，这么说吧，所谓的精神病，就是周围的环境太不宽容造成的。真正有精神病的人他们也治不好，我没听说过世界上谁能治好精神病，如果谁能治好精神病，他就不是人，他就是神。"

我说："你说句良心话，你自个儿有没有问题？一点点儿。"我没敢说他有没有精神病。

他说："我不是跟你说了吗，是社会的不宽容造成的我们被精神病。"

我说："你身边人的心胸、气量、见识有局限，社会像你所说的不宽容、不友好、不善良等等都存在，现在改变不了，将来也改变不了。你能不能改变自己一次，你回你的家，我回我的家？"

他低下头说："不是我不想回去，我无数次地回去过，可我一走近家门那一刻就非常狂躁。"他说，"老天爷把一个世界上最完美的姑娘赐给了我，又被最爱我的人生生地拆散……唉！"

213

第二十七章

我走的时候通县最高的楼是六层，现在零零碎碎有二三十层的楼了。以前不让盖楼，有说为了备战苏联，有说通县在飞机航道上。我们北苑地区还有一种说法，说西门有部队驻扎，如果盖高楼从空中一览无余，怕泄露军事机密。

后一种说法还是有据可查的，北京人都知道，在天安门方圆几公里不允许盖高层，盖多高呢？以不看见中南海里边的建筑为准，也就是越近越矮，这是规矩不是秘密。在那个物质精神极度匮乏的年代，这都是北京人向外地人吹牛的材料。我多次回东北老家，每次回去我的兄弟姐妹都嘱咐我说，在外头千万别说你是通县人，就说住天安门对面。天安门对面是纪念碑，是永垂不朽啊。

走进院门口儿的时候已经九点了。我瞧见邻居夏大娘在收发室正拿定的牛奶，她一抬头，哎哟了一声："这不是小伟成吗，你妈刚才还在这儿坐着等你呢。一个月前你妈就跟我唠叨你要回来了。"

我红着脸叫了一声夏大娘，她边催我快点儿回家边说："你们家现在搬新楼了，2号楼1单元203。"她用手比画指点着。

谢过夏大娘，我把手里的旅行包倒了一下手，大步流星地向家走去。我想，今天是星期五，我哥我姐他们都住在城里肯定不在家，我弟在上大学更甭提了。我妈我爸肯定在家，待会儿一见面，二老哭得稀里哗啦怎么办？遇到这种场面我哭得出来吗？我开始酝酿情绪。

推开我家屋门，我爸从南屋走出来，看见我低沉着说："你怎么刚到家？听孙有炳说你坐的车早上四点多就到北京了，他今天早上去接你没接着，刚走。对了，他让你回来呼他一下，你等着，呼机号在里屋桌上。"说着我爸进屋取字条去了。我妈在厨房里走出来，用手巾擦着手说："孙有炳还带一个女的来，我以前没见过，孙有炳说他在潞河医院门口儿有一个煎饼摊可挣钱了，他说下午收摊早来看你。"

我妈边说边把我放地上的旅行包拿起来："里面装的什么这么沉？"

我抢过旅行包说："全是书。"

我妈说："放在小屋吧。"

我看着桌上的练习本说："我弟学习怎样？"

我妈说："噢，学习还说得过去。你姐他们说星期日一早过来。"

我爸把写孙有炳呼机号的字条给我。

我走到南屋，坐在十多年前我哥打的沙发上，说："孙有炳给我去信说他每年都来家看你们。"

我爸说："嗯，这几年是。"

我妈说："就这两三年来，头几年也不来，这不，今年还给咱家画了一幅画。"我妈手指着沙发后头，我一转头感到头晕目眩。我琢磨可能是青海人说的，到了平原有点儿醉氧，也可能是坐了两天火车没有睡好。那时的火车大部分都是硬座，就是北京到青海这么远，有卧铺的车厢也不多，就是有你买得起吗？就拿孙有炳去北京站接我这事儿来说，北京不是没有出租车，你租得起吗？我慢慢站起来，审视着墙上的画，画面上一只老鹰带着四只小鹰站在山崖上，崖上有几块青苔，旁边有几枝松枝，背景就是天空和悬崖，左上角题款"群英会"三个字。想了半天，什么意思不知道，我向站在阳台的我妈说，我在车上没怎么睡好，头有点儿沉，想睡会儿觉。

躺在床上，外头有人喊："那海英，收发室有挂号信。"我妈打开门往屋让着在筒道里说话的人，那人说不进屋了，别忘了去取挂号信。我翻了个身把枕头往下拉了拉，听我妈说："我做饭，你要没事到收发室把信取回来。"我爸说："刚才谁呀？"我妈说："李淑英。"我嘴里念着李淑英，不知不觉想起了罗娟英、钱君英、杨英、英兰，和我妈那海英，你说，中国叫英的怎么这么多呀，这不就是群英会吗？孙有炳那幅画是不是就画我妈老英和她们四个小英呢？没准儿，这小子上学时鬼点

215

子就多，等我见着这小子非问个明白不可。

一觉醒来，我还没给孙有炳回电话，他却先打了过来，大概的意思是今天没过来看我是想让我多陪陪父母，这么多年父母没少为我操心。还有就是他今天太忙了，昨天下了一场雨，铁道桥下积了一人多深的水，一般做小买卖的都在城外住，他们过不了桥洞就出不了摊。往常潞河医院有四个煎饼摊，今天就他一家，没把二丫忙死。家里什么都卖空了，今天晚上和明天早上都要补货。我告诉他别来找我了，明天有时间我去找他，别招他媳妇不乐意。他说别媳妇媳妇的，虽然住在了一起，但还没有结婚呢。我问他为什么不结婚，他说等攒点儿钱再说吧。我又问了问几个同学都怎么样，他知道的就跟我多说几句，直到电话里传出一个女人的叫声，我才让他挂了电话。

第二天一睁眼已经日上三竿，我妈看我起来了，把包子又熥了熥。我勉强吃两口便匆匆出了家门。我没有骑车，我想，走了八年了，通州肯定有不少变化，走到学校北墙附近，以前的荷花池早已不见了，墙后修了一条直通潞河医院的路，二中后头的护城河成了盖板路。记忆中的潞河医院离我家还是有一段距离，可现在走了不到半个小时就到了。

我远远看见孙有炳正指手画脚跟买煎饼的人说什么，我走过去嘿了一声。他向我哦了一声，并向二丫说："装不认识是不？"二丫看我一眼，打了声招呼。

孙有炳说："当年抢你家油饼就是他出的主意。"

我说："照你这么说我成了大媒人了。"

二丫脸一红，低头转圈铲着煎饼，我俩嘎嘎大笑起来。

孙有炳拿了几张煎饼纸铺在花坛沿儿上，我俩先后坐下，他叫着二丫把煎饼摊上的烟扔过来，我俩一人点上一支。他说："今天就没有昨天忙了，不过，这种大雨天每年都有几次，头年还淹死过人呢。"

他对淹桥幸灾乐祸，但我对淹桥并不关心。近十年没见了，我们想聊的真是太多太多。

我问："你给我家送那幅画啥意思？"

他奸笑说："我学的是花鸟画，尤爱画鹰，而且画得还不错，每次

216

画鹰我就想起你。"

我说："难道我也会画鹰?"

他说："你不会画鹰,你是玩儿鹰的。"

我说："怎么讲?"

他说："罗娟英、钱君英、杨英、英兰,你敢说跟你那么干净?"

我说："滚蛋,你说,那老鹰是谁?"

他说："你没看那老鹰低着头,在选儿媳妇吗?"

我说："你就是个羡慕嫉妒恨。"

他说："那是你夸我。其实,群英会这个题材我画了几十幅了,给你这幅只是一个巧合。我临摹李苦禅的鹰一天几十幅,画得二丫直骂,你要知道一张纸五毛钱呢。"

我说："上学时你画画也就一般,后来跟谁学的?"

他说："跟我大爷。"

"你大爷是画画的?"

他说："不是,我大爷会写鸟字儿,就是咱们小时候看到的那些走街串巷,用竹板蘸上颜色在纸上一拧一拧地写龙头凤尾的鸟字儿。你要买就报上你的名字,他把你的名字镶在一句吉利话儿里。"

我说："我知道你大爷会写鸟字儿,你跟他学写鸟字儿?"

他说："对劲儿。"

我说："你为什么不去你爸公路局找工作?"

他说："我能找我不就找了嘛,凡是进过公安局的单位一律不收。"

我听了他的话,心里有点儿愧疚,他跟王大力确实有点儿冤。当时我们这个案子因为扎了警察,上头抓得很紧,又因此上了《北京日报》,被扎警察记了二等功,使这个案子成了众矢之的。可后来审着审着没像媒体报道的那样,人民警察怎么勇斗歹徒光荣负伤,而是一群警察没戴领章大檐帽和滋事的流氓打成一团。这个案子因为参与人数众多足足审了一年。我记得孙有炳跟王大力待了半年多才被放出来,大概算教育释放吧。想到这儿我拍了拍他的肩膀说："你是太冤了,本来想蹭一根儿烟,没想到蹲了半年牢。"

他说："就这样我也感谢你，起码你没胡掐乱咬，咱们的对立面不就狗咬狗一嘴毛吗？结果怎么样，他们那边进去十多个。哎，霍国强、魏生京这两块料命真好。本来是他们的事儿，我跟王大力却成了替罪羊。这两块料要什么没什么，一个当了警察，一个当了村长，你说哪他妈讲理去！"

他转过话问："你知道魏生京为什么退学吗？"

我说："他家农村的，又不考大学，上那么多学有什么用。"

他说："他退学另有原因。"

我看着他等待下文。

他说："这小子爱收藏女人私物玩儿炸了。"

我说："你怎么知道？"

他说："他跟咱班李红霞一起退的学，不到二十就结婚了。魏生京当村长第二年又把她甩了。"

我说："魏生京外头有小蜜了？"

他说："你听谁说的？"

我说："猜的。"

他说："那小蜜从二楼跳下来，把腰摔出毛病来了，魏生京也是没辙了。"

"你听谁说他有收藏女人之物的毛病？"

"听杨英说李红霞亲口跟她说的，他俩那么早结婚好像也与这有关。咳，哪天你跟霍国强聊聊，他说起魏生京可逗了，这孙子嫖小姐之前先买小姐穿过的袜子，袜子越臭他给的钱越多。谁脚臭他点谁，弄得他常去的鸡窝小姐把穿脏的袜子都存起来，等他来卖给他。"孙有炳边说边乐。

我说："别光说别人，说说你自己。"

他严肃起来，说："说什么，我们单位不要进过公安局的。我回了老家大城县，跟我大爷学鸟字儿。刚开始我大爷给我找了一根柳树根，把柳树根砸扁了当笔。我没写之前就跟大爷保证，学会就走，绝不在本地混。两个月后的一个凌晨，我大爷把五块钱放到我手里，说，孩子你的悟性太高，短短两个月就比我写得好了，我教不了你了，收拾收拾上路吧，走得越远越好。我接过大爷手里的五元钱，心说赶紧走，大娘醒了再要回去。我简单收拾收拾，匆匆告别大爷，一头向天津方向扎了下去。我顶着月亮，披着星光，一猛子就出了大城县界。从那天起我每天凌晨就开始赶路。"

我说："你跟张东旗正相反，张东旗不睡到中午不起来。"

他说："张东旗是要饭的，凌晨没人跟谁要去。"

我说："大清早赶路，地里有什么还能抓弄点儿？"

他点点头："可以那么说，不过，早晨凉爽，凉爽就能走得快一些。"

"第一站去的哪儿？"我问。

他说："天津劝业场。那一天，我在进口找了一块地方，我把写好的四张铺在地上，用路上捡来的小鹅卵石把四角压好，然后坐在那儿看过往的人群。"

我说："那天卖出去几对儿？"

他说："一对儿也没卖出去，连看的人都很少。直到傍晚一个老头儿走到我的摊前问：'这孩子，你是哪里人？'我告诉他是北京人。老头儿说：'我观察你一天了，你一对儿都没卖出去，这东西这里没人要，你应该去农村集市上试试。如果回家没路费，我给你两块五毛钱。'我心想刚来一天能看出什么，明天兴许就卖上两对儿。我大爷说了，在乡镇卖八毛，在天津北京这类大地方可以卖两块五一对儿。"

我问："你吃什么，住什么？"

他说："买馒头，住大车店。大车店一炕就住二十多人，一天五毛，不要被子两毛。第二天我又去劝业场，卖了一天依然没有开张。那天傍晚我溜达在天津的大街上，看着大大小小的饭馆。那时人穷吧，照样有吃肉喝酒的。我走到劝业场后面，有一条小街非常幽静，路边有不少人在睡觉，哎，我感觉这条街不错，从头溜达到尾，出了路口我问路边一个老者：'这里为什么有那么多睡觉的人？'老者看了我一眼说：'你不是本地人吧？'我点头。老者说：'这条街叫倒卧街，和劝业场齐名，这里倒卧的大部分都是天津要饭的，也有外地来这儿办事儿住不起店的。告诉你，吴佩孚手底下有一个姓张的师长，穷困潦倒时都在倒卧街住过。'我听老者说到这儿心里有了底，人家师长都在这儿住，我还讲什么臭架子？我摸着兜里的三块多钱，心想还不如要了昨天那位老头的两块五毛钱，明天我再去劝业场一天，事不过三，明天再不行，留下两块五回家路费，剩下钱大吃一顿。"

我问："第二天卖出去了吗？"

他说："卖出去两对儿。"

我问："两块五一对儿卖出去的？"

他说："两块。"

我问："什么人上的当？"

他说："什么叫上当呢？物有所值。马来西亚一个旅游团，一个游客买的，他叫徐耀金。他问我乐不乐意去马来西亚画画，如果想去，他给我办理一切出国手续。我说没问题，他把我的联系方式都记了下来。"

我说："先别说马来西亚的事儿，在劝业场干了多长时间？"

他说："第四天我就走了，那老头儿说得对，这些东西大城市人没人要。我回到通县，给院里的老头儿老太太画了几幅，院里的老头儿老太太都夸我画得好，可没有一个买的。我想，本地不能干，太寒碜。去哪儿干呢？离通县最近的就是顺义，再有，顺义我也去过。"

我听他说到这儿微微一笑："你小子就是奔二丫去的吧？"

他看了一眼二丫说："当时没这想法。"

我看着二丫的脸说："你写字哪儿不能写，非到顺义，你到顺义肯定有想法。"

二丫笑了笑，没有说话。

我说："交代吧，怎么把人家骗到手的？"

孙有炳说："我去顺义长途汽车站写字儿碰见她的。"

我说："哎，二丫家不是在火车站吗？"

他说："改革开放以后，全国公路发展很快，北京到承德的这条慢车线就没人坐了，他们就到长途汽车站又租了一个摊位。一天下午我在

220

汽车站摆摊儿，看见二丫推着自行车从我身边过，我朝她哎了一声，她没回头，我又哎了一声，她回头看着我，我向她挥挥手。她以为我在向她推销画，她摆摆手。我叫她的名字，她迟疑地走到我摊儿前，聊了几句才想起我是谁，她说，当时以为我是她远房大爷家的孩子，也会画画，可死了很多年了，她以为遇见鬼了。你想，谁跟被抢的人打招呼啊。"

"孙有炳你还有点儿正事儿不？"我朝二丫说，"你哥碰见他没揍他吧？"

孙有炳说："她哥跟我好着呢。"

我说："你就吹吧。"

他说："你爱信不信。哎，你还记得孙有来吗？"

我摇摇头。

他说："就是她哥在派出所报他的名给咱俩解围那个。"

我哦了声："想起来了。"

他说："这小子又加刑十五年，听他哥们儿说把一个欺负他的犯人脑袋上砍了一桶锹。既然孙有来出不来，他哥自然成了我戳份儿的大哥了。"

我说："在顺义生意怎么样？"

他说："还可以吧，农村进城回乡的天天有，你不买他买。"

我问："多少钱一对？"

他说："一块六。"

我说："饥寒起盗心，饱暖生淫欲，敢情这句话你一点儿没糟践。你是怎么拿人家哥做掩护向人家下手的？"

孙有炳向后直了直腰，看了一眼二丫说："哪儿呀？在那儿干了不到仨月，马来西亚徐耀金就来了邀请函，说他那边都给我运作好了。"

我说："不会是移民吧？"

他说："办旅游签证，到期去香港换签。"

我说："那边还行吧？"

他乐着说："我刚下飞机，徐耀金就给我脖子上套了一个大花圈，

221

鲜花的，套在脖子上可凉了。我问徐耀金这花怎那么凉啊，他说这边是热带，摘了花就要在冰柜里保鲜，要不就烂了。他把我接到他和人家合股开的超市。超市门口写着：热烈欢迎中国著名书画家孙有炳先生。徐耀金在超市一进口儿给我搭了一个五十多平米的大画台，我的对面是跳艳舞的舞台。"

我问："商场跳艳舞?"

他说："那儿的商场就那样，让我去也是为了招揽生意。"

我说："你可以呀，低头画画抬头看艳舞，没和人家亲热亲热?"

他说："我告诉你，在那里不能说你是大陆来的，说了他就不爱搭理你。"

我说："为什么?"

他说："没钱谁理你?"

我说："你是艺术家，她们也是搞艺术的，不会不爱搭理吧?"

他说："我没事儿，我们经常在一起吃饭喝酒，我们都住一块儿。"

我说："晚上喝多了，没走错门儿吧?"

他说："人家是人妖，都是男性。"

我听了来了劲儿，说："就你这身板儿，在那儿改装改装不就完了?"

他乐了起来，我俩又一人点上一支烟，我看了二丫一眼，转过头又问："画一对儿卖多少钱?"

他说："六十马币。"

我说："怎么分成?"

他说："一人一半，但我不管钱，给多少算多少。"

我说："马来西亚人不懂中国艺术吗? 没有人懂国画?"

他说："当然有懂的，尤其有不少老年人，但在那个场合没法画国画，画国画一天也画不完一张，我这个画儿画好了两分钟一张。你没见过我画，哪天闲下来给你表演一个，唰唰几笔，可帅了。"

我问："生意怎么样?"

他说："嗯，好的时候排队。"

222

我问："哎，说真话，有看上你的不？"

他说："怎么没有，我妈要不有病叫我回来，人家都给我介绍女朋友了。"

我说："说你胖你就喘。"

他说："真的，我回来时人家给我买了不少吃的呢。"

看他得意忘形露马脚的样子，我没有再往下问。

我说："你在那边待了多长时间？"

他说："三个月，日子到了我就去香港转签。"

我问："你妈得的什么病？"

他说："什么病都有，高血压糖尿病，我不在家这些日子多亏二丫照顾。"

我看了二丫一眼，说："怎么，你走之前……"

他说："你想多了，我在马来西亚的时候跟她哥有书信往来，有时聊到家里的事儿，她哥过节去我家看望，正赶上我妈犯病，没跟我商量就把二丫送到我家照顾我妈。"

二丫看了我俩一眼。我说："大哥就是大哥呀，太仗义了。哎，背回多少叶子？"

他说："六十万马币。"

我问："一马币换多少人民币？"

他说："一马币换五块，我告诉你，北京只有一个地方能换马币，你知道在哪里吗？"我摇了三次头他才继续说，"就在中国银行，那一天我把钱全换了。"

"三百万，钱呢？"我四下打量着他。

他说："全赔了，而且还欠了人家不少。"

我说："干什么赔的？"

他说："我跟她哥在村里开了一家饮料厂，他们村的三相电都是我接的，仅在镇里拉了一个三相电就花了七十多万。你不知道，我跟你一样上过《北京日报》，差点儿没把我判了，我们的饮料喝坏人了。"

我说："下什么药了？"

223

他说："好几个月卖不出去，倒掉怪可惜的，她哥行了一个好心眼儿，上了一个小广播，凡是村里人，不管老少爷们儿，到饮料厂喝多少都白喝。这倒好，喝一批吐一批，喝一批倒一批。因为这事儿审了她哥两个多月，这要在十几年前非打他一个毒害革命群众不可。二丫她本家大爷为了救她哥，还冒充革命群众到公安局给她哥说好话。"

"这不是浪吗！"说完我抬头看了一眼正摊煎饼的二丫，我想，得亏摊煎饼呢，这要闲着非瞪我一眼不可。我说："既然保质期过了为什么不自己倒掉？"

他说："是呀，我也问她哥，她哥说的也对，就这些瓶盖要想全给起完，把汽水空掉，需要十几个人干一个星期。"

我说："所以又做人情又帮你们干活儿了？"

他点头，拍着腿上的蚂蚁。

我说："老乡们没找你麻烦吧？"

他说："找就找她哥吧，关于亏多少钱我也不知道，后事都由她哥来处理，她哥只托付我一件事儿，把二丫照顾好。我带她去了大城，在那儿待了大半年才回通州。这不，又干起了她家的老本行。"

我说："你为什么不去找徐耀金重操旧业呢？"

他说："唉，徐总得病死了。再有，这种民间艺术也完蛋了，要不我为什么学国画？"

我说："整天画大老鹰。"

他说："我不行，我只是在纸上画画而已，跟你比不了。"

我俩相视而笑。

他继续说："你可别小瞧了我，我可是'通州八家'之一。"

二丫接过去说："你是'通州八家'，在北方号称'十六名家'。这么着，你明天拿一幅画，我摊个煎饼，你看过路的是买画还是买煎饼。"

这时我才意识到我俩聊天早就该结束了。刚开始跟孙有炳聊天的时候二丫就插了不少话，为了情节的连贯性没有把她的话写进来。现在我补充一下，让这个故事更加有真实性。

开头二丫没怎么说话，后来孙有炳说在马来西亚挣了很多钱，他妈有病二丫去照顾，并不像孙有炳说的那样。他妈病了以后，孙有炳让二丫哥在乡下帮着找一个护工，二丫哥想，兄弟这点儿忙要不帮还配做大哥吗？他也不知道老太太病得怎样，他先让二丫暂时盯几天，谁想一盯就小三个月。二丫说的这些我一听就是真实情况。还有就是二丫哥和孙有炳做买卖，二丫哥也出钱了，队里给腾的养猪场白使三年，三年以后交租金，一年一万元，这都是二丫当村长的二叔给的实惠。可二叔就喝了孙有炳两瓶二锅头，最后的屁股都是二丫哥给擦的。我问二丫后来背了多少账，二丫说家里的房子全卖了还东拆西借几万块，最后他哥把厂房设备和租赁合同转让给一家罐头厂，才圆上这笔欠账。

二丫东一句西一句，一到接不上下文就说，反正我跟你说不清。听了二丫的话，我大概了解了他俩的现状，二丫的委屈是：以前给哥当下手炸油饼，现在改摊煎饼养活孙有炳，中间赶上一次大起大落卖房子卖地。

可孙有炳却认为二丫是幸运的，更是幸福的，以前二丫给她家干，说白了是给她哥干，干多少也不属于她。现在不一样，给自己干，干多少都是自己的，想怎么花就怎么花，去年就花了三千块在中山街买了一座三间房小院。

他根本就瞧不起霍国强，每次到这儿吃煎饼一吃就两个，不给钱还牛哄哄，他工资那俩钱还不够孙有炳一个星期的流水。

孙有炳告诉我卖肉更挣钱，他想跟我一起支一个肉摊，他说肉摊一人干不了，最少得俩人，问我有想法不，我说没问题。可回家后跟我爸一说，我爸当时就给否了，理由是卖肉就要动刀子，你因为什么犯的事儿你不知道吗？我跟我爸磨得嘴都起泡了，我爸最后说，你要想让我跟你妈多活几年就别干！这么说吧，自从你犯了事儿，凡是带刀子剪子的场合我都不去，你大爷家大庆猪场请我剪彩我都没去。我妈说，得了得了，你是怕拿剪子吗？你不是说猪场档次太低，要是个拖拉机站剪彩还差不多。

第二十八章

很多中国人爱跟风，偷自行车也是，我们家属院顾师傅家总共丢了十三辆，仅他闺女一人就丢了七辆。为了防止丢车，力气大的小光回来就把车扛到六楼，有的不放心直接搬进家屋里，有的家三轮儿都进屋。弄得一到夜里每家都跟车棚子似的。有的老弱病残就买个狗链子把车锁到树上或电线杆上，有的车上四把锁。

我因为有特殊的经历，对这种事儿还是有一些办法。我把我妈给我买的山地车大漆全部刮掉，泼上硫酸。有时出去忘带车钥匙，就把车把卸下来，弄得一个偷车贼给我座子上夹了张字条，上面写着：大哥，你哪个山头的，我想拜你为师。下面一行是他的 BP 机号。

居委会于主任不知从谁那儿听到了这个故事，专门到我家取经。我说："小偷偷东西是为了卖钱，我这个东西卖不上钱他就不偷了，这叫四两拨千斤。"那个年代为什么偷自行车成风？因为偷车价值不够判刑标准，派出所批评两句就放了，再有，二手车市场到处都是，政府不管，谁不偷谁傻帽儿。你以为偷自行车的都是职业小偷？中国老百姓每家都丢过四五辆，我问你，职业小偷偷得过来吗？全民皆偷。

于主任从我家出来才醒过闷儿，他说："你哨了半天也没告诉我怎么防偷。"

我送他出来，说："全民皆偷，防不胜防。"

他唠叨："老张看门儿，一过十二点就睡觉，大门如同虚设，厂长让我说他两句，他却教育我十句，他说：'你给我这点儿钱就是睡觉钱，抓小偷那是派出所的事儿。'前几天周红家丢一辆新车到派出所报案，你猜派出所人怎么说？报也白报，偷车的太多了，抓谁去。前天老张跟

226

我说：'你告诉厂长，他要能耐，哪天夜里小偷来了我给他打电话，让他抓来。'"

我说："老张说的有道理，晚上偷车的一出来至少两三个，他一个人如果管很危险，真出了人命厂子有说法吗?"

"照你这么一说还没治了?"

"当然有治。"

"怎么治?"

"我觉得可以给老张安一个电铃，让老张看见偷车贼一来就拉铃，偷车的人心虚，听到铃声也就吓跑了。"

于主任听了高兴地说："太好了，这一下我就能向厂长交差了。明天我再给家属院儿开个会，让大家听见电铃响都出来抓小偷。"

我说："你开不开会肯定都有人出来，起码有新车的人要出来。"

他说："铃就安在你窗户外头吧。"

我说："没问题。不过，我妈岁数大了，我问问她。"

主任说："不用问了，你妈最支持我们居委会工作了。听见铃你一定要下来啊，你是经过风雨见过世面的人，只要你一出马，我们就有底了。"

我说："放心吧，好狗护三村，我听了铃第一个到偷车现场。"

电铃安了没有一个星期，在一个伸手不见五指的夜里响了起来。也搭上夏天开着窗户，这铃一响给我吓得心脏怦怦直跳，敢情这声音也太大了，震得我床板发颤。

铃声就是命令，我抄起厨房里的擀面杖冲下楼去。于主任从居委会出来跟我正打一个照面。我问："偷车的在哪里?"

他说："对不起，对不起! 可能是哪儿连电了。"这时，后面围上来七八个人，他们有的手里拿着棍子，有的手里拿着铁锹，东一句西一句地发着狠话。

这时，我妈在二楼窗口破口大骂："小伟成，你这小王八犊子，挨千刀的……"

我跟主任说："这铃声也太吓人了。"

227

于主任说："不大呀，这是咱厂子上班的备用铃。"

我说："还不大，咱们厂区一百多亩地都听得真真的，今天别说了，把闸拉了。"

于主任说："放心，我已经把电断了。"

我说："我妈怎么说是我让安的铃呀？"

于主任说："咳，上星期安铃的时候，你没在家，你妈问我，我随口一说。"

我说："您真行，明天赶紧摘喽，要不我给你铲喽……"

第二天早上刚上班，窗外的嘈杂声把我吵醒，我上厕所尿完尿，朝窗外的电工问："卸铃呢？"

电工说："卸什么铃，于主任说给铃小锤上套两层胶皮套，再给铃外头套一个电表箱子，一是消音，二是伪装一下，要不小偷看见报警器就不来了。"

我听了这个气，敢情还有怕小偷不光顾的人。

电工在外头装完电闸箱子说："下来看看吧，于主任给你写了一张表扬你的大字报。"

我问："贴哪儿了？"

他说："一号楼房山。"

我进了厨房，扒窗一看，果不其然，于主任和一个老太太在表扬信底下聊天。听我爸说，这个于主任就爱写大字报，他是厂子有名的写手。这家伙，洋洋洒洒一大张纸，全是对我的赞美之词，我边刷牙边看，看得我脸直发烧。我心想，这要贴在厂门口儿就更好了。

我想起了小英雄刘文学和坏人做斗争的光荣事迹，越想越觉得亏欠于主任很多很多，我哪儿像他说的那么大义凛然呀。

这时我妈在北屋喊："你待会儿下去跟于主任说，今天必须把铃给我拆了。"

我走出厨房说："我都应人家了，你给我点儿面子好不好？再有，人家让电工装了一个闸箱子，在铃锤上又套了橡皮套，我都怕听不见铃声了。"

自那天看完表扬大字报，我天天梦见铃响。

一天早上我给家里换完煤气罐，我妈从外面进来说："刚才孙有炳来电话了，让你下午别出去，两点一个同学来找你，好像是个女同学。这不，你爸怕忘了，还写了张字条放在桌上。"

我从桌上拿起字条边看边说："孙有炳没说别的吧？"

"没有。"她去阳台把葱打开晒上，又说，"你兜里还有钱吗？没钱我给你拿十块，你把头理理去，大热天的也不怕起痱子。"

听了我妈的话我心情大好。但我不能剪头发，胡子也不能刮。我要给她一点沧桑感，让她有感伤，有回忆。对了，我还没告诉读者字条上这个人是谁，她就是学生时代对我最好的钱君英。

我自出狱那一天就想见她，可一直没有合适的机会。第二次见孙有炳时，我流露出想见钱君英一面的想法。今天见她要显出沧桑感的同时，还要装点范儿，如果不装我跟她的差距就太大了。她现在正上夜大，上完夜大就当副行长，他爸在行长这个位置上退下来之前，已经提拔了一大批中青年干部，现在北京有两家分行行长都是他爸的老部下。

我们南楼和北楼之间是一片花园，花的品种有好多叫不上名字，这些花草都是家属院爱花的人们自发播种的，我的北窗正对着一架紫藤，从我回来它就没完没了地开。这几天少雨，花朵有点儿往下坠，可能也是居高花自矮吧。紫藤下有一块青石和两个木凳，还有一个掉了漆的方桌，通往紫藤那里被人们踩出一条小道。一只粉色的蝴蝶拍打着翅膀，在紫藤前挑选着花朵。

我下了楼，侧身过了松树隔离带，低着头撩开一枝藤叶，用手擦了擦石凳，坐下来望着紫色絮状的花朵在风中任意轻摇。

下午不到两点，一辆桑塔纳停在楼下。一个烫着长发的少妇下了车，她上身穿一件杏红色真丝背心，下身穿一条黑短裙，脚上蹬一双中跟皮鞋。她站在车旁，看我在花下欣赏着她。

"看本小姐驾到还不迎接？"

我听了钱君英的话，三步并作两步走过去。她两手搭在小腹上，侧拧着身向我微笑。我突然大声说："报告队长，犯人徐伟成求医。"

229

她听了我的话，大声地笑了起来。"你们在劳改队里看病就这可爱的样子？"

我也乐了起来，"我们总场就有你这样一个女医生，常穿红背心黑裙子，外面披一件白大褂。"

"今天看你这么尊重我，嗯，你说，奖励你什么？嗯，是喝咖啡还是坐车带你去兜风？"

我说："这车是你的吗？"

她说："单位配的。"

"哇，你是什么官儿？"

"再过一年，我开的车还要高一个级别。"

我说："开什么车？"

"起码是个本田吧。"

我上了她的车，看座位上有个大布娃娃，说："这么大了还喜欢这个？"

她坐在驾驶座上说："孩子落下的，昨天非要让我带她去奶奶家，这闹哟，把它扔到后头去。说，今天去哪儿，我就是你的专职司机。"

我说："我想静一静，去一个没人的地方。"

她侧头看了我一眼。

"先带你去个地方吧。"她转着方向盘说。

我俩出了大院儿向左一拐，过了铁道，顺着铁道底下的土路走了三里多地，在一中的南墙外一片树荫下停下。我俩都默默地下了车，她在后备厢里拿了两瓶矿泉水，随手递给我一瓶，自己打开一瓶，我也随着打开。

我说："拉我到这儿来想告诉我英兰的事儿？"

她低沉地说："讲完我会好受些。"

我说："我知道了会有同感。"

"那我拉你到这儿来就没错。"她沉默了一会儿说，"你走的那年暑假，也是一个星期天，也是一个有阳光有微风的下午，英兰约我来这里采花。我来找她的时候，她在离我一百多米远的右边这条铁道上背对着

230

我往西走。那天她穿了一件绿背心，下身穿一条红裙子。她不时地回头向我招手，这时后面传来了火车的汽笛声，我边下火车道边大喊着，让她快下来。

"她下了火车道，却又上了新修的左边这条火车道继续往前走。当火车离我还有几十米远的时候，我才发现火车是行驶在新修的火车道上，我撕破了喉咙跟火车汽笛一起疯了一样叫，可怎么叫她都像没听见一样，安步当车地往前走。当火车接近她那一刻，她左脚离地，侧过身望着高大的火车头，她来不及害怕，火车就把她铲上了天。

"那天的天真是太蓝了，像深深的海，她头朝下在蓝天中飞翔，她白皙的腿无力地伸展着，红色的裙子似盛开的鲜花，绿色的背心如花萼，她长长的秀发像被拔起的根须，在微风中飘扬。她没有落在铁轨上，可能在撞她的一瞬间她单腿着地一侧身的原因，她重重地落在了路肩上。

"我惊魂未定地跑过去，血从她后脑流出来，她闭着双眼，很累很累地睡着，胳膊和腿极其不雅地摆放着。她的嘴唇画得非常鲜红，在那个时候只有晚上在舞场上才能看到。

"火车上大概下来七八个人吧，他们七嘴八舌说着话，有两三个人还问我和英兰什么关系，我不假思索地回答。

"听他们东一嘴西一嘴说了半天我才明白，敢情这条新修的铁道已经试车快半年了，再有一个月不到就要正式通车。现在可好，撞了人，奖金没有了不说，弄不好通车还要延期。"

我说："她在哪里出的事你还记得吗？"

她说："当然，在前面那根电线杆子前五米，怎么？"

我下了火车道，在路边采着不知名的花草。她跟在我后头也采起来。我俩一人采了一抱，走到英兰出事的位置，她把鲜花放在两个火车道之间的路肩上，我也像她一样把花摆好。

我俩默默地站在那里不知多久，东方传来了火车的汽笛声。她说："下去吧。"我俩下了火车道，看着火车呼啸而过。她捋好吹乱的头发说："后来的事儿比我想象的要复杂多了。"我俩坐在旁边的土坡上。

"刚开始是铁路警察找我问情况，完了是当地公安局找我问经过，接着是英兰他爸和吴姨找我帮助他们准备打官司的材料。铁路部门认定为自杀。英兰爸认为铁路部门有责任，既然是试运行，速度就要在能处理紧急意外的情况下运行，再有铁道试运行你有没有书面通知两边的居民，铁道两边安全防护措施做没做有没有，等等。铁道部门除了验尸，也了解了英兰一些情况，他们还是认为英兰是自杀。从家庭情况到她不合理的避让选择，更重要的是发现英兰有怀孕的特征。两边最后可能都有妥协吧，铁道部门怕找麻烦，英兰她爸也怕公事公办，更怕弄出什么丑事儿，最后不了了之，可能赔了英兰爸七八千吧。听说英兰的妈妈还回来打打闹闹过，说她交着抚养费，赔孩子的钱也应该有她一份儿，再后来我就不知道了。"

　　我听着她的话自言自语地说："她怎么能怀孕呢?"

　　钱君英说："你走了以后，她当着我面掉过两次眼泪，她说你是一个好人。"

第二十九章

英兰的不幸让我很是伤心，她怀有身孕又让我很是失望。说真的，在我三十岁之前，让我三百六十度查验过身体的女孩儿只有她一个。虽然当时她手刨脚蹬厮厮打打，但这丝毫没有改变我美好的探索。自从和英兰所谓的一夜情后，霍国强他们没事儿就让我讲这段艳遇。每次讲我都添枝加叶，当我一讲到关键处，孙有炳脖筋一跳一跳地说："就你这个采姑娘的小蘑菇在那么关键时刻能睡过去吗？说给傻子傻子都不信。"

霍国强掐着我脖子说："你这个花匠，说实话，你给她上了不？"

"孙子，松开。"我挣脱开说，"我对天发誓，没给她办喽。"

"没办钱君英为什么老说，人家可是处女，你要为人家负责。"

我说："你听钱君英的还是听我的？她就怕世界不乱。"

霍国强说："我们谁的都不听，你敢跟英兰当着我们面对质吗？"

我说："我他妈有什么不敢？"

英兰这个人也真怪，自从和我有了所谓的一夜情之后，有什么事儿她都找我说，好像我真的成了她男朋友似的，我也不知道钱君英在她面前怎么吹的我。

听英兰说，她父亲经常夜不归宿，有时每星期回来一次给她留点儿钱。一天晚上，她爸喝得酩酊大醉推开了家门，大喊大叫："英子，我出差回来了，可我明天早起还要走，我要成为有钱有势的人了，从今往后大院里的人我一个都不理，这帮穷厩。"

英兰听着父亲大话连篇，看他半面脸和身上全是泥土，心疼地说："爸，你全身都是泥土，脱了衣服，洗个澡吧。"

她父亲说："不洗，干革命就不怕脏不怕累。"

英兰说："你这样钻被窝儿把被子都弄脏了。"

父亲说："凭什么把我被子弄脏了，我钻你被窝儿。"说着往里屋走。

英兰说："那可不行，还不赶紧洗澡去？"

父亲没再说什么，就去厨房洗澡去了。一会儿厨房里传出父亲喳喳的乱唱声，一曲接一曲，都是两三句，洗完澡他四仰八叉地躺在炕上还吧唧着嘴唱着。英兰给父亲盖好被子，她怕父亲起夜摔着，没有关外屋的灯。回到自己屋里躺在炕上，没有脱衣服，她怕父亲晚上有什么事儿需要她照顾。刚才父亲没头没尾的话什么意思呢？她心里嘀咕着。

自去年父亲从车队去小车班给领导开车，父母就吵架，掐头去尾她知道个大概。爸爸说妈妈外头有人，妈妈说爸爸外头不干净；爸爸说妈妈外头那个人被他撞见过，妈妈说爸爸外头那个人她不用见也知道是谁；爸爸说说话要讲证据，妈妈说证据随时都可以找到。吵吵闹闹几个月，妈妈不再回来，爸爸隔三岔五回来。头俩月爸爸往家里带过一个女人，就是鞋厂的业务厂长，父亲让她叫她吴姨，她待搭不理地叫了一句，吴姨点点头算是回礼。那天晚上吴姨没有走，也就是那天晚上，英兰第一次失眠了……

第二天中午，父亲屋里的说话声和搬东西声把英兰吵醒。她起来推开门，见两个小伙子在搬衣柜。吴姨看了英兰一眼，朝她爸说："就搬一个衣柜装装你的衣服就行了，其他的什么也不要，我那边都有。"说完侧过身哟了一声说，"英兰，你爸非要到我那边住一阵子，那边归置好了，实在不行你也过去住。"说着她指挥两个搬运工出了门。

父亲低头磨磨叽叽说："你也知道，你吴姨是主管业务的厂长，现在改革开放了，都市场经济了，我们厂就指着她呢。所以，我为了这个厂也要照顾好她，要没有我为她挡酒，她早被人家灌死好几次了。咱们家离她家太远，我也没办法。"他朝门外看着说，"你也这么大了，我故意试了一些日子，看你也不是过不了，别听你吴姨的，她离婚都没要孩子，她不喜欢小孩儿，你不经常去钱君英家吗？没事儿让她也到咱家来玩儿。"他看英兰眼圈一红，忙说，"我会每星期回来看你。"说完把五元钱放在英兰的手里。

英兰把钱甩到地上，她瞅着父亲出门的背影，呜呜地哭起来。说实话，她看不起父亲，但这又是一生无法改变的。她烦父亲，可这是她唯一可以依靠的肩膀。现在一切一切坍塌了，在她这个年龄中最重要的部分已经成真空地带，这需要多少感情的温暖、物质的刺激去填补呢？

她坐在父亲余温未消的床上慢慢地冰冷下去，她想着父亲给他钱时歉意滞重的眼神，她一次次回忆着，父亲出门那一瞬间阳光照在他一侧的肩膀上温暖而宽厚。她以为把钱扔在地上父亲就会哄哄她，暂时不会走，可父亲让她大失所望，她恨自己当时为什么不大哭一场，感动父亲别走。哪怕是一个月不回来也无所谓，因为每当她打开家门，父亲的味道充满每个角落，挂在衣架的西服给她无限的慰藉。她看着挪走衣柜的空墙挂满蛛网灰垢，感到自己的心空荡荡的。

她缓缓站起身，回到自己的屋里，被子扭曲地趴在炕上，她开始回到现实中来。她抬头看了一下日历，今天是十号，父亲说每月给她十五元钱、二十八斤粮票，她粗粗算了算，如果不瞎花，钱是够用。她又回到父亲屋里，看着地上的钱，在捡钱之前，她扭头看了一眼窗外。父亲是否能意外归来？因为靠在酒柜旁那把气枪他没有拿走，她记得小时候父亲经常带她出去打鸟。如果这时父亲回来，她一定扑倒在他怀里，她要用父女情和吴姨做一次决斗。

院子静得能听到阳光慢慢移动的声音，她捡起五元钱，好像又看到了希望。五元钱意味着最多九天父亲就得回家给她再送钱来，下回父亲送钱来，她想跟父亲说以后每次给她三元钱，以防她乱花，这样每月她就能多见父亲两面了。她走进厨房打开缸盖，里边有七八斤大米，其实她知道里边有多少米，就是想打开再看一眼。盐还有多半碗，酱油还有少半瓶，她不想做饭，起码今天不想。

她简单地梳理完毕出了家门，此时阳光依然明媚，树上的叶子懒懒地摇曳。出了院门向右转，过了桥下了道来到钱君英家楼下，她大声喊着钱君英，她看钱君英在阳台上露出头，她摆手让她下来，她说有顶重要的事和她谈，说完她在护城河边找了一棵柳树在树下徘徊，她心乱如麻。看钱君英还有几十米远她就喊："我爸走了，我爸不要我了！"她喊完大哭起来。"我想喝酒，我想打人，咱们找徐伟成打人去吧！"在找我的路上，她把所发生的事情和钱君英说了一遍，找到我时又说了两遍。

钱君英歪歪扭扭在铁轨上说："英兰，你说这么多遍了烦不烦呀？"

我说："你找你爷爷奶奶，让他们教育教育你爸爸。"

英兰说："爷爷我上初一时就死了，奶奶还指望我爸养，又带着我弟弟，能管这事儿吗？"

我说："那就只好找派出所了。"她怀疑地看了我一眼。"你想，你还没有成年，他就得管你。"

钱君英说："他爸不是不管他，她爸是到吴姨家住。"

"我爸不是不给我钱，他每月给我十五块。算了……"她带着哭音儿说，"我死了也不让任何人管。"说完独自往前走，钱君英追了上去，我随后说："你别哭啊，有什么让我帮忙的，尽管说。"

她站在前面说："谁哭了？我是恨。"她转过头说，"我恨吴姨，你帮我打吴姨一顿好吗？"

我说："干吗打人家，又没惹你。"

英兰说："她跟我爸好就是惹我。"

我说："她惹你你爸为什么不打她？"

英兰说："我爸是她的司机，惹得起她吗？"

我说："听说是你妈先散了心，后来你爸的心就野了。"

英兰说："你说那些干吗？你管不管吧？"

我看她又抽泣起来忙说："管管管，你踩好点儿，我带三个人够了不，再不带上十个八个的，没问题。"我说这些话也就是吹吹牛，别看我们隔三岔五地打架，可跟大人打架还是有点儿犯嘀咕。但我有一个毛病到现在都没改，炸北京火车站的事儿我都敢先应下来。

关于打吴姨的事儿我跟霍国强、孙有炳商量了好几次，霍国强一直不主张打，理由是人家是大人又是女的，而且还是厂长，通县工业局有几个企业？打了整个通县都得轰动喽。再有，霍国强非让我承认跟英兰

236

有过那事儿，如果承认了他可以考虑考虑，我知道他调理我，也不跟他较真儿。我带他和孙有炳见过英兰两次，他俩一见英兰就牛吹上了天，说他俩打起架来手黑得不行了，打谁都是半死。打吴姨别打残了，把你爸的工作弄丢了，你就没钱花了。不但这些，他俩还骗吃骗喝，没有三天英兰的钱就花得差不多了。这时钱君英的父亲把英兰找到家里，告诉她一个月怎么安排支配自己这十几元钱。要知道一个月十五元在那个年代就是富姐了，就是天天吃食堂也够花，你想，普通的素菜六分至八分，一份红烧肉也就三毛钱，一个小姑娘半份儿就够了。星期日食堂不开门，自己如果不在家里做，还能到钱君英家蹭两顿。我想她对钱君英有特殊的依赖，可能就是那个时候开始的吧。

　　我之所以对英兰有那么多回忆，不仅仅是因为她的死。从我进监狱那一天起，死一直离我很近，当狱友一个个相继离我而去的时候，我就想起小时候天真的想法：我肯定要慢慢长大，可我不会死，世界上只有少数人不会死，我就算一个。就是死了，也是暂时的，我会以另一种形式存在……英兰，你会以另一种形式存在吗？

　　岁月的流逝让我们阴阳两隔，但你的身体却时常浮现在我的眼前，在监狱八年多的时光里，我一直靠你的身体取暖，是你让我知道了女人对于男人是多么的重要，也是你让我知道了女人是多么需要男人的爱护。我不知道多少次躺在监狱里的床上，望着窗外满天星斗，想着你尚未完全成熟的身体和面庞。也是那个夏天，也是一个星期天的下午，我曾有过不祥的预感……英兰，那天我无力知道你在想什么，我只想让你托梦于我，你的恐惧，你的失望，你的一切的一切，你能告诉我吗？今晚？明晚？我在梦里等着你。我屋上铺的精神病说过：生命的每一天都是崭新的，没有人能重复昨天的日子，也没有人知道明天将要发生什么，对昨天的恐惧失望是对生活的回避，对明天的憧憬向往是欲望与贪婪，我们所有人都无法逃避。

　　……

　　在我俩即将上车的时候，钱君英扶着车门对我说："你……能告诉我，你跟英兰发展到哪一步了吗？"她上了车说，"她底下流了那么

237

多血。"

我侧过身明知故问:"你是说我过生日那天晚上?"

"还有你弄脏的床单。"她紧闭双唇。

我不好意思说:"她没跟你说吗?"

"她只说是你弄的,我再往下问不成流氓了吗?"

我望着车外,把那天发生的事情讲了一遍。

她仔细听完,沉默了半晌,说:"如果张东旗不当兵,如果英兰不认识你,如果你不走那么多年,如果我……"

我说:"你是说英兰的死与我有关?"

她说:"我没这么说,英兰生也罢,死也罢,这是她的选择。可她的家庭她的同学她是无法选择的。"

我说:"你还是说了。"

她说:"我没说你,我说我自己。"她靠在车座背上,"这么多年我无法忘却。"

钱君英的话深深地打动了我。是啊,当年我如果在她面前正经地说一句"英兰,我喜欢你",或者说"我特喜欢和你一起玩儿",我想她的命运会有所改变吧。可我却把她当成一个可以随意挑逗的异性,我他妈真不是东西。在那个年代我是第一个查验过她身体的男孩儿,而且她还跟我说尝过敌敌畏。她已经走到了阴阳两界之间,我却没有拉她一把,还拿她这种举动当胆大来佩服,助长了她迈向死亡的勇气。我小声嘟囔:"有时人格的尊严要胜过生命,当她无力保住身体贞洁的时候,她会选择用死亡来捍卫自己失去的圣洁。"

她说:"你再说一遍。"

我说:"本来我可以救她,可……唉……"

她说:"我们早晚都有一死,这是无法抗拒的自然规律。英兰那天的死也许早有安排,不管是报复父母对她的无情,还是蔑视社会对她的不公,还是告诫你我对她的冷漠,总之,她的目的达到了。她让我对她的死产生敬畏,让我忏悔,每当我一个人想起她时,我就会听到她的声音:'我真想你啊!你能抱抱我吗?'每当这时我都会抱紧双肩对她说:

238

'当我谢幕的那一天，又有几个同学能对我缅怀呢，我的好英兰。'"说完她趴在方向盘上抽泣不止，"我每年都过来看看她……今天有了你，我好温暖。"

看着她伤心的样子，我真想把她抱在怀里，安抚说，我以后每年陪你来看她，你俩是我最好的女朋友，可我现在这个处境有资格说吗？我岔开话题说："现在回忆起来，真是，真是……可是，可是……"

她用手向上勾了一下湿润的头帘。

"这样更好，说吧，出来后有什么打算？"

"我也不知道干什么，孙有炳想让我跟他合伙做买卖，我爸想让我找个工作上班。"

"你爸让你上班是怕你惹事，还有你做买卖需要投资，投资就有风险。尤其你刚出来，对外面的情况不太了解，做买卖风险就更大。"

我不时地点头。

"这么着吧，我手头有六万块钱，放你这儿，你看干点儿什么？"

我看着她。

"看我干吗，这是我自己的私房钱，我爱人不知道。"

我闭上眼。

"怎么，不敢接受？这么着，干赔了，就算没这么回事儿，干好了算咱俩的，你看怎样？"

"你为什么对我那么好？"我想听她含蓄地说，我生活中有一个爱人，精神中也应该有一个爱人。

可她却说："还记得上二年级咱们看电影《草原英雄小姐妹》时，前面放一个纪录片，一群山区的孩子为了上学，每天都要翻一座陡峭的山崖，艰难地跋涉。"

我说："记不起来了。"

她继续启发我说："看着纪录片我们不少女生哭了，陈老师看到他们登到顶峰带头鼓起掌来，所有同学都鼓掌了，只有你默默无语。出了俱乐部你问我，他们为什么跟我们不一样，他们为什么那么不幸呢？"她看着我下半身，放慢了语速说，"你发育一般，可你从小就有思想。

我活到今天，才思考你小学二年级提出的问题。"

我不好意思地把头扭向车外，说："对社会的认知度和做买卖没有必然联系。"我看她不说话又转了一个话题，"孙有炳说想在十三店门口儿练个西瓜摊儿。"

"我看也可以，先锻炼两个月，嗯，这么大了，千万别让父母再操心了。缺钱随时找我，别不好意思，我相信你能干出一番事业。"她侧过头说，"你别不相信，在我身边比你差的有不少人现在都干得不错。"

我说："今天你的话我铭记一辈子，不仅是为你瞧得起我，还要为我所有的朋友。"说完这句话，车已经停在我们厂家属院儿门口儿了。

她说："今天我就不去你家了，问你父母好。"说着她下了车，打开后备厢，"你看给家拿点儿什么？"

我看着后备厢里的东西，好嘛，跟一个小超市似的，应有尽有。我拿了一桶油、一小袋米，她又帮我搬下一箱水果，我们就此告别。

走在大院里我故意放慢了脚步，跟所有认识的人打着招呼。

第三十章

孙有炳跟我爸谈了几次，他出钱，我出力，练个西瓜摊儿。我爸无奈，勉勉强强答应下来，并一再嘱咐我俩好好做生意，不要惹事儿。孙有炳从南街鲍鸡头那儿买了一辆平板三轮儿，我到我们厂借了一块百孔千疮的毡布，又从厂子找了十来根木杆子，瓜摊儿就搭在十三店对面马路边。棚子搭好，我从厂子要了两块报纸板子，用砖搭了一张床，看着毡布上大大小小的窟窿，我回家把单人床上的塑料布撤下，系在床上以防雨水。孙有炳从县供销社花了一百二买了一台秤。第二天上午，孙有炳从富壕上了一车西瓜。

我问："卖多少钱一斤？"

他说："六分钱上的，先卖两天一毛五，卖到一半的时候降到一毛二，收尾的时候六分也卖。"开头两天卖得一般，降到一毛二，销量明显大了起来，收尾卖一毛时又慢了下来。

在练西瓜摊儿的日子里，同学之间除了孙有炳，到我这儿来得最多的就是杨英。九十年代初，小公共在北京悄然兴起，杨英和他爷们儿东挪西借，买了一辆半新不旧的小公共，她爷们儿开车她卖票，外带做保险。每天晚上她一收车就到我瓜棚来买西瓜。有时就地宰杀，大口咀嚼，然后托着剩下的半个扬长而去。杨英的小公共上车就一元，从通县到终点大北窑两元，就这消费水平，普通工人天天坐也坐不起。杨英经常给我讲北京大街上的所见所闻，上至中央，下至老百姓的柴米油盐酱醋茶，没有她不知道的事儿。其中，罗娟英的许多情况都是她跟我说的。

杨英毕业以后，考进了科学院图书馆；钱君英进了她父亲就职的农行；罗娟英考了纺织学院。

刚上一年学，北京一个文化团体招模特，应该就是中国第一批模特吧，罗娟英和几个大学同学一起哄报了名，报名两千多人，只取十名，最后录取了十一个，她榜上有名。又过了半年，她上了当时的《精品》杂志封面，就是后来改版的《时装》杂志。自从成了封面女郎，她凡人不理，见谁都扬头，这都是杨英说的。她结婚一个同学没叫，她离婚的时候同学都知道。好事儿不出门，坏事儿传千里。

听杨英说罗娟英离婚的原因让咱们老百姓的女人说，就是吃饱了撑的。那个男的比罗娟英大十几岁，是电视台的摄影记者。蜜月一过，上班的头一天那男人就给罗娟英自行车上绑了一个小孩儿的座椅。这让罗娟英感觉受到了羞辱。接着是男人经常跟踪罗娟英，并偷拍和罗娟英说话的男人，BP机一天查一次，罗娟英每次出差演出，男人请不下假来陪同就不让她去。让罗娟英说就是一点儿私人空间都没有，她感到无比压抑，两人不到一年就离了。

离婚以后罗娟英疯了一样在外头游荡，只有睡觉才走进家门。一次去西藏取外景，她遇到了另一个男人，这个家族在西藏很有背景，听杨英说这个贵族的儿子很爱罗娟英。罗娟英举过一个例子，她爱吃什么不爱吃什么男的都了如指掌，每次在外头吃饭，贵族儿子都把她爱吃的菜尽量多点几个，就这样罗娟英也没跟小贵族过上几年。

罗娟英说这个小贵族不正经，我认为这可能是民族习俗，这小子经常带罗娟英去高档娱乐场所，一点就五六个俄罗斯大妞陪酒。一个大妞一小时一千五百元，五六个大妞一晚上多少钱你一算就出来了，玩儿完得罗娟英屁颠儿屁颠儿地去结账。你说这是什么民族风俗，女的再好也是男人的附属品。前一个男人太自私，后一个男人太放荡，一紧一松她在中间，总之没让她过上正常女人的生活。

在一个天高地阔的下午，罗娟英看着远处的羊群对小贵族说，她要走了，她要重返 T 台，她要过正常人的生活。贵族也没怎么吃惊，只是跟她说，走了以后就把他忘了吧，千万别说这段生活经历，说出去她会有许多麻烦。关于给罗娟英多少钱，她给人留没留下孩子，不得而知。

星期天上午十点，正是红旗厂向阳厂及周边农村到十三店买食品及生活用品的高峰期，当然也是我卖瓜的大好时机。我给几个围观的男女老少普及着挑西瓜的知识，现在我还记得：西瓜纹炸开要清晰；瓜瓣底部要凹一些；放在手里不能压手，不能发飘，压手不熟，发飘就娄了；嗯，还有，用手一拍要有颤的感觉。那天我正忙得不亦乐乎，有人叫我的名字，我扭头一看，罗娟英和她妈正朝我微笑，我先叫了一声阿姨，然后惊喜地望着罗娟英说不出话来。

　　"你先给人家称西瓜。"她说。

　　我慌乱地给人家忙活起来，在忙活的同时不时地看罗娟英一眼，生怕她跑了。你说也怪，我越想停下来人越多，真他妈烦人。罗娟英说："你把你的笔和记账本拿来。"我将记账本递给她，她在本上熟练地写了两笔还给我，说："收好，上头有我 BP 机号和家里电话，以后常联系。"

　　她妈说："哎呀，啧啧啧，孩子这些年可受苦了。不过，嗯，还没怎么瘦，比上学时头发短了。哎，这样小伙子多精神，你妈你爸身体还好吧？"

　　我不时地点头："嗯，你们厂子大杨师傅还好吧？"

　　"还好还好。还记得大杨，有心。好小伙，准能找着好对象。"她妈磨叨着。

　　罗娟英埋怨着说："妈，您越说越远了，人家正忙着呢，咱们走吧。"

　　我忙说："拿个西瓜走。"说着给她挑了一个大西瓜，她推托了半天最后说："太沉了，拿个小的吧，就那个吧。"我顺着她手指的方向，故意给她拿了一个中不溜的。她妈埋怨地说："人家这么不容易还白吃人家。"说着接过西瓜。没走几步，罗娟英接过她妈的西瓜，将西瓜托在耳际，她的腰像一条麦穗鱼一样在扭动，宽松的长裙在她修长的腿间欢快地跳着舞蹈……

　　进了三车货后，我俩已经挣了七百块。

　　星期六的下午孙有炳备足了货，说："今天我在这儿睡吧，你回家睡去，明天一千多斤够你忙的。把三轮车骑走，我睡觉有点儿死。"

回到家我冲了个凉水澡，不到八点就躺下了，躺下就睡着了。大约一点多钟，电铃骤响，我从厨房拿起擀面杖，冲到楼下朝院儿门跑去。看大门的张师傅看我拿着擀面杖风风火火地跑过来，才从收发室里探出头说："今天偷车的人来得最多，我看见就三个。我看一小子蹬个三轮车，从院里骑出去，三轮车上少说也有七八辆山地车。"

我听了心里一恍惚，别是我的三轮车，想着跑到我家楼底下，得，放三轮车的地方空空如也。甫问了，我的车不但被偷，还当了作案工具。你说倒霉不倒霉吧，我就骑回来一晚就被偷了，怎么向孙有炳交代呀？再有，院里丢车的人还不恨死我，没有我的三轮车当作案工具，也不至于丢那么多车。我听着人群里议论纷纷，甫提多恼火了。

回到家里，从八仙桌上拿起烟，还剩一根，把烟盒攥了攥扔到烟灰缸里，狠狠地吸着烟，可能是肺里进的烟太多了，有要炸开的感觉。我看了一眼床，毫无睡意，轻轻地打开房门，慢慢地关上，走到传达室门口儿，屋里有两三个烟头交替闪烁。不用问，屋里的人肯定是丢车的。本想同病相怜打声招呼，一想算了。

打开挂着的大门锁，心里的气又来了，这个大门比没有大门强不了多少。看门的为了夜里睡觉不被人打扰，一直不锁大门。院里下夜班的上早班的有乱七八糟事儿的，自打自开回头挂好锁即可，你说这能不丢车吗？

走到火车道桥洞时，风带着青草的味道扑面而来，向远处望去，木材厂方向有点点灯光，上了高坡，翻过低矮的铁路栅栏，站在路肩上看着我家楼房，这是我走了近十年唯一的改变，农机修造厂已经破烂不堪。小时候我们在铁道上玩，经常能看到高大厂房里的灯光，现在却一片漆黑，木材厂也一样，自我回来就听说停产三四年了，最近听说厂领导要参股和香港一个公司合作。南边坡下这片三角地小时候夏天积水冬天当过溜冰场，现在当了堆废土的垃圾场。

望着远处的天空，回转身，在繁星和没有睡着的虫鸟注视下，沿着路肩往回走，回到院儿里天已经有点儿泛白。风儿停息，小树林里偶尔有鸟儿拍打翅膀的声音。我掉过头看时，发现铁栅栏外头有人影晃动，他一会儿站住，双手插在口袋里，和我刚才一样仰望快要逝去的繁星。

从漫不经心的举动到毫不犹豫的姿态看，这小子对周边环境很熟，他走到铁门前，熟练地打开倒挂的门锁。我想大喊一声，可手里什么家伙都没有，我顺着花台猫腰向家跑去，进了家门从厨房抄起菜刀转身出门下楼。这时铃声大作，我身上像装了弹簧一样冲向院门。

赶到收发室前已经聚了三四个人，有俩年轻人揪住一个家伙。我看见被揪住的家伙眼睛都气裂了，我跑过去，举起菜刀，照这家伙脑袋劈去。这家伙被砍完当时就愣住了，血从他头顶一下流了下来，所有揪他的人都松开了手，一瞬间，空气像凝固了一样。于主任跑过来看到这一幕当时就傻了，于主任简单地问了两句，转向我说："怎么办吧？你就是个惹事儿的衙役。"

我说："给丫挺的送派出所去。"

"这样派出所收吗？"于主任叫着两个小伙子，"去，看他能走不，能走给他推出院儿，让他赶紧走。"

两个小伙子往外推着偷车的嫌疑人，看着嫌疑人出了大院儿，于主任说："快把大门锁上。"张师傅迅速将门锁好。于主任走到一号楼底下，抬着脚尖撕着表扬我的大字报。他回头看了我一眼，唉了一声。

三轮车丢了孙有炳并没有怪我，我也自觉，得了，就从卖西瓜利润里扣吧。自从丢了三轮儿，我俩生意也开始走背字儿。那天他进了半车桃，我数了数二百多袋，孙有炳码好最后一袋桃，说："该着咱俩发财，我走到北苑汽车站南口儿，正碰上这帮卖桃的车坏了，在批发市场这一袋最少得十元，我五元一袋就搞定了。这些桃就一个毛病，熟得有点儿大发了，你今天别的什么都别干，八元一袋给批出去。"

我听了以后也无比振奋，我捋胳膊挽袖子开始忙活起来，我俩一直忙活到三点多也没卖出多少。大概原因有三个，一个是桃熟得太大发了，根本无法保存；二一个这儿也不是批发市场，这儿都是现吃现买的主儿；再有，在那个年代不是每家都有电冰箱的，起码我家就没有。

到了下午五点多钟，我们又打开了十几袋，有一半的桃都长出了毛，这时我有了一点儿醒悟。我说："有炳，咱们八成是上了敌人的当了。"

他低下头坐在床上说："三轮车也没了，这么着，你跟商店这帮人熟，去借一个推车来，傍晚偷着给倒了吧。唉，敌人太狡猾了。"

第二天中午，我在十三店买烟，刚收起烟和找的零钱，一个人从后面锁住了我的脖子。我从眼角儿的余光和后背贴在对方的体位，感到这小子比我要高上一头。我紧缩脖子，肩膀向上端着，两只手扒着后面人的胳膊喊："谁呀？松开！"

后面人没有说话，胳膊虽然没有再收紧，但也无法挣脱。我想，可能不是仇人，可看到柜台里售货员惊愕的眼神，心里一沉：八成是遇到麻烦了，不会是我砍的那个偷车贼报复我吧？我双手突然向上一托，下巴向脖里一缩，嘴照着这小子胳膊就是一口。这小子哎哟一声放开了我。我撤后几步一回头，同时做出一个防御动作。

"你真咬啊！"

我脱口而出："霍国强！"

"出来多长时间了？"

我说："快两个月了吧，听孙有炳说你在刑侦呢？"

"他妈的，刚封闭培训了三个月，调321了。"

"321干什么的？"

"特务队，今天有外勤才披上这身。他妈的，大热天，哎，有事儿吗？"

我摇摇头："和孙有炳弄了个西瓜摊，没什么事儿，有事儿我回家叫我弟帮看一下，他正好放暑假没事儿。"

"没事儿跟我走，带你去个地方。"他说着也买了一盒烟，把烟打开抽出一支递给我，我给他点上，然后自己也点了。我俩出了商店，坐上他的三轮儿挎子，到我家把我弟喊了下来，交代几句，我俩扬长而去。来到西关一个叫香蕉发廊的门口儿停下，他从腰里拿出对讲机，说了现在的位置，然后拉开发廊门。一个浓妆艳抹的姑娘迎了上来，嗲嗲着说了一句什么没听清，反正是好话。霍国强头也没回地介绍说："这是徐哥。"

"徐哥好，我叫江雪莲，您以后就叫我雪莲嗟。"她很南方地说。这个姑娘穿平底鞋也有我这个头，中长发，发型是当年很流行的中分，上身穿一件绿色宽带跨栏背心，下蹬一条白色收口儿磨砂真丝裤，人长得不错，美中不足就是脂粉抹得太厚唇线纹得过重，每说完一句话就把嘴团起来，怎么看怎么有点儿像鸡屁股。我坐在门旁的双人沙发上，看着雪莲给我俩沏茶倒水，我问霍国强："你怎么混上这身衣服的？"

霍国强说："高中一毕业我妈在塑料二厂退休，我接了她的班。刚进厂三个月就跟车间主任打起来了。保卫科解决完，人家不要我了，没办法，保卫科长刘叔说：'让你妈赶紧给你联系车间，联系好了赶紧滚蛋。'我妈说：'我只是一个普通工人，又退休了，到哪儿找关系？你让刘叔找吧，他好歹是个科长。'说完，我妈又骂了我一大顿。刘叔给我联系了印花车间和透明片车间，人家一听家属子弟，没有一个爱要的。没办法，我听我妈的，早晨一上班我就给保卫科打打水，给刘叔沏沏茶。"他喝了一小口水继续说，"一天刘叔到收发室处理门卫和外头人打架，对方推搡了刘叔，我上去就将那小子摁在了双人椅上。刘叔处理完打架，在回保卫科的路上说：'大强，你天生就是干保卫的胚子，跟我干吧。'干到第二年正赶上公安局招人，刘叔说：'你不是爱当警察吗？'我说：'警察没咱们厂滋润。'他说：'你跟我干一辈子也出不了头，你不是干部级。你干警察就干部级，不爱干调到哪个单位起码是干部。公安局的盘子大，兴许你能混个一官半职。'"

我说："当警察挺适合你的。我们厂的王姨正联系让我到塑料二厂上班呢。"

他说："去那个厂干吗？不如自己干点儿什么。"

我说："这是我妈给联系。因为迟迟没信儿，前些日子我爸还给市领导写了封信呢。"

他从桌上捡起一个橘子边剥皮边说："工厂干什么劲儿呀，自己干什么一个月不弄个千八百块。"

我说："我爸就怕我惹事儿，练这个西瓜摊儿还是勉强才同意。"

霍国强把橘子皮扔到桌子上说："既然这样，你先办着，办不成再找我，我给你找北苑派出所所长。"

我欣慰地说："打仗亲兄弟，办事儿老同学。"甩完这句话我还想再夸他两句，最少一句，可一时想不起来。我为了不冷场，起身把虚掩的门又关了关，转过身讨好地说："咱班女同学你跟谁走得最近？"

他说："哎，你说也怪，上学时天天做梦都想约她们，自从上了班，可能也忙点儿，一年到头也想不起来几次。怎么，想谁了，说吧！"

我说："别别，你约她们能帮她们办事儿，我约她们是给她们找事儿。哪天一传出去，大晚上跟一个劳改犯在一起，让自己的老爷们儿知道了多没面子。"

他说："昨日黄花今不在，谁约谁还不一定。"

我不知道这句诗是出自于哪个名家，还是霍国强自个儿编的。我没话找话说："我那个初恋现在怎么样？"

"你说罗娟英吧？"我使劲点头。"当模特呢。"他说。

我说："就在 T 台上走走就挣钱？"

他说："中国没有专业模特，都是业余的，她有一个工作。"

我问："你们有联系？"

他说："时不常能碰到，你回来了，组织组织。这个人听说失踪过几年，后来听说嫁给一个西藏贵族的儿子吧，这个贵族在中央都挂号的，听说给人家生了一个孩子后让人家给蹬了。从西藏回来以后，她出手非常大方，有一桑塔纳。"

"你怎么知道得那么详细？"

他说："今年三月份，我在民族文化宫执勤，她正好从文化宫出来，跟她匆匆忙忙聊了两句。"

我不知道怎么突然想起张东旗，随口说了一句："祝她幸福吧。"

霍国强说："她折磨你那么多年，还想着她。哎，你怎么净问女生啊？"

我说："男的孙有炳都跟我聊了，张东旗要饭呢，王大力在五建，魏生京当了村长。"

他说:"张东旗是个异端分子,他有不安定因素,是我们监管的对象,他经常跟上访的搅在一起,每年'两会'我们都收容他。有一次碰见这小子,他还给了我一个小册子。哦,好像放在这个抽屉里。"他手指着桌子。

雪莲嘟嘟囔囔地帮助翻弄起抽屉,她找了半天找出一本薄薄的书,看了一眼霍国强,然后递给我。我本无心看书,无奈霍国强和雪莲开始打情骂俏,不知道他俩啥关系,不好跟着掺和,无聊地翻起那本薄册子。说句心里话,张东旗写的这些乱七八糟的我还真看不懂,举几个例子,读者也可以猜一猜。

树与笼中鸟

你犯了什么罪
没有回答
你不想出来吗
没有回答
它凝视着落叶
树
倏然变成了巨大的网

我到现在也不知道臭丫挺的写的什么意思,不过他有的诗我还是模模糊糊能看懂。

像他在外面流浪的诗:

天上的星星
亮不过一盏油灯
硕大的夜
盖不住一声蛙鸣
坐在你的回忆里
望着你最初的容颜……

还有《致老王》：

每天
把白天的话
白天的脚印
连同夜
扫到一块儿
堆起来
然后
点上一支烟
抽完夜
一辆行李车飞过
将扫过的影子
一节节搅碎
火车的蒸汽
烫弯了一个视线

我把小册子合上，抬起头问霍国强："这小子在北京站跟我海聊过一次，好像没提过他会写诗。"

"跟这小子接触你要注意，你底儿掉，别让他把你刮进去。"

我说："他都混成这样了还写什么诗呀？"

霍国强说："这你就不懂了吧，写诗的都是疯子，这是我们局一个哥们儿说的，他也写诗，写的是古体诗。他看了张东旗一首诗，说这小子有点儿诗才。"他拿过小册子给我翻着，"嗯，就这几首。"

葬　花

在一个雨意涟涟的日子
不知为什么

你要去葬花
但去路悠悠
你需要经过
霜雪寻梅的意境
你需要面对
落花人独立
微雨燕双飞的情节

在一个雨意涟涟的日子
不知为什么
你并不孤独
只有点点冷然
所有的风景都在岔道上
所有的往事都转过身去
所有的细节都向你漂移
在失真的空气里
在凝固的小溪旁
在你蓬勃之年
你手握的篮子里
只是空有余香的标本
在那坟前
你没有选择地
成了花的墓碑

　　我唉了一声，自言自语："如果他没有感情上的挫折，这小子兴许能当个团长旅长了。"

　　霍国强说："这就得怪他妈，他妈发现他和罗娟英谈恋爱以后，为了拆散他俩才让他当的兵，要不他也能考上大学。算了，别聊他了，这就是命。四班的大包前几年被车撞死了，还不知道大姑娘什么滋味儿，跟谁说理去？跟你好过的那个二尾子英兰不知中了什么邪，好没影儿的①就卧轨自杀了。"他看我低下头说，"算了，今天咱们找几个同学一块儿聚聚。"

我说："时间还早。"

他叫雪莲把旧茶倒掉，重新沏壶茶来，雪莲从窗台上拿起一盒茶叶说："就沏这个啦。"

这时霍国强的对讲机响了，他说："你先喝着，我出去一趟。"说完他出了门，上了三轮儿挎子，他的大屁股把车座子包得严严实实，随着一组噼里啪啦的巨响，三轮挎子像一头被惊吓的驴狂奔而去。我回到屋里看了雪莲一眼，无聊地点上一支烟，雪莲把沏好的水给我倒了一杯，说了几句客套话，便坐在椅子上翻弄起一本美容书。我吹着杯子里漂浮的茶叶，一人喝起闷茶。

---

① 北京土语，意料不到，突然，突兀。

第三十一章

开瓶声、倒酒声、杂乱的撞击声把我从梦中吵醒。睁开浮肿的双眼，看着洗头池前雪莲脸部挪位地疯笑，我心里一激灵，从沙发床上坐起来，背靠在墙上，脑袋一遍一遍地回忆着，我怎么睡在这里？在十三店碰到霍国强，他把我带到这儿，聊了一个多小时就出去了，后来又干了什么一时想不太清楚，这是几点了，外头那么大雨，渴死我了，他妈的霍国强呢？当雪莲给我倒水的时候，我看到墙上挂着的表已经快八点了。我起身一边穿鞋一边说："我该走了。"

雪莲收起笑容，坐在沙发床的一角，抱着腿歪过头说："徐哥，你知道我刚才笑什么？"

我摇头侧身。

"外头雨大，我在屋里尿了泡尿。你听到尿声说：'还倒是吧，喝起没完了，谁怕谁呀，有种对嘴儿喝。'我听了你的话，笑坏了，一个大屁没憋住放了出来。你说：'又起一瓶，真对嘴喝儿呀！'徐哥，你也太能梦了。"雪莲上气不接下气地笑。听着她变调儿的笑声，我也笑了起来。雪莲慢慢敛起笑容，眼光迷离地看着我。我瞅着她含情脉脉的眼神，真有点儿招架不住……

我说："我喝了多少？"

雪莲说："不知道，你们总共喝了三瓶白的，两箱啤酒。"

我扭头看了一眼外头的雨说："我们……都有谁？"

雪莲说："你不会喝得断片了吧？"

我说："我真不知道了，我记起好像霍国强买了不少下酒菜回来。"

雪莲说："什么买的，都是到小商贩那儿拿的。"

我说:"昨天有孙有炳对吧?"

雪莲说:"你想起来了还问我。"

我说:"我是猜的,我真想不起来有几个人了。"

雪莲说:"有魏哥、孙哥,后来又来了一个开小公共的杨姐,还有……"

我为了引雪莲往下说,配合着她说:"噢,想起来了,对对,有罗娟英。"

雪莲说:"徐哥,我看她不像好人。"

我板起脸说:"她怎么了?"

雪莲说:"她老让霍国强为她喝酒,这是什么意思?"

我说:"她喝了多少?"

雪莲:"不知道,反正喝得走不了了,是霍哥送的她,霍哥说送完她回来再送你。可后来他就没回来,真讨厌。"

我知道雪莲讨厌的是谁。

头脑中的影像刚清晰一下又模糊起来。我提上鞋往外走:"我得走了。"

雪莲小心翼翼端着水杯说:"你走啊徐哥?昨天孙哥也没回家,去西瓜摊睡了。"

我憋着尿说:"那也该走了,你孙哥一下雨就忙了。"我知道她听不懂我说的话,但又没必要解释。站在门前向外望了望,天阴得很沉,要想等雨停下来走是不可能了。我跟雪莲打了一声招呼便冲出门去。

说句老实话,我特别喜欢淋雨,这是在监狱里养成的习惯,我在写思想汇报的时候经常用一句话:在剩下的刑期里,我要用雨水和汗水洗涤我肮脏的灵魂。我躲着路上的积水,不时地避开汽车扬起的水花。我从学校门口儿过了马路,雨突然大了,我在红旗厂小树林里飞快地跑起来,进了瓜棚,孙有炳浑身是水地坐在一个角落里望着我。

我问:"你怎么了?"

他回头看了一眼说:"我睡得正香,塑料布里盛满了水掉了下来,满满一兜子水全浇在我身上了。"

我看着湿透的床板，捧腹大笑。"这个破毡布，我从铅印车间借出来的时候，王师傅就说：'这个破毡布比你岁数都大，用完别送回来了。'前几天我也赶上过下雨，我看水存多了就放一放，水多了你不放，不浇你浇谁？"我说着坐在马扎上。

孙有炳抖了两下膀子，打了三四个喷嚏，扩了五六下胸肌，低下头很慢地说："咱们还干吗？"

我说："不干这些西瓜怎么办？"

"甩吧，怎么来怎么去，别赔钱就行了。"

我说："昨天喝多少？"

他说："我也不知道，反正你喝不少，而且还老劝罗娟英。"

我问："她也喝多了？"

"她不但多了，走道儿都走不利索了，是霍国强给她弄上车的。"

我说："那么玩命喝有意思吗？"

"你不也灌人家了吗？"他看我不说话又说，"她可能遇到烦心事儿了。"

我说："她要有烦心事儿别人还活不活？"

"你的烦跟她的烦不一样，你烦是吃不上穿不上，她烦是怎么玩得更刺激，怎么出更大的名儿。"

我说："他把罗娟英送哪儿去了？"

"可能送到她妈家了吧。"

我说："这孙子送她到她妈那儿还不被骂死？"

他说："那他能给送回城里？"

我说："他认识她城里的家吗？"

孙有炳摇头："未必认识。"

我重重地拍了一下大腿。

孙有炳自言自语道："她妈家如你所说肯定是不能送，那他送哪儿去了……这小子，唉。"

我爸给市领导写的一封信，大概的意思是，我的孩子劳改释放后一直找不到工作，到哪个单位一看档案就不要了。如果这样下去孩子很可能是社会的不稳定因素，再说我们允许人犯错误，更允许人改正错误，还有治病救人的方针政策……我爸这么一忽悠，市领导真给通县劳动局来了一封信，怎么说的我不知道，那一天来了三个劳动局干部，大概的情节我还记得。

一个女干部问我爸："徐师傅，您好，我们是劳动局的，我叫王芳，这是我俩同事小刘、小顾。是您给市领导写了一封信吧？"

"是，可我没有反对政府的意思，我只是……"我爸脑子一片空白，他手虚扶着床头。

"徐师傅您别激动，坐下慢慢说。我们通县劳动局这次派我来您家，就是解决您孩子工作问题的。"

我爸哦了一声说："原来是这样啊。"他坐在床头，侧着身说，"都请坐，都请坐。伟成，给几位领导倒茶。"

"您别忙乎，别忙乎，咱们先把正事儿办了。"女干部欠了一下身说，"徐师傅呀，您写的这封信，我看了，正中社会要害，这些社会不稳定因素，就要扼杀在摇篮中……"

我爸不好意思地听着，并不时地点头。

"这么着，您在向阳厂工作，孩子又是家属子弟，我先跟厂子领导说说。"

"哎呀——"我爸拉着长音儿搓着手，"孩子现在正托人往塑料二厂办呢。"

"您托的什么人？"

"派出所领导。"我爸答。

"办得怎么样了？"

"没信儿呢。"我爸说着摊开两手。

女干部看了我一眼说："您放心吧，进塑料二厂包在我身上了。您听说过塑料二厂的王强吗？那是我二哥，托他比找厂长还好使，告诉您，派出所找厂子也是先找我二哥。"

屋里集体露出轻松的笑容，在那个年代集体意识、集体行为、集体高呼一些什么口号是家常便饭。

256

我爸把三位劳动局的干部送走以后，在家里转了三圈半才坐下来，他跟我讲了厂子很多过去的事情，最后我爸说："知道为什么不让你去咱们厂了吧？我们再有两年就退休了，现在执政的都是那会儿的'造反派'，你进向阳厂能有好果子吃吗？"

自从进了塑料二厂，我爸逢人就聊他怎么给市领导写信的事。

第一个月开支我爸说："现在挣钱了，花钱有个计划，别乱花。过两个月有闲钱了交家里点儿伙食费，交多少自己掂量。"

我说："回来这么长时间，都是朋友帮衬，不上班大家什么也不说，上了班就要还人情，哪有钱交家里。"

我爸连声说："我说是过几个月。"

我摸着兜里一百八十四块钱，想着请谁吃饭。孙有炳不用说了，回来这么长时间没少帮我。霍国强一定要请，他把雪莲介绍给我，而且，以后在地面上少不了他帮助。魏生京同理。钱君英要请，她帮我的太多了，怎么请没想好，她混得比较好，不想过分和同学掺和。罗娟英更要请，回来后听杨英讲了她的坎坷经历我更爱她了。我经常一个人坐在铁道上发呆，有时沿着铁道一走就一宿。

每个人都有一个价值观，自己对社会的价值也有一个评估。有的人比较客观，有的人比较主观。主观有两种，一种是过低，像我们常说的自卑、不自信；一种是过高，像理想、梦想、妄想。我是属于后者。有一次我姐跟我妈说："二弟是不是得了妄想症？我有一个同学在精神病院电击室工作，不行托我同学给看看。"

我妈听了给我姐大骂一顿："你是不是想毁了他呀！"

听了我妈的话我也来了劲儿，上去就给我姐胯骨轴子一脚，踢得我姐嗷嗷直嚷嚷："你踢我，咱爸都没踢过我！"

我冲她嚷："看你是女的我不爱打你，你说谁有神经病呢？瞅你嫁的那人，三脚踹不出一个屁来，还把你给甩了，谁像你嫁出去三天两头回家住？"

我姐说："我容易吗我，我不回这个家回哪儿？我还不是为你着想，你还嫌那个罗娟英害你害得不够啊！"一听我姐这么说，我心里也不好受，眼泪哗地流出来。

我妈听了我俩一泣一诉，说："我的孩儿啊，你们俩把我的心都毁了，一个太实心，一个太走心。"我们娘仨开始抱头痛哭。我妈哭着说我："我的小麦芽呀，你非死在那丫头手里呀，她的心比牛还大，难道你不清楚吗？她就是再跟一百个男人也轮不到你，你真不随你爸呀，这要是你爸早把她攮了。"

听了我妈的话我如醍醐灌顶，以前我认为罗娟英都离两次婚了，说白了，在那个年代就是个破烂货，我一个处男能要她就不错了。可听我妈这么一说，我像泄了气的皮球瘫坐在床上。听着我妈一把鼻涕一把泪地诉说，我扪心自问，徐伟成，你为什么对罗娟英那么痴迷？你说，你说你说！我无法回答，但我有一点儿感觉，我的初恋和别人不大一样，我是从恨、嫉妒、怜悯、恐惧开始的。我恨罗娟英任性疯跑被人截了却打我一顿；我嫉妒孙有炳自不量力和罗娟英死缠烂打；我怜悯罗娟英被我砸破了头那委屈相；我恐惧罗娟英落在鸡崽儿手里后果不堪设想……想到这儿我默默地喊了一句：妈，我不就是你经历的写照吗？

自从1956年我爸进北京，他一直想把你给甩了，是你经过十年的不懈努力，终于带着我哥我姐找到北京。可你为什么在罗娟英的问题上一次次地给我泼冰水，让我半途而废呢？罗娟英自离婚以后有了不小改变，听孙有炳说，有一阵子他们聚会，有时候一听说约了别的女同学她就推辞不来，如果听说只约她一个女的，不管多忙一定赴约。有一次她约了十几个男同学给她过生日，她喝得差不多了说："记住，天上只有一个月亮。"她特喜欢男人一手搭在她肩上，一手为她举杯的姿态。她还有一个很洋人的习惯，特喜欢和熟悉的男性在大众场合拥抱而来，飞吻而去。孙有炳说，有雪莲喝酒那次，罗娟英看我被架出去就大叫："喂，还没拥抱就走了？"说完哭了起来。

我正想着罗娟英，这时我爸走进屋，问："小娟子今天请客，你怎么还不准备准备？"

我问："你听谁说的？"

"你妈没告诉你？"我爸看着我妈。

我妈说:"你真多嘴,告诉他这些干吗?我不想让他和那丫头接触。"

我问我爸:"在哪个饭店,几点?"

"红萝卜酒店,晚上六点半。"

我抬头望了一眼墙上的表,心里落了定。从大衣柜里找了几件衣服,怎么试怎么不合适。

我妈说:"别瞎捣饬了,不是衣服的毛病,是你人的毛病。人过留名,雁过留声。娟儿那丫头跟过俩男人了,给人什么都没留下,那小细腰、那屁股蛋子就是个摆设。你看看人家周红那腰板儿、那屁股蛋儿,要不让你六婶给说说?"

我听了我妈的话,差点儿跟她翻了脸,罗娟英请我吃饭这么重要的事儿没跟我说就算了,还跟我提周红,这不是侮辱我吗!周红哪能跟罗娟英比呀,大屁股跟磨盘似的,她前夫也就八十来斤,小爷们儿给她轻轻一点就生出俩崽子,听说离婚时还打掉一窝儿。我瞧着我妈的大粗腰说:"您也太小瞧我了。"

第三十二章

请客有一个不成文的规矩，谁是东道主谁去得要早一些，罗娟英请客未必。我和孙有炳霍国强魏生京前后到了红萝卜酒店，这家酒店是平房三进院，服务员把最后一排房子叫三层，罗娟英订的是三层315。

霍国强刚一进屋就叫着服务员："去把你们经理找来，就说霍国民他弟霍国强来了。"

一会儿工夫，一个穿黑西服的小伙子和服务员走进来，服务员向霍国强介绍说："这就是我们闫经理。"

闫经理客气地说："您就是霍总的弟弟吧，久闻大名。"

"别说废话了，把你们老总的茶拿出来沏一壶。"霍国强没抬眼皮说。

"应该的，应该的。"黑西服躬身而退。

我说："行啊，你哥开的？"

"哪里，他们四个哥们儿合伙开的。哎，别说我的事儿，雪莲拿下了不？"

"快了快了。"我为了转移目标打着马虎眼，说，"罗娟英请客，今天不分男女，什么日子？她的生日还差一个多月呢。"

"你别转移斗争大方向，告诉你，雪莲可不是一般人能伺候得了的。"霍国强冲我做鬼脸儿。

霍国强说的一点儿不假，我也不争气，试了好几次也没有成就，总是蜻蜓点水一掠而过，把人家的火点着了就蹲在地上抽憋烟，气得雪莲直怨怼："告诉你，我红杏出墙别怪我。"

"我最佩服霍国强这方面！"魏生京拍了一下霍国强的肩膀，呷了一口茶说，"那是那年咱俩去黑龙江农场，好嘛，有个姑娘让他给干服了。那姑娘在里屋喊：'听清楚了，听清楚了……'喊了三十多遍。"

我问："'听清楚了'什么意思？"

魏生京瞥了一眼霍国强说："老霍自从当了队长以后，每天早上开例会，布置一天的工作任务，布置完任务最后都要问一句：'听清楚了没有？'队员一起喊：'听清楚了！'然后说：'再重复一遍。'队员再喊：'听清楚了！'天长日久，工作程序成了惯性思维。"

逗笑之余我对霍国强有了更深刻的了解，他能把工作状态带到生活每一个细节，说明他对工作有着无限的热爱，回来几个月了，我没看到他休息过一个整天，步话机二十四小时开机。每次破完案他都要请队员们大吃一顿，完了叫上我去清华池美美地泡上一个澡，沏上一壶碧螺春，开始讲他如何如何。他牵头破过两起市局督办的案子，在破案中从楼上跳下过两次，一次是从二楼跳到一楼，一次是从三楼跳到二楼，腿挂在脚手架上造成粉碎性骨折。他赤手空拳与嫌犯搏斗是家常便饭，有两次被人扎伤，好在都扎在了屁股上。第一刀为他换来个二等功，第二刀有点儿不清不白，听魏生京说，他把一个同事肚子弄大了，又没个交代，人家哥哥不干了，给他留点儿记号。

说笑了一会儿，我问孙有炳："王大力怎么还没到？"

孙有炳说："我让霍国强通知了。"

霍国强说："这块厮，我躲瞧不上他，他跟你们进了公安局，他妈一夜间头发就白了，不知得了什么怪病，没两年就死了。这小子连块墓地都没给买，偷着埋在了运河边上。头两年他家老屋摊上拆迁，他弄了十多万。我说：'别让你妈当孤魂野鬼了，给你妈买块墓地。'那天我跟他去看坟，结果头两年发了一次水，他找不到他妈的坟了，我说：'你孙子也太过分了，连你妈都忘埋哪儿了！'他说：'当年就埋在铁锹厂后身，铁锹厂头两年拆迁了，又搭上修河道……'"

魏生京说："那天夜里是我帮他埋的，好嘛，碰着两家，搭我们三家，都是烧不起的。埋完就哭成一片，太吓人了。"

霍国强说："这小子自从拆了迁一下就抖起来了，每次喝酒都喝多

261

了，多了就给女同学下跪，他说跪下说话真诚。他妈的，他就这么跪也没给咱们老爷们儿跪过。"

我笑问："他给咱班哪个女生跪下过？"

霍国强说："他给钱君英就跪下过。"

大路人马陆陆续续到了。罗娟英让白丽、钱君英往里坐，杨英坐在了霍国强的身边。罗娟英喊着从门口经过的服务员，服务员答应着进了包房，她把菜谱放在转盘上，我们大家互相谦让。

菜谱转到我眼前时，我说："罗娟英你来过这儿，你熟，你代劳了吧。"

在场的人此起彼伏。

罗娟英说："每人点一个。徐伟成，你带头。"

没办法我拿起转盘上的菜谱，大概翻了翻，点什么呢？第一个就点六元的麻婆豆腐，不但没品位，而且还有点儿掉价，点个鳜鱼又怕罗娟英不高兴。我朝魏生京龇了龇牙说："还是你点吧。"

魏生京看我一眼，把转到眼前的菜谱拿起来，他翻开第一页，点了一个扒猪脸。然后看了大家一眼，大家异口同声让他代劳，他也不客气，边翻边问边点，点了一溜儿够，他朝霍国强说："你再补充补充。"

霍国强接过菜谱翻了翻，问："服务员，我们点了几个菜了，你报一遍。"

服务员报了一遍点完的菜，霍国强说："四个凉菜八个热菜我看可以了，咱们先吃着，不够再添，大家看如何？"

罗娟英说："再点俩。像拌萝卜苗、麻酱油麦菜一人一口就没了。快快快，再点俩！"

霍国强又翻了翻菜谱，说："我看这里有饺子，咱们主食吃饺子怎么样？"

大家一致说好。

霍国强说："我要一盘鸡蛋韭菜馅儿的，剩下你们点什么馅的我就不管了。待会儿我给大家讲一个故事。"

在等着上菜的时间里，大家你一言我一语相互问候。罗娟英问大家

262

喝什么酒，霍国强说随便，我说："还是二锅头吧。在青海这么多年，就想喝北京二锅头。"罗娟英瞅着我，朝服务员一挥手："就来北京二锅头。"

杨英用手推着霍国强说："哎，你那个故事什么时候讲啊？待会儿菜上齐了可没工夫听了。"

霍国强绕桌环视了一圈儿，最后把视线落在我身上，说："上小学二年级的时候，有一天中午，徐伟成在学校门口儿截住我说：'你猜，我中午吃什么？'我摇头，他说：'你张开嘴。'我张开嘴，他往我嘴里吹了一口长气，我当时兴奋地大叫：'你吃鸡蛋韭菜馅儿饺子了！'"

大家听完都哈哈大笑，笑得我心里酸酸的。霍国强严肃地说："当年那臭韭菜臭鸡蛋味儿我至今记忆犹新，像钱君英、罗娟英当年家里吃一顿鸡蛋韭菜馅儿饺子不叫回事，我和魏生京这样的家庭，搭上过年，一年也就吃上三两回吧。魏生京，还记得吗？你偷村里老乡家鸡蛋，打一大锅汤，咱俩喝了一下午鸡蛋汤。"

屋里人听了无不点头感叹。

凉菜热菜次第而上，大家相互让酒，霍国强给杨英倒酒。杨英大叫："别不舍得，全倒满了。"我听了为之一振，今天兴许又是一场恶战。

罗娟英不停地嚷嚷："我们女同学代表可倒满了，你们男生看着办！大家把杯都举起来，咱们大家一起碰一个，剩下随意。"我们起立一一举杯。

霍国强看着大家，大家看着霍国强。

钱君英说："不行，再不霍国强说。"

霍国强说："响应美女号召，一个字：干！"说着一饮而尽。

酒过三巡，菜过五味，魏生京把筷子往桌上一放，双手自下而上搓了一把脸，然后仰天大笑。我们大家不解地看着他。

霍国强说："喝多了吧，嗯？"

魏生京好不容易停下笑声，缓了一口气说："你们还记得上学时老师问咱们长大了都干什么的话了吗？"

我说："从一年级到毕业，哪个老师没问过？"

魏生京说："我说的是初一王老师问咱们，记得大家有说要当兵的、当大夫的、当科学家的，还有要开火车的。"他看了一眼杨英说，"杨英说想支援亚非拉，不知你怎么想的？"

杨英喝了酒脸红红的，一听魏生京问这话，脸更红了，说："其实我就想坐一回飞机。"

大家跐着酒杯笑成一团。"那叫什么志向？""直接说想坐飞机不就得了，还拐那么大弯儿！"

魏生京说："那天我说我想回家当农民，大家一听哄堂大笑。今天我自豪地说，在所有同学中只有我实现了自己的梦想！"说完又大笑不止。

听到这里大家才明白，敢情这小子在报复嘲笑在座所有的人。

魏生京说的那一天我还记得，之所以记得是那天我跟孙有炳差点儿打起来，还有就是当时罗娟英的回答，她说，她要一辈子当好红卫兵，长大了给党中央站一辈子岗。说完她自豪地睨视全班。我知道她是故意这么说，那一年取消了红卫兵组织，她和张东旗幸运地成为最后一批红卫兵。张东旗说他想当医生，他常说穿着白大褂干净；钱君英也说想当医生；霍国强、王大力都说想当科学家。说完全班溅起两片嘲笑声，两个学习最差的却想干学习最好的人的事。我最讨厌孙有炳，我说我要当火车司机，他鹦鹉学舌，说他也要当火车司机。我下了课就骂他："你他妈的，今天想当兵明天想当画画老师，还够你忙的不？"

他说："全班想要当兵的不下七八个，当火车司机的就你一个。再有，开火车最少需要俩人。"

我说："开火车需要八个人，招就招一个怎么办？"

他说："如果就招一个那肯定是我，你家出身不好。"

我说："你胡说。"

他说："你们家床底下都是书，你还说过，你爸有一双猴儿皮皮鞋，是你爷爷送的。"

我脸憋得涨涨地说："我家离铁道才一百多米，你们七四二大院离

264

铁道起码一千多米，你凭什么当？如果你不认识我，你一个人敢去铁道上玩儿吗？”

他说："你不带我去，霍国强他们也能带我去，铁道又不是你们家的。"那天我俩为这事儿吵吵半天，接下来三天没说话。

魏生京瞅着罗娟英问："罗娟英，今天你把我们弄到这儿来，有什么重要事儿啊？"

"吃完喝完告诉大家。"罗娟英说完瞅一眼霍国强。

我们大家齐声应和，都盯着霍国强。

霍国强把手举过头顶发誓说："我发誓我可不知道。"

魏生京说："不说我可瞎猜了，是不是俩人想公开点儿什么？"

桌上的人鸡一嘴鸭一嘴起着哄，罗娟英皱着眉，用手往下压着："静一静，静一静！"

霍国强拍着桌子："嘿嘿嘿！"

"我本想吃完饭告诉大家。"罗娟英左手捋着额发，右手擎着没干完的酒杯，"可大家气氛太热烈，我只好现在就宣布了——"说完扬起头朝着天花板深深地吸了一口气，"我后天就皈依佛门了。"

屋里的空气一下凝固了，只听见铁板牛柳吱吱的叫声。"任何人不许劝我，谁劝就是对佛的不敬，我一生一世的朋友祝福我吧。"罗娟英说完，将杯中酒一饮而尽，放下酒杯，两手合十，嘴里念念有词。

我们看她正襟危坐，双目微启，看着霍国强，大家又一齐把目光集中到霍国强身上。霍国强往前躬着腰怒目圆睁："看我干什么，我什么都不知道。"说完他朝罗娟英说，"喂，去西藏？"

罗娟英微微点头。

"我明白了，我全明白了！"霍国强用拳头砸着桌子气鼓鼓地说。

罗娟英说："你明白什么？你只明白你自己和你的工作。"她没有看霍国强，"要珍惜感情就要懂得放手，你说呢？"她把目光落在我身上。

我不知道她是在说霍国强还是在说我。她如果在说我跟她的感情，那毫无道理，我跟她几乎连手都没牵过。她在说霍国强？这块厌玩够的烂货甩给我，卸了包袱卖人情，还堵死我追求罗娟英的路。

寻思至此，我说："有炳，还记得咱们上初中的时候，霍国强没下课就把文明扣打开，一听下课铃就往厕所跑，等咱们到了厕所他都尿完了，有时候来不及尿完，弄得裤腿上都是尿。你还记得吗？"

大家听完抿着嘴笑，霍国强也笑了，他把嘴里的菜吧唧完说："那时候我发育得比较早，我发育时这几个还是小桑葚。"他举手划拉我们几个一圈儿，接着说，"残疾人嘲笑正常人，你说这哪儿讲理去？结婚知道了吧，有人着急。嘿，徐伟成，别认为人家是外地的配不上你，你亏人家多少我一清二楚，今天多吃点儿腰子，听清楚了不？"

听着大家的笑声我脸烧得不行，心里骂自己，跟人家逗什么贫，这里在座的哪一个不比你强！我把手举过头顶，学着女人声，自虐着高声呻吟："听清楚了，听清楚了……"我不时地扭动着腰，引得屋里的人嘎嘎大笑，我也狂笑不止，以此来解脱自己尴尬的困境。可罗娟英却低下头，脸红得像一块红布，她左手捂着额头。我突然明白了，罗娟英真的"听清楚了"。

我起身走出包房，走到洗手间的镜子前，打开水龙头，边洗手边瞪着镜子里的自己。徐伟成呀徐伟成，这么多年了，你不是揭罗娟英的伤疤就是往她伤口上撒盐。上小学种牛痘，她胳膊感染落了一个疤，你到处宣扬她的伤疤漂亮得像天安门金水桥下的小金鱼；上中学她生长发育太快，凉鞋把她的脚趾束成一团，你满世界地传扬她叠压在一起的脚趾特有范儿，特像我们男孩儿打响指的姿态……今天你本想自嘲让大家开心一乐，没想到抖落出这么一串拍案惊奇。

"哎，你还洗得完吗？"

罗娟英找到洗手间来了！我急忙转过头赔着笑脸说："对不起，对不起，喝得有点儿头疼，出来醒醒酒。"

她歪着头看了我一眼，深情地说："伟成，你半生不幸，每一次不幸或多或少都与我有关。我欠你的太多了，包括你进监狱……"

听了她的话我鼻子一酸，眼泪和鼻涕一块儿流了出来，我干张着嘴默念：妈呀，你听见了吗？娟儿这么多年我没白疼她。正像她所说的，我进监狱确实跟她有关。不知大家还记得不记得，我因为救罗娟英被弹簧锁一帮人臭揍一顿。我不知道大家想没想起来，我和鸡崽儿那场阿喀琉斯之战。还有张东旗挨打我出面为张东旗拔份儿，最后引爆了通县运动会之战。可这一切的一切，只有罗娟英可以说……

她说："今天吃完饭带我走吧，这么多年来你对我一直那么努力。"

我听了她的话，浑身抖得停不下来，我双手插在裤兜里低着头看着她穿的白裤子，不停地来回走动。徐伟成呀罗娟英，罗娟英呀徐伟成，你俩不就是天生一对儿吗？她高你矮，你腿短她腿长，她直发你卷发，你一笑满脸横肉，她一笑俩酒窝儿。有反差有张力有现代感，这不就是地配的一双吗？我妈说罗娟英不是人，是妖。请问我妈，妖有这么有情有义的吗？我妈说，我的小豆芽呀，你贱得不行了。请问我妈，这是贱吗？呸！这是矢志不渝伟大的爱情。我差一点儿上了你的当，您这位刁老娘哟！我学着我爸年轻时骂我妈的话。

"嘿嘿嘿，俩人在这儿偷着聊什么呢？大家找你俩半天了。"说着杨英解着腰带冲进洗手间。

我和罗娟英回到座位上，屋里的空气异常沉闷，只有罗娟英的声音和我沸腾的情绪在包房里飘荡。

罗娟英把一千零一夜的最后一夜赐予我，这是百万分之一的意外。这么说吧，今天这事儿比给她开处还要神圣，你想，有第一次就有第二次，就有一千次。可我是最后一次，再无第二。徐伟成，要知道，你曾经是劳改犯，她曾经是中国十一大名模之一。你刚刚进工厂当学徒，她美照八年前就上了《精品》杂志封面。徐伟成，待会儿罗娟英宽衣解带时你要尽可能地把握住机会，尽可能享受所能得到的。嗯，饥不择食，狼吞虎咽……不行，霍国强就是个例子，他就是没有尊重罗娟英的感受，并用了不正当的名义占有了她，用警察的职业给她一种安全的假象，在社会上有足够的能力帮助她，这些东西对小姐有用，对罗娟英狗屁不是。她需要的是有权有钱有颜有爱，还要让她像小鸟一样在苍穹飞翔……想到这儿我明白了罗娟英是个什么人。

那么，待会儿我应该怎么办？她如果身高没有变化，和上学一样

267

高，我一米六八，正好比她矮两公分，如果我俩面对面，我的嘴唇正好吻到她的下嘴唇，我就从吻她下嘴唇开始，我要让她感受到不一样的开始。霍国强这王八蛋一定像发情的公猪嗅满她的全身，我不能那样。刚才在厕所我看她白裤子下边露出雪白的脚腕，我要吻她的脚腕和雪白的脚面，我要让她知道我卑微地爱着她每一个角落，爱得不行不行的了……我将嘴里满满的口水咽下去。

聚会十一点钟终于散了，大家默默无语，我和大家的心情一样，又不一样。我一生的爱虽然了于佛门，但今晚佛心顾我。

我们出了饭店，上了大街，路灯把树和电线杆子切割成一道道横七竖八的光影，有一家皇后美发屋的霓虹灯卡通而童话，像罗娟英的醉话朦胧而不真实。前面是新建成不久的白领街区，我们刚到馨竹雅园拐弯儿处，就看见一个从头到脚满绿的男子和一个水红色葫芦袄的女人厮打在一起。

女人哭喊："抓流氓啊……"当时我也不知哪儿来的一股酒劲儿，飞身上前，也许速度太快，跑到绿帽子跟前没刹住，一跤摔了出去。在倒地的同时我用脚勾住绿帽子的腿，绿帽子趔趄了一下，和我一同摔了出去，我和绿帽子滚在一起。

这小子太有劲了，不像人劲儿，像机械那种劲儿，他的手臂如两把大铁钳子，扭得我肉生疼。我一只手被他反剪过去，一股酒味儿夹杂着沉年油捻子味儿蹿入我的鼻腔。我刚想喊叫，魏生京一脚踢在绿帽子胸上，绿帽子嗝噎一声把手松开，魏生京又照绿帽子脸上一脚，绿帽子捂着脸团在地上打滚儿。

我起来刚想给绿帽子两脚解解气，却被霍国强拦住："别打坏了，打坏了拘留所不收。"他朝惊魂未定的葫芦袄说，"这位小姐，别慌，我是警察，刚才什么情况？"

葫芦袄说："我正往前走……"她指着前面五米处，"他从后面追上我，一嘴的酒气，跟我胡说八道，说我是他女朋友，边说边跟我动手动脚耍流氓。"

霍国强一边听着一边用对讲机呼叫："我是851，我是851，听到请

268

回答。"这小子使用的是《英雄儿女》里王成的呼号。"加州小镇有紧急情况，请增援。"蜷缩在地上的绿帽子闷声闷气地哎哟了一声，长长地出了一口气，他一跃而起，扑向罗娟英，双手抱住她的大腿，扬起头喊："娟儿，我没有跟她耍流氓，更没有撕她衣服，你帮帮我呀……"

我们大家都惊愕地看着这一幕，大家异口同声地喊："张东旗！"

罗娟英向后撤着腿颤抖着，说："东旗，你怎么在这儿?"

霍国强喷着酒气说："狗东西，怎么是你呀? 快松开!"

葫芦祆走过来说："大家都看到了，这小子截我，还跟我耍流氓。"

我说："谁看见他跟你耍流氓了?"

葫芦祆说："就是你看见了，你为了救我还摔了一个大屁股蹾儿呢。"

我说："那你也不能证明他截你，女的跟男的耍流氓世界上也不是没有。"

葫芦祆听了气得原地转两圈儿，转向霍国强说："你是警察，刚才你也在场，你要一碗水端平。"

张东旗说："娟儿，我看错了，我以为她是你呢，我真没跟她耍流氓。"

钱君英朝葫芦祆说："今天是我们同学聚会，他是我们同学，他没找到我们，错把你当同学了，你看你个头像不像她?"边说边指着罗娟英。

葫芦祆说："一点儿都不像，她多大我多大?"

白丽说："你再好好看看，娟儿比你长得老吗?"

葫芦祆说："你们都是一伙的，我不跟你们谈，警察马上就到，我朋友也快到了，咱们派出所见。"

魏生京说："派出所你能说得了是吧? 今天就陪你去趟派出所。"

霍国强说："姑娘，你消消气，这个人有这么个情况……"他把手放在葫芦祆后背上小声说，"他是个神经病，就是到派出所也处理不了他。这么着，你踢他两脚，再不我揍他一顿给你出出气。"

"大哥，你一定给我做主呀。"葫芦祆拉着霍国强的大手。

269

霍国强怒气冲冲走到张东旗身边，照着张东旗的屁股就是一脚，嘴里不停地骂："今年收容你，你小子打着我的旗号跑了，我都没找你算账，今天你又要流氓！他妈的松开，她腿是你抱的吗？"他刚想再踢张东旗，罗娟英上前挡住了："霍国强，住手。"

"我叫他松开你。"

罗娟英说："张东旗，你松开。有我在，不要怕。"

张东旗点点头说："你带我走吧，我有话跟你说。"

我说："这么晚了，孤男寡女的有什么说的？有什么话也要过两天再说，待会儿我亲自送她回家。"

霍国强把手搭在张东旗的肩膀上，突然用手一拽："今天晚上咱俩先谈谈。"

张东旗也拽着霍国强的肩膀，两人相互撕扯起来。

霍国强嘴里不停地骂："你他妈的祸害家里不够，还想祸害罗娟英！你大晚上孤男寡女谈什么？"

张东旗呼哧带喘地说："娟儿，我从部队里跑回来就是霍国强的主意，他给我去信说徐伟成老打你的主意。他说，只有生米煮成熟饭才能把你拿下啊。"

在场的所有人听了这话都惊呆了。霍国强听了这话像一头疯了的狮子，揪住张东旗呜呜狂叫。

罗娟英涨红着脸嚷："快来人把他俩拉开。"

我们几个同学一哄而上，男的架霍国强的胳膊，女的拽霍国强的衣服。我趁着混乱，照着霍国强屁股被扎的部位就是一脚，心里骂：罗娟英跟你没几天就看破了红尘，你他妈的用什么手法给她玩到红尘之外的？我们好不容易将两人拉开，刚一放手霍国强又扑了上去，我们又开始忙活起来。

罗娟英朝张东旗说："张东旗还不快走！"我推着张东旗叫他快跑。

霍国强喊："你这个王八蛋，今天你跑到天边我也要把你抓回来！"

葫芦袄上前拽住张东旗的衣服，高喊："抓流氓啊，别叫流氓跑了呀！"

我腾出手推搡着葫芦袄，她看寡不敌众，朝霍国强大喊："大哥，别叫他跑了呀。"

霍国强听着对讲机嘶嘶啦啦响个不停，他举起对讲机砸向张东旗。张东旗一闪身，对讲机重重地砸在路边的树上，反弹到花池子里。这时警灯闪烁，五六个警察跳下车来，罗娟英扭身挡在张东旗前面。霍国强大喊："娟儿，你让他跟我回去做个笔录，我保他没事儿，他要跟你走，事儿就大了。"

罗娟英挽着张东旗的胳膊说："霍国强，你不要过来，你不要再逼我，再逼我我就死给你看。"她边说边向后退。

葫芦袄向六七个警察喊："快抓他呀，别让流氓跑了！"

我们听葫芦袄大喊大叫，便上前七嘴八舌跟警察说明情况。一个警察问霍国强，霍国强也不说话，他从花池子里捡起对讲机，用手推着葫芦袄，说："走，上车。"

葫芦袄说："为什么不抓他？"

霍国强说："你不要管他，先录你的口供，以防你秋后算账。"

葫芦袄说："我不去。"

霍国强说："报了警就由不得你了。"

几个警察你一句我一句地劝着。

魏生京在后头说："神经病玩儿你叫白玩儿，你玩儿神经病叫强奸，你是白玩儿还是强奸？"

看着前方罗娟英和张东旗的背影，在路灯底下，一会儿明一会儿暗，终于暗下去，暗下去……

图书在版编目（CIP）数据

校花／徐伟成著. — 北京：中国文史出版社，
2019.1

（跨度长篇小说文库）

ISBN 978 - 7 - 5205 - 0868 - 1

Ⅰ. ①校… Ⅱ. ①徐… Ⅲ. ①长篇小说 - 中国 - 当代
Ⅳ. ①I247.5

中国版本图书馆 CIP 数据核字（2018）第 269552 号

责任编辑：牟国煜

出版发行：**中国文史出版社**

社　　址：北京市海淀区西八里庄 69 号院　邮编：100142
电　　话：010 - 81136606　81136602　81136603（发行部）
传　　真：010 - 81136655
印　　装：廊坊市海涛印刷有限公司
经　　销：全国新华书店
开　　本：720×1020　1/16
印　　张：17.5　　　字数：252 千字
版　　次：2019 年 1 月第 1 版
印　　次：2019 年 1 月第 1 次印刷
定　　价：58.00 元

文史版图书，版权所有，侵权必究。

文史版图书，印装错误可与发行部联系退换。